仏教百人一首

万葉の歌人から宮沢賢治まで

大角　修　編著

法藏館

［はじめに］歌でたどる日本仏教のあゆみ

本書は飛鳥時代から近現代までの百人を選び、「仏教の歌」という視点から各一首を題に掲げた。書名を「仏教百人一首」としたゆえんである。

といっても、直接に仏教の教えが詠まれた歌ということではない。仏教は物語や芸能、習俗など日本の文化全般に深く浸透している。本書には和歌だけでなく、俳句、今様、浄瑠璃、狂歌などもとりあげた。作者も僧にかぎらず、天皇・皇族、貴族、武士、町民、近代の歌人・作家など、さまざまである。また、後世、その人物の作として仮託された歌も含む。それも仏教が浸透するうえで重要な要素だったからである。

本書は時代によって五部にわけ、各部の最後に、その時代の特色となるエピソードを添えた。

第一部「飛鳥・奈良時代」には仏教が伝来し、国分寺と東大寺建立に象徴される鎮護国家の仏法が興隆した。一日六回、定時に打ち鳴らされる寺の鐘によって暮らしがまわりはじめ、数百人の僧尼が列する大法会がしばしば営まれた。にもかかわらず、それに相応する和歌が乏しい。『万葉集』では約四千五百首のうち仏教の歌はわずかである。経典の漢語が、まだ七五調の和語になじまなかったのだろう。しかし、日本仏教の基点におかれる聖徳太子と行基があらわれ、それぞれの歌が伝わる。

第二部「平安時代」には釈教歌《しゃっきょうか》（釈迦の教えの歌）の部が勅撰和歌集に登場し、和歌で仏や寺々のことがよくうたわれるようになった。そして、小野小町《おののこまち》の「花の色はうつりにけりないたづらに」の歌のように、諸行無常《しょぎょうむじょう》の無常感が感性と美意識を育んだ。

第三部「鎌倉・室町・安土桃山時代」には、法然・親鸞・道元・日蓮など、今日の主要宗派の開祖があらわれ、それぞれの歌が伝わる。また、『平家物語』や『太平記』などの物語のほか、能・狂言などの芸能にも仏のことが織りこまれた。戦国の武将も歌を詠むことをたしなみとした。

第四部「江戸時代」になると、仏教が日常の生き方として語られるようになり、いわゆる道歌《どうか》がさかんにつくられた。また、彼岸・お盆など四季の仏教行事が俳句の季語になった。

第五部「近現代」には、それまでの型通りの束縛から逃れようとする試みが積極的になされ、作者の人柄がよくあらわれるようになった。そのため、たとえば夏目漱石の文学の入口としては、代表作とされる長々しい小説より、その俳句をいくつか読んだほうが親しみやすく適していると思われる。

教義・思想としては難解な仏教も、歌をとおして民衆に親しまれた。近代の短歌や俳句でも仏や寺々がよく詠まれている。一読しただけでは仏教の歌だとは思われない石川啄木の有名な短歌「東海の小島の磯の白砂に／われ泣きぬれて／蟹とたはむる」にも、仏教によって培われた死生観がひそんでいる。

以上のようなことから、「はじめに」に「歌でたどる日本仏教のあゆみ」を付した。

〔仏教百人一首〕目次

【第二部】平安時代　31

【第三部】鎌倉・室町・安土桃山時代　91

【第四部】江戸時代

【第五部】近現代　191

【凡例】


*人物の配列は生年の早い順である。生年が同じばあいは没年の早い順とした。

*生年不詳の人物は在世時期を勘案して配列した。

*年齢は、明治以前は数え、以後はその年の満年齢を示す。

*和歌・俳句等の表記は原則として巻末の「参考・引用文献」によるが、読み仮名は新仮名づかいで補足した。

*和歌は作者が意図して改行したものを除き、上の句と下の句で改行した。また、語句間の空きを補足した。

*引用文中に補足した説明は（　）内に表記した。／印は改行を示す。

*旧漢字は新漢字に改めた。

【第一部】飛鳥・奈良時代

家《いへ》ならば妹《いも》が手まかむ草枕《くさまくら》
旅に臥《こ》やせるこの旅人《たびと》あはれ

聖徳太子《しょうとくたいし》　（『万葉集』）

現存最古の歌集『万葉集』巻三の「挽歌《ばんか》」冒頭の歌である。題に「上宮聖徳皇子《かみつみやしょうとこのみこ》、竹原井《たけはらのい》に出遊《い》でましし時に、竜田山《たつたやま》の死人を見、悲傷して作らす歌」という。竹原井は大阪府柏原市付近で、大和（奈良県）と河内（大阪府東部）を往来する道の途中である。竜田山もそのあたりにある。その道で行き倒れている人を見た聖徳太子（厩戸皇子《うまやどのみこ》）は「もし家にいたら妻の手を枕にしただろうに」と哀れんだ。この歌は『日本書紀』の片岡山《かたおかやま》（奈良県王寺町あたり）の記述と類似している。およそ次のような話である。

推古天皇二十一年（六一三）十二月一日、聖徳太子が片岡山に出かけたとき、飢えて倒れている人があった。太子は食べものを与え、着ていた衣服をぬいで飢者《きしゃ》にかけ、「しなてる片岡山に飯《いい》に飢《え》て臥《こや》せるその旅人《たひと》あはれ　親無しに汝生《なれな》りけめや　さす竹の君はや無き　飯《いい》に飢《え》て臥《こや》せるその旅人あはれ」と歌に詠んだ。

二日後、その人は死んだので、太子はそこに埋葬し、墓をつくった。さらに数日後、太子は「あの飢者は真人《ひじり》（聖人）にちがいない」といい、側近に墓のようすを見にいかせた。すると、遺体は消えうせ、太子の衣服だけが残っていた。その衣服を太子はとってこさせ、いつもと同じように身につけた。世の人は不思議に思って「聖《ひじり》は聖を知るといわれるのはほんとうだ」といい、ますます太子を敬うようになった。

『日本書紀』に書かれているのはこれだけである。消えてしまった遺体はだれのものなのか、なぜ太子が聖人だと見抜いたのかは記されていない。その謎めいたところに、飢者は達磨大師《だるまだいし》だったのだという片岡山伝説がうまれた。

達磨大師はボーディダルマ（菩提達磨《ぼだいだるま》）というインドの僧で、六世紀の初めごろに中国に禅宗を伝えたという。中国禅宗の初祖である。その弟子に慧思《えし》という僧がいる。慧思は達磨大師に「日本で仏教をひろめよ」と命じられたので、没後、聖徳太子に生まれ変わった。達磨大師は、日本の太子になった弟子のようすをみるために飢人の姿の尸解仙《しかいせん》（死後に肉体からぬけだした仙人）になって道ばたに倒れていた。それで太子は「真人《ひじり》にちがいない」と見抜いたということである。この片岡山伝説によって、聖徳太子と中国天台宗の開祖智顗《ちぎ》（五三八〜五九八年）が結びつけられた。

天台宗は法華経を釈迦の最終的な教えとする。その開祖の智顗の著述は天平勝宝六年（七五四）に唐から来日した鑑真《がんじん》らによって伝えられたが、日本にはすでに聖徳太子の『法華義疏《ほっけぎしょ》』があるので、受け容れにくい。しかし、聖徳太子が慧思の生まれ変わりであれば、前世に智顗の師だったことになる。というのは、慧思は智顗の師だったからだ。

聖徳太子は憲法十七条に「篤《あつ》く三宝《さんぽう》を敬へ。三宝とは仏と法と僧なり」と宣じ、大阪の四天王寺や斑鳩《いかるが》の法隆寺を建立するなど、日本の仏教の基点に位置する。その生涯はさまざまな伝説とともに語られ、平安時代の『聖徳太子伝暦《でんりゃく》』などに記された。聖徳太子は日本の教主であり、日本の釈迦であると崇拝されるようになる。

しかし、釈迦が家も国も捨てて修行する出家主義をとったのに対し、太子は終生、在家者だった。太子の撰述とされる「三経義疏《さんきょうぎしょ》」の法華経・維摩経《ゆいまぎょう》・勝鬘経《しょうまんぎょう》も在家主義の強い経典である。聖徳太子を基点とする日本の仏教は出家と在家の距離が近く、今や多くの在家信仰団体があるのをはじめ、僧も結婚し、寺でも一般の家庭と変わらない暮らしがある。日本は世界に稀な在家仏教の国で、四季おりおりの暮らしのなかで和歌にも仏のことがうたわれてきた。

ちなみに聖徳太子の方岡山伝説とその歌も広く知られた。たとえば鎌倉時代の鴨長明《かものちょうめい》は「桜ゆゑ片岡山に臥《ふ》せる身も　思ひし解けばあはれ親なし」（『夫木和歌抄《ふぼくわかしょう》』）と本歌取りしている。

【聖徳太子（厩戸皇子）】五七四～六二二年／用明天皇の皇子で推古天皇元年（五九三）に皇太子および摂政となり政務を執る。冠位十二階の制をつくり、官吏の心得を憲法十七条に定める。四天王寺・法隆寺・中宮寺・橘寺・広隆寺などを建立したという。推古天皇三十年（六二二）、皇位をつぐことなく太子のまま四十九歳で崩じた。

北山《きたやま》にたなびく雲の青雲《あおくも》の
星離《はな》れ行《ゆ》き月を離れて

持統天皇《じとうてんのう》

（『万葉集』）

この歌は「天武《てんむ》天皇が崩じたときに太上天皇が作られた歌」と題する。ここでいう太上天皇は持統天皇のこと。夫の天武天皇（?〜六八六年）が崩じたとき、皇后の鸕野讃良皇女《うののさららのひめみこ》（のちの持統天皇）が詠んだ歌である。亡き夫の魂が雲になって北の山にかかり、星からも月からも遠ざかっていく。「北山」は『万葉集』の原文では「向南山」とも書かれ、「きたやま」と読む。中国で天子（皇帝）は北極星のように不動で北に位置するとされたことにならい、天皇の魂も北の天にいるという。

天武天皇は飛鳥浄御原宮《あすかきよみはらのみや》（奈良県明日香村）の造営や律令《りつりょう》の編纂をおこない、中国にならった律令国家の建設をめざした。しかし、志半ばに朱鳥元年（六八六）九月九日に崩御。皇太子は二十五歳の草《くさ》壁皇子《かべのおうじ》だったが、対抗勢力もあったので、すぐに即位せず、母后の鸕野讃良皇女が称制《しょうせい》（天皇として政務をとること）を敷いた。同九月十一日に内裏の庭に殯宮《あらきのみや》を建て二十四日から殯《もがり》に入る。

殯とは遺体を生きているごとく安置して食事も供え、誄《しのびごと》（追悼の言葉）を述べる儀式を長期におこないながら遺体が白骨化するのを待って陵墓に納める古代の天皇の葬法だが、天武天皇の殯には草壁皇子への皇位継承を確実なものにするねらいがあったようだ。鸕野讃良皇女は、同年十月には草壁皇子の異母弟の大津皇子《おおつのおうじ》（母は大田皇女《おおたのひめみこ》）を謀反《むほん》の罪を着せて自害させた。翌年の元旦には草壁皇子が朝廷の百官を率いて殯宮に慟哭《みね》するなど、草壁皇子への忠誠を強める殯の儀式をつづけた。持統称制二年（六八八）十一月に天武天皇を檜隈大内陵《ひのくまのおおうちのみささぎ》に埋葬するまで、殯は二年二か月におよんだ。ところが、草壁皇子は持統称制三年（六八九）四月に病没。その皇子の軽皇子《かるのみこ》はまだ七歳である。鸕野讃良皇女は自身が皇位を中継《なかつ》ぎして孫の軽皇子の成長を待つため、称制四年（六九〇）の正月に即位した。

そのころは欽明天皇十三年（五五二）の仏教公伝から約百五十年、天下の平安や天皇の病気平癒を願って大勢の僧が列する大法会が営まれるようになっていた。天武天皇の殯でも僧尼が哭《みね》したと『日本書紀』に記されている。葬儀で僧が読経《どきょう》するようになったのだ。

持統天皇七年（六九三）九月十日には亡き天武天皇のために宮中で無遮大会《むしゃだいえ》（天皇が施主になって身分を問わず平等に施しをする法会）を営んだ。『万葉集』巻二には、その前日に僧たちに食物を施す御斎会《ごさいえ》を営んだ夜、持統天皇が夢の中で詠んだという長歌「明日香の　浄御《きよみ》原の宮に　天《あめ》の下　知らしめしし　やすみしし　我が大君（以下略）」がある。

その後、持統天皇八年（六九四）に藤原京に遷都。藤原京は今の奈良県橿原市の平地につくられた五キロ四方くらいの日本最初の本格的な都で、その造営は天武天皇の遺志をつぐものだった。持統天皇十一年（六九七）に十五歳になった孫の軽皇子、すなわち文武天皇に譲位し、太上天皇となる。その後の大宝元年（七〇一）、天武天皇がめざした律令の編纂が完成し、日本で最初の本格的な法令群である「大宝律令」を布告。そうして夫の天武天皇の遺志を実現した持統天皇は大宝二年十二月二十二日に五十八歳で崩じた。天下は諒闇《りょうあん》（通常は一年間の服喪）に入り、やはり殯宮での殯がおこなわれ、諸寺で四十九日、百か日の法要なども営まれた。そして約一年後の十二月十七日に遺体は荼毘《だび》にふされ、遺骨は金属の骨壺に収めて檜隈大内陵《ひのくまおおうちりょう》（奈良県明日香村）の天武天皇が眠る石棺のそばに置かれた。ちなみに、荼毘はインドのジャーペティという言葉が元で、天皇の火葬は持統天皇が最初である。その前に文武天皇四年（七〇〇）に道昭《どうしょう》という僧が火葬されたと『続日本紀《しょくにほんぎ》』にあるのが火葬の記録の最初だが、『万葉集』にも火葬の煙や散骨の野を詠んだ歌が数首ある。18ページにあげる土形娘子《ひぢかたのをとめ》という娘の火葬の歌はその一首である。

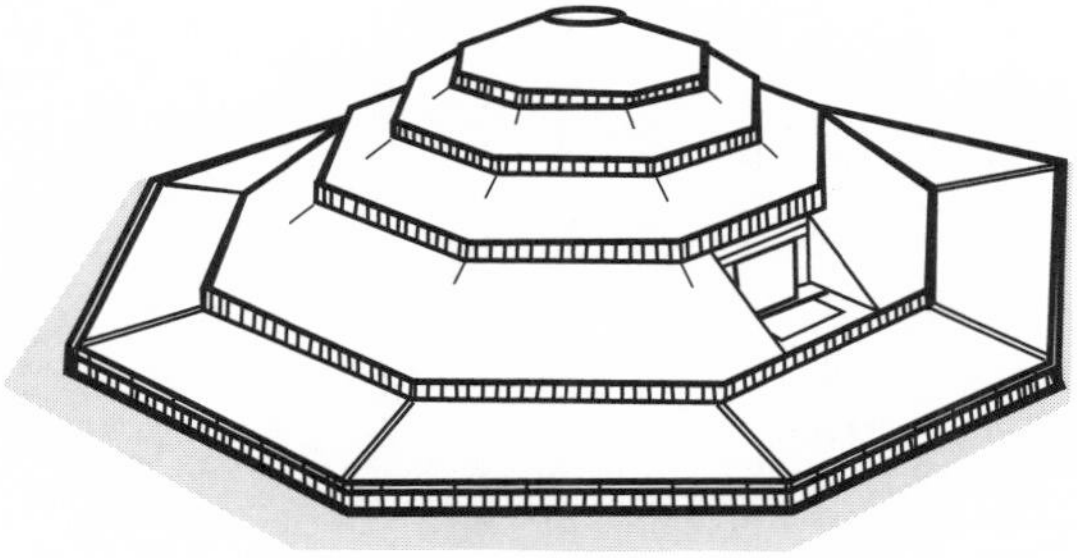

檜隈大内陵　このような八角墳は舒明天皇陵（641年崩御）が最初とされる。古墳時代の巨大墳墓は姿を消し、八角墳で天皇の権威が示されるようになった。今も聖徳太子を祀る仏堂などに八角堂が見られる。（図は明日香村教育委員会の案内図をもとに作成）

【持統天皇】六四五～七〇二年／天武天皇の皇后。朱鳥元年（六八六）の夫帝の崩御後に称制を敷き、称制四年に即位。持統天皇八年（六九四）に藤原京に遷都する。

巻向《まきむく》の山辺《やまへ》とよみて行《ゆ》く水の水沫《みなあわ》のごとし世人我等《よひとわれら》は

柿本人麻呂《かきのもとのひとまろ》

（『万葉集』）

大和は三輪山《みわやま》のあたり、巻向山《まきむくやま》に流れ出す巻向川がある。その流れを人生になぞらえ、「この世の我らの命は山辺の谷川を響《どよ》み流れいく水の泡のように儚《はかな》いものだ」という。「行く水」は去りゆくものとしてよく使われている言葉で、鎌倉時代の鴨長明《かものちょうめい》の随筆『方丈記《ほうじょうき》』の「よどみに浮《うか》ぶうたかたは、かつ消え、かつ結びて、久しくとゞまりたる例なし」の先駆となっている。

巻向山は『古事記』の神々の山である。そこは死んだ人が行くところだと考えられたようだ。また、奈良県桜井市の泊瀬山《はつせやま》（のちに観音霊場の長谷寺が建立される初瀬山）には「隠国の《こもりく》」という枕詞がつき、人里離れたところというだけでなく、死者が行く場所としてうたわれた。

そこでは火葬もおこなわれた。人麻呂は土形娘子《ひじかたのおとめ》という娘が泊瀬山で火葬されたときに「こもりくの泊瀬の山の山の際《ま》に　いさよふ雲は妹《いも》にかもあらむ」と詠んでいる。若く死んだ娘は火葬の煙が泊瀬山にただように去り難げである、ということであろう。

古代には、『古事記』に大国主命《おおくにぬしのみこと》が地下の死者の国である根之堅洲国《ねのかたすくに》に行って美しい娘を連れ帰ってきたという話があるように生者と死者が近かったのだが、『万葉集』では生と死の断絶が深まり、死者の行方を知ることはできなくなった。「柿本朝臣人麻呂、妻が死にし後に血涙哀慟《けつるいあいどう》して作る歌」には「秋山の黄葉《もみち》を茂《しげ》み惑《まど》ひぬる　妹《いも》を求めむ山道《やまぢ》知らずも」と、「亡き妻を探して山に行ったけれど、その道は知れず、散りゆく黄葉の繁みに迷ってしまった」と詠んでいる。そうして生と死が断絶し、しかも人生は儚いと認識されると、儚いからこそ愛おしいという美意識がはぐくまれた。人麻呂は「水の上に数書くごとき我が命　妹《いも》に逢はむとうけひつるかも」とも詠む。「命は水面に書く数字のように儚い。だからこそ、愛しい人に会えるように神に祈って、うけひ（占い）をした」ということである。

いっぽう、大伴旅人《おおとものたびと》の「酒を讃《ほ》むる歌十三首」では、仏教で来世の因果応報《いんがおうほう》が説かれることに対して、「この世にし楽しくあらば来《こ》む世には　虫に鳥にも我はなりなむ」とうたい、「この世さえ楽しければ来世に虫や鳥になってもよい」という。現在の私たちにはわかりやすい歌であるが、現在のそれは人生観から死や来世へのまなざしが欠落し、「人生は一度きり、どうせなら楽しく」いった考え方が強いので、意味が異なる。死んで終わりではなく別の世界に行くという観念は人類に共通のもので、それぞれに神話・宗教を生んだ。そうした観念が哲学や倫理の基盤になっているのだが、それが衰退した今日、人は立つべきところを喪失して漂っているかのように見える。

【柿本人麻呂】六六〇?～七二四年／『万葉集』の約四千五百首のうち柿本人麻呂の作は九十四首におよぶ。また、『万葉集』には人麻呂が編んだ「柿本人麻呂歌集」（現存せず）から多くの歌が採られている。しかし、人麻呂に関する史料は乏しく、藤原京時代の宮廷歌人だというほかに経歴は不詳である。

常磐《ときは》なすかくしもがもと思へども
世の事なれば留《とど》みかねつも

山上憶良《やまのうえのおくら》（『万葉集』）

「世間《よのなか》の住み難《がた》きことを哀《かな》しぶる歌一首併《あわ》せて序」の長歌につづく反歌である。「序」は漢文調で「集まること易《やす》く排《はら》ふこと難《かた》きは、八大《はちだい》の辛苦《しんく》、遂《と》ぐること難く尽くること易きは百年の賞楽《しやうらく》なり（以下略）」と記されている。「いろいろな苦しみは集まりやすく除きにくい。楽しみは手に入れにくく消えてしまいやすい」という意味である。

　ここにいう「世間」「住」「八大の辛苦」などは仏教経典の用語である。「八大の辛苦」は、生老病《しょうろうびょう》死《し》の四苦に、愛別離苦《あいべつりく》（愛するものと別れること）、求不得苦《ぐふとくく》（求めても得られないこと）などの四苦、いわゆる四苦八苦である。飛鳥・奈良時代には経典によって詩歌の語彙《ごい》も飛躍的に増加した。

　経典の言葉によって感情や美意識の幅が広がり、歌にも詠まれるようになる。だからといって万葉びとが厭世的になったわけではないのだが、右の短歌では「いつまでも緑の常磐木《ときわぎ》のように若々しくありたいと思うけれど、この世の我らは命をとどめることはできない」と詠嘆している。

　作者の山上憶良は藤原京の頃から奈良時代初期にかけての貴族で、神亀三年（七二六）には筑前守《ちくぜんのかみ》（筑前国の長官）に任じられ、大宰府長官の大伴旅人《おおとものたびと》と親交をむすんだ。元号の「令和」の字が採られた「梅花の歌三十二首および序」が詠まれた大伴旅人邸での梅花の宴にも参加している。
その「梅花の歌」の「序」は憶良の作と考えられる漢文である。東アジア諸国の貴族・官人にとって漢詩・漢文の素養は欠かせないものだった。平安時代には四六騈儷体《しろくべんれいたい》の流麗な漢文や漢詩で仏のことがよく詠まれるようになるが、その先例となる詩が『万葉集』にある。大伴旅人の妻が死んだときに山上憶良がつくったとされる追悼文にある詩で、平安時代に盛んになる浄土教の厭離穢土《おんりえど》・欣求浄土《ごんぐじょうど》（穢《けが》れた世を厭《いと》い離れて浄土を欣《ねが》い求めよ）の思いがすでにみられる。

愛河波浪已先滅　愛河《あいが》の波浪《はろう》已《すで》に先《ま》づ滅《き》え
苦海煩悩亦無結　苦海《くかい》の煩悩《ぼんのう》も亦《また》結ぼほること無し
従来厭離此穢土　従来《むかしより》この穢土《えど》を厭離《えんり》せんと
本願託生彼浄刹　本願生《ほんがんしょう》を彼《か》の浄刹《じょうせつ》に託《よ》まむ

［意訳］
愛しみあった月日は川の波のように消え／苦海（この世）の煩悩はもはや実を結ぶことはない。
穢土のこの世を厭《いと》い離れ／彼の浄土に生まれることを仏の本願に託したい。

【山上憶良】六六〇？～七三三年？／『万葉集』の代表的な歌人の一人で「貧窮問答歌」の作者として知られる。和歌のほか漢詩・漢文に優れ、大宝二年（七〇二）には遣唐使団の一員として唐に渡る。

山鳥のほろ〳〵と鳴く声聞けば
父かとぞ思ふ母かとぞ思ふ

行基菩薩《ぎょうきぼさつ》（『玉葉和歌集』）

行基は民衆をひきいて聖武天皇の東大寺大仏建立を助けた僧として知られている。そのころ、民間に「知識《ちしき》」とよばれる集団がうまれた。仏教で同信のなかまをいう善知識《ぜんちしき》の略で、今の念仏講などの講や村の共助の結《ゆい》のような集団である。

知識集団は仏の加護を願って自分たちで仏堂を建てたり、仏像をつくったりした。それだけでなく、日照りにそなえて溜め池をつくったり、井戸を掘ったりした。また、貧民や病人のために布施屋《ふせや》という施設を建てて食物などを施した。そうしたことも仏教でいう善業《ぜんごう》（功徳を積む善い行い）とされた。そのような善業を勧めて人びとをひきつけたのが行基である。『続日本紀《しょくにほんぎ》』（『日本書紀』につづく正史）に「出家・在家をとわず時に数千人もが行基和尚《わじょう》に従った」といい、人びとをひきいて、「畿内にはおよそ四十九院、地方にもまた道場を建てた」と記されている。院は国分寺などの官立の寺に対して民間の寺をさす。そうした行基を世の人びとは菩薩とよんで崇《あが》めたという。菩薩は如来（静かな悟りの世界にいる仏）の救いの働きを体現して抜苦与楽《ばっくよらく》、すなわち人びとの苦しみを除き幸福を与える者とされ、いわゆる大乗仏教の根本におかれる。

行基には、聖徳太子と弘法大師空海にならんで多くの伝説があり、行基開創と伝える寺が各地にある。掲題の「山鳥」の歌は、いつしか行基の作とされるようになったもので、鎌倉時代の勅撰《ちょくせん》『玉葉《ぎょくよう》和歌集』に採られた。

この歌の山鳥は、野鳥の一種のヤマドリにかぎらず、どこか森の奥から声が聞こえてくる鳥のことであろう。あの森の奥で鳴く鳥は、亡き父か母が生まれ変わったのかもしれない。父母は亡くなっても自分のそばにいて、その声が聞こえる。そんな気持ちがうたわれていることから広く知られるようになった歌である。

日本では、命はみんなつながっていて、鳥も獣も、前世・来世のどこかで親・きょうだいかもしれないといわれる。その心をあらわす歌でもある。

家原寺《えばらじ》　行基が河内国家原郷（大阪府堺市）の生家を寺にしたという。行基は文殊菩薩の化身とされたことにより本尊は文殊菩薩で、今は「智慧の文殊さんのお寺」として親しまれ、受験合格祈願が多い。開山堂に行基と両親が祀られている。

【行基】六六八～七四九年／もとは正式に出家した奈良薬師寺の僧だったが、私度僧《しどそう》の身になり、民間に布教した。当初は弾圧されたが、民衆をひきいて東大寺大仏建立にも参加。聖武天皇から日本最初の大僧正に任じられ、官僧を含めて仏教界のトップに立った。

三十《みそじ》あまり二つの姿そなへたる　昔の人の踏める跡ぞこれ

光明皇后《こうみょうこうごう》

（『拾遺和歌集』）

「三十あまり二つ」は昔の数えかたで三十二のこと。その姿をそなえた昔の人とは釈迦如来のことである。仏には三十二相八十種好というさまざまな瑞相があるとされる。そのなかに足下安平立相《そくげあんぴょうりゅうそう》、足下二輪相《そくげにりんそう》があり、仏は足の裏が平らで、車輪のしるしがあるという。その仏の両足を石に刻んだものが仏足石で、「昔の人の踏める跡ぞこれ」とは仏足石のこと。『拾遺《しゅうい》和歌集』には、この歌の詞書《ことばがき》に「山階寺《やましなでら》にある仏跡にかきつけたまひける」という。

山階寺は奈良の興福寺《こうふくじ》のことで、猿沢池《さるさわいけ》に映える五重塔は、光明皇后が聖武天皇の病気平癒を祈って建立したと伝えられている。近くに聖武天皇とともに建立した東大寺もあり、この歌にも仏に祈る気持ちがこめられている。

『万葉集』にも仏足石歌一首「弥彦《いやひこ》　神の麓《ふもと》に今日《けふ》らもか　鹿の伏すらむ裘《かわごろも》着て　角つきながら」がある。初句の「弥彦」は神にかかる言葉で、その麓に春日大社・興福寺・東大寺がある三笠山《みかさやま》をさす。そこに今日も神の使いの鹿がいるとうたう。

仏足石歌は五七五七七の短歌にもう一句、七音を加えるのが定型の歌謡である。内容は仏教に限らない。その名は奈良時代に薬師寺の仏足石のそばに立てられた石碑「仏足跡歌碑」に刻まれた二十一首の歌の形による。そのなかに、仏足石をつくる功徳《くどく》によって亡き父母の冥福を祈り、世の人びとの平安を願う歌「御足跡《みあと》作る石の響《ひび》きは天《あめ》に到り　地《つち》さへ揺《ゆ》すれ父母《ちちはは》がために諸人《もろひと》のために」がある。仏足石を拝めば罪障消滅《ざいしょうしょうめつ》の功徳があるとうたう「大御足跡《おおみあと》を見に来る人の去《い》にし方　千代《ちよ》の罪さへ滅ぶとそ《ぞ》いふ　除くとぞ聞く」という歌もある。

この「仏足跡歌碑」に光明皇后の歌に似た「三十《みそち》余り二つの相八十種《かたちやそくさ》と　具足《そだ》れる人の踏みし足跡《あと》どころ稀《まれ》にもあるかも」がある。それが光明皇后の作とされて世にひろまり、平安中期の勅撰『拾遺和歌集』に採られたのだろう。

仏足石　仏の姿は本来は目に見えないもので、その足跡の上の空中に立って救いの手をさしのべているという。そのため、爪先のほうから礼拝する。かかとのほうからだと、空中の仏を後ろから拝することになってしまう。（安土城趾／写真 Photo library）

【光明皇后】七〇一～七六〇年／藤原不比等《ふじわらのふひと》の娘で名は安宿媛《あすかべひめ》。貧民や病人を助けるために悲田院《ひでんいん》、施薬院《せやくいん》をつくるなど、国分寺や東大寺大仏を建立した聖武天皇とともに仏法興隆につくした。

うつせみは数なき身なり山川の
さやけき見つつ道を尋ねな

大伴家持《おおとものやかもち》 （『万葉集』）

この歌はおそらく大伴家持の死に近いころの作で、「病《やまい》に臥《ふ》して無常を悲しび、道を修めむと欲《おも》ひて作る歌二首」の一首である。「身は空蟬のように儚《はかな》く、ものの数にも入らない。山や川の清らかさを眺めながら仏の道をたずねていこう」という。もう一首は「渡る日のかげに競《きお》ひて尋ねてな　清きその道またも会はむため」で、「過ぎゆく月日の光陰と競って仏道をたずねよう。来世にまた、その道に出会えるように」とうたわれている。

『古事記』『日本書紀』には黄泉国《よみのくに》や根之堅洲国《ねのかたすくに》という死者たちの国が語られているが、それは死ねば行くところで、生前に修行したかどうかで行き先が違うことはない。漠然と山の中や海の彼方に行くと思われていたようだ。そこに仏教によって輪廻《りんね》や無常の感覚がもたらされ、だから今こそ修行しなければならないというように、人生の意味が新たにもたらされた。

ところで、『万葉集』は藤原京のころから数段階の編纂の過程があり、最終的には奈良時代の末ごろに大伴家持らが約四千五百首を全二十巻に編んだ。現存最古で最大の歌集である。

奈良時代には国家や有力氏族によって大寺院が建立され、民衆の寺もつくられて、法会《ほうえ》がさかんに営まれた。『万葉集』にも、痩せているのに腹だけふくれた餓鬼像になぞらえて人をからかう「寺々の女餓鬼《めがき》申さく大神《おおみわ》の　男餓鬼《おがき》賜《たば》りてその子孕《はら》まむ」（池田朝臣）や「僧《ほうし》を戯《なぶ》り嗤《わら》ふ歌」という「法師らが鬚《ひげ》の剃《そ》り杭《くい》　馬繋《うまつな》ぎ　いたくな引きそ僧《ほうし》は泣かむ」（作者不詳）といった歌があるほど、寺は親しいものになった。にもかかわらず、『万葉集』の全体からみると、仏をうたう歌は少ない。奈良時代にはまだ、仏教の語句が大和言葉になじんでいなかったのだろう。

しかし、釈教歌《しゃくきょうか》（仏教の歌）の萌芽は『万葉集』にある。前掲の柿本人麻呂の「行《ゆ》く水の水沫《みなあわ》のごとし世《よ》人《ひと》我等《われら》は」や大伴家持の「うつせみは数なき身なり山川の」のほか、飛鳥の川原寺の琴に書きつけられていたという作者不明の「世間《よのなか》の無常を厭《いと》ふ歌二首」（巻第十六）などは、のちに和歌の感性の根幹となる無常感の先触れといえよう。同時に、大伴旅人の「この世にし楽しくあらば」（19ページ）にみられるように、いたずらに厭世的な趣向には批判的な歌もつくられたのだった。

【大伴家持】七一八ごろ～七八五年／『万葉集』の編纂者であり、家持の歌は全四千五百十六首中、四百七十三首におよぶ。大伴旅人の長子で、越中の国守（長官）、因幡の国守をつとめた。天平宝字三年（七五九）、四十二歳の元旦に国司・郡司の役人を邸宅に招いて宴をしたときの言祝《ことほ》ぎの一首「新しき年の始めの初春の今日《けふ》降る雪のいやしけ吉言《よごと》」が『万葉集』の最後の歌である。その後、家持は陸奥国を治める按察使および征東将軍になり、延暦四年に陸奥で没した。

❖仏教の伝来

『日本書紀』によれば欽明天皇十三年（五五二）、朝鮮半島の百済《くだら》の聖明王《せいめいおう》の使者が、釈迦仏の金銅像一体といくらかの幡蓋《ばんがい》（仏を飾る仏具）、経典数巻を天皇に献上したという。王から王に公式に伝えられたという意味で仏教公伝といわれる出来事である。

聖明王は、あわせて仏を礼拝する功徳を讃える文も送ってきた。それには「仏像を祀れば国に災いはなく、平安である」「仏法の福徳果報はこの上ない安息をもたらし、祈り願うことは意のままにかなう。遠くは天竺《てんじく》より、ここ百済・高句麗《こうくり》・新羅《しらぎ》の三韓にいたるまで、この教えに帰依《きえ》していない国はない」と書かれていた。それに対して仏教導入に積極的な崇仏派と、天皇が蛮神（外国の神）を拝めば日本の神々の怒りを招くという廃仏派が激しく対立し、用明天皇二年（五八七）に崇仏派の蘇我氏が軍勢をひきいて廃仏派の物部氏を攻め滅ぼす。

その後、推古天皇二年（五九四）に「三宝（仏法）を興《おこ》し隆《さか》えしむ」という「三宝興隆の詔」が出され、諸氏がそれぞれ「君親《きみおや》のために競ひて仏舎《ほとけのおおとの》をつくり」、それを「寺」とよんだという。これが天皇として仏教を奉じるように命じた最初である。それは国家仏教というべきもので、そこには仏教の歴史が反映している。

仏教は紀元前五世紀ごろのインドでシャーキャ族のゴータマ・シッダールタというブッダ（仏陀）によって開かれた。ブッダは「目覚めた者」の意で、ゴータマが体得した悟りへの道を人びとに説いたのが仏教の始まりである。ゴータマはシャーキャ族のムニ（聖者）として敬われ、漢訳して釈迦牟尼《しゃかむに》という。

釈迦の教えは喜怒哀楽の煩悩を滅し、迷いの世界から解脱《げだつ》してニルヴァーナ（涅槃《ねはん》）とよばれる静かな境地に達する道だった。このゴータマ・ブッダの滅後、遺体は荼毘《だび》にふされた。火葬は古代インドの風習だったが、そこから先はきわめて特異だった。現在のヒンドゥー教でも火葬後の遺灰は川に流すなどして墓はつくらない。転生《てんしょう》を妨げるためだという。ところが、原始仏教教団では釈迦の遺骨をストゥーパという塚に納めた。それが仏塔の始まりで、その塔は永遠のブッダの象徴として礼拝されるようになった。

そのころ、インドでは諸族がそれぞれの神を戴いて争っていたのだが、紀元前三世紀にマウリヤ朝のアショーカ王が初めてインドを統一して大帝国を築いた。アショーカ王はブッダのダルマ（法）による統治を宣言する。王はその勅を刻んだ石柱をインド各地の諸民族の土地に高く立て、その石柱の頂部には、帝王とブッダを象徴するライオン像が四方を見下ろすように置かれた。また、ブッダの栄光をあらわすストゥーパを各地に築いた。それによって、ブッダは諸族の神々の上に立って国家に平安と豊かさをもたらすものとして崇拝され、古いバラモンの神々もブッダのもとで帝釈天《たいしゃくてん》、四天王など「天」とよばれる護国・護法の神々になった。

こうして、初期には家も国も捨てる出家主義をとった仏教が、国の安泰を願う国家仏教に発展する。それはキリスト教がローマ帝国の国教となることによって神が各地の王や領主を加護し、その国に勝利をもたらすと考えられたのと同じようなことだった。キリスト教もイスラム教もいったん帝国の宗教になり、各地の王や諸侯によって壮大な教会や礼拝堂が建立される過程を経て、普遍の愛や慈悲を説く世界宗教に転換した。

仏教はシルクロードの交易都市国家の王や商人に奉じられて中国に伝来した。後漢時代の紀元一世紀ごろには伝わったと推定されるが、当初は、道教や儒教がある中国に異国の仏教が広まるのは容易ではなかったが、中国の民族宗教の道教とは習合したり敵対したりしながら、漢民族にも広まっていった。そして、五胡《こ》十六国から南北朝にかけての分裂時代（四〜六世紀）に、周辺の異民族の王朝が成立して漢民族の地を治めるようになると、その王たちは諸民族の上に立つため積極的に仏教を導入した。たとえば遊牧民の鮮卑《せんぴ》系拓跋《たくばつ》部族が建国した北魏《ほくぎ》では皇帝は毘盧遮那仏《びるしゃなぶつ》と同一とされ、龍門石窟寺院などの巨大な磨崖仏《まがいぶつ》がつくられた。そして、いったん築かれた石窟寺院は新たな聖地となり、漢民族の王朝が復興した唐代にもひきつがれて拡充された。

朝鮮半島への仏教伝来は、そのような時代のことだった。半島の史書『三国史記』の「高句麗本紀《こうくりほんき》」によれば、小獣林王《しょうじゅうりんおう》の二年(三七二)に中国北部の秦の王が仏像や経典をおくってきたので、小獣林王は答礼の使者をおくって受け容れたという。いっぽう、半島南西部の百済は枕流王《ちんりゅうおう》元年(三八四)に中国南部の晋《しん》に朝貢して僧を招き、翌年、漢山に寺を創建した。

仏教導入は国と国との同盟のあかしだった。そのなかで、中国の南北の王朝と結んだ高句麗と百済に夾《はさ》まれた新羅の立場は微妙で、日本と同様に崇仏派と廃仏派の争いがあり、なかなか仏教公認に至らなかった。『三国史記』「新羅本紀」によれば、法興王《ほうこうおう》の十五年(五二八)に王は仏教を盛んにしたいと思ったが、貴族はみな反対し、異次頓《いじとん》という側近だけが賛成した。異次頓は王に自分を殺して廃仏の貴族らの気持ちをまとめるように進言し、仏法のためにみずから望んで処刑された。すると、斬首された切り口から乳のように白い血がいつまでも湧き出した。貴族たちは驚き、もはや廃仏はとなえなくなったという。日本への仏教公伝のすこし前のことである。

日本では奈良時代中期の聖武天皇による国分寺と東大寺大仏建立のころに古代の鎮護国家の仏法が隆盛する。仏に祈って国を護ってもらうと考えるのは昔の人の迷信だと思われがちだが、鎮護国家の具体的な内容は病魔退散や五穀豊穣などであり、現在の厄除けや家内安全祈願、初詣の寺参りなどにつながることである。日本の仏教の基層が古代の鎮護国家の仏法によって形成されたのだった。

【第二部】平安時代

阿耨多羅三藐三菩提《あのくたらさんみゃくさんぼだい》の仏たち

わが立つ杣《そま》に冥加《みょうが》あらせたまへ

伝教大師最澄《でんぎょうだいしさいちょう》（『新古今和歌集』）

最澄は近江国分寺の僧だった。十九歳のときに東大寺戒壇院《かいだんいん》で受戒し、すぐに比叡山《ひえいざん》で山林修行に入る。その三年後の延暦七年（七八八）、比叡山の山上に草庵をつくって一乗止観院《いちじょうしかんいん》と名づけた。「一乗」は三乗と総称されるさまざまな仏道が最終的には法華経に示されたひとつの道、すなわち法華一乗に行きつくという天台宗の根本の教えをあらわす。「阿耨多羅三藐三菩提」は「正しく平等な最上の悟り」といった意味のサンスクリットの表音であるが、仏のさとりの神秘な威力を示す語として、法華経をはじめ諸経典にくりかえし記されている。

天台宗は中国天台山の僧、智顗《ちぎ》（五三八〜五九七年）によって開かれた。智顗は法華経を釈迦の最終的な教えとするとともに、人の心に仏を見いだす「止観」という観法《かんぽう》（瞑想の行）を創始し、『摩訶止《まかし》観《かん》』という書物をあらわした。智顗の書物は奈良時代に日本に伝わり、それによって最澄は比叡山を法華一乗の道場として一乗止観院を建立した。現在の天台宗総本山比叡山延暦寺の根本中堂《こんぽんちゅうどう》である。『新古今和歌集』（鎌倉時代初期）には右の歌の詞書《ことばがき》に「比叡山中堂建立の時」とあり、そのときの最澄の思いを伝えている。

比叡の峰々は東に琵琶湖方面の東国、西には京都盆地方面の西国方向を望む。最澄はその峰に立ち、阿耨多羅三藐三菩提という人智を超えた力をもつ諸仏に冥加（目に見えない加護）を祈った。人里離れた杣《そま》の峰でも、ここに加護あれば、それは四方におよぶであろう。

最澄はまた、比叡山を中心に日本の六か所の要所に法華経一千部を納める宝塔院《ほうとういん》を建立することを発願したという。弘仁九年（八一八）の「六所造宝塔願文《ろくしょぞうほうとうがんもん》」に以下の六か所が記されている。❶安東（安鎮東方）上野《こうずけ》宝塔院（群馬県）、❷安南方安　豊前《ぶぜん》宝塔院（大分県）、❸安西　筑前《ちくぜん》宝塔院（福岡県）、❹安北　下野《しもつけ》宝塔院（栃木県）、❺安中　山城《やましろ》宝塔院（京都府）、❻安総（国中安鎮）近江《おうみ》宝塔院（滋賀県）だ。

このうち、❺❻が比叡山延暦寺山内の地区名になっている西塔《さいとう》・東塔《とうとう》にあたる。

京都市中心部からみた比叡山　最澄は延暦4年（785）に比叡山に入山。9年後の延暦13年、桓武天皇が平安京に遷都。比叡山は都の鬼門（北東）に位置することになり、皇城鎮護の寺として発展する。

【最澄】七六六または七六七～八二二年／近江の豪族、三津《みつの》首百枝《おびとももえ》の子。十二歳で近江国分寺に入り、延暦四年（七八五）東大寺戒壇院で受戒。延暦二十三年（八〇四）遣唐使船団で入唐し、天台宗の法統を日本に伝える。東大寺戒壇院でうけた戒は小乗戒（少しの者しか救えない戒）だと批判して棄捨し、比叡山に大乗戒壇を創設した。

法性《ほっしょう》のむろとゝいへどわがすめば
うゐ《有為》のなみかぜよせぬひぞなき

弘法大師空海《こうぼうだいしくうかい》　（『新勅撰和歌集』）

この歌は鎌倉時代の『新勅撰和歌集《しんちょくせんわかしゅう》』にあり、詞書《ことばがき》に「土佐国室戸といふ所にて」という。空海は室戸岬の海岸の洞窟にこもって虚空蔵《こくうぞう》菩薩を感得する虚空蔵求聞持法《こくうぞうぐもんじほう》を修したと伝えられている。

ここは「法性の室戸」、すなわち仏のさとりのままの静かさなのに自分の心には有為の波風が立つ。

この歌は「いろは歌」に通じる。「色はにほへど散りぬるを我が世たれぞ常ならむ有為《うい》の奥山今日《けふ》越えて浅き夢見じ酔《え》ひもせず」という「いろは歌」も空海の作だという。空海は読み書きを庶民の子にも教えるために、日本最初の庶民のための学校、綜芸種智院《しゅげいしゅちいん》を京都に開いた。それゆえ、いろはの手習い歌をつくったといわれるようになったのだろう。

「いろは歌」は江戸時代の寺子屋でよく用いられたが、平安時代にはすでにあったことが覚鑁《かくばん》（76ページ）が『伊呂波略釈《いろはりゃくしゃく》』などでとりあげていることからわかる。覚鑁は涅槃経《ねはんぎょう》にある「生者必滅《しょうじゃひつめつ》・会者定離《えしゃじょうり》」「諸行無常《しょぎょうむじょう》・是生滅法《ぜしょうめつぽう》・生滅滅已《しょうめつめつい》・寂滅為楽《じゃくめついらく》」などの言葉にてらして次のように解釈している。

「色は匂へど散りぬるを　我が世たれぞ常ならむ」は諸行無常《しょぎょうむじょう》・是生滅法《ぜしょうめつぽう》（諸行は無常にして是《こ》れ生滅の法なり）。どんな花でも散っていくように、何事も移り変わっていく。生まれれば滅するのが法である。

「有為の奥山今日《けふ》越えて　浅き夢見じ酔いもせず」は生滅滅已《しょうめつめつい》・寂滅為楽《じゃくめついらく》＝生滅、滅し終わりて寂滅を楽となす。有為すなわち生まれ滅する現象世界の奥をたずねれば、物事の生滅にとらわれる心はなくなり、煩わしい夢を見たり酔ったりすることもなく、静かなさとりの心を得て悩み苦しむことはない。このような意味がこめられていることも「いろは」の手習いで教えられたことだった。

このほかに空海の作として伝わる歌は少ない。空海は和歌ではなく、漢詩を多くつくった。詩文集『性霊集《しょうりょうしゅう》』巻十にある「十喩《ゆ》を詠じる詩」の十首から「如泡《にょほう》の喩を詠ず」をあげる。

天雨濛濛天上来　天雨濛濛《てんうもうもう》として天上より来《きた》り
水泡種種水中開　水泡種種《すいほうしゅじゅ》にして水中に開く
乍生乍滅不離水　乍《たちま》ちに生じ乍《たちま》ちに滅して水を離れず
求自求他自業裁　自《じ》に求め他に求むるに自業《じごう》の裁《さい》す

即心変化不思議　即心の変化《へんげ》不思議にして
心仏作之莫怪猜　心仏之《しんぶつこれ》を作《な》すを怪しみ猜《うたが》ふこと莫《なか》れ
万法自心本一体　万法《まんぽう》自心にして本より一体
不知此義尤可哀　此《こ》の義知らざるは尤《もっと》も哀《あわれ》むべし

〔意訳〕

雨は濛濛とけむって天から降り、水面に落ちて種々の泡沫《うたかた》をつくる。
生じ滅するも泡沫は水を離れず、その因は自と他にあらず、ただ水の本性あるのみ。
折々の心の変化も不可思議であって、心中の仏の作用であるから怪しんではいけない。
森羅万象《しんらばんしょう》、すべては本来、自心と一体なれば、この義を知らざる者こそ哀れである。

密教の根本経典である大日経《だいにちきょう》に、十縁生句《じゅうえんしょうく》という十の譬喩《ひゆ》がある。幻《まぼろし》と陽焔《かげろう》と夢と鏡像と乾闥婆城《けんだつばじょう》（蜃気楼《しんきろう》）と声の響き、水に映った月、浮泡《ふほう》、虚空華《こくうげ》（空中に咲く幻の花）、旋火輪《せんかりん》（火を回したときに見える光の輪）に幻惑されてはならないという。その十喩に則して空海は十首の「十論を詠じる詩」をつくった。その跋文《ばつぶん》に、これらの詩は東山の広智禅師《こうちぜんじ》という僧のために作したと記している。奈良・平安時代には禅師は祈禱僧のことなので、その道に踏み迷うことのないように戒めの言葉を贈ったのだろう。空海は「この十喩の詩は修行者の明鏡、求仏《ぐぶつ》の人の舟筏《しゅうばつ》なり（十喩の詩は修行の道を明るく照らす鏡であり、静かなさとりの岸辺に渡る舟や筏《いかだ》である）」と記している。

『性霊集《しょうりょうしゅう》』巻十からもう一首、「後夜《ごや》に仏法僧《ぶっぽうそう》の鳥を聞く」をあげる。

閑林独坐草堂暁　閑林《かんりん》に独坐す草堂の暁《あかつき》

三宝之声聞一鳥　三宝の声一鳥《いっちょう》に聞く
一鳥有声人有心　一鳥声あり人に心あり
声心雲水倶了了　声心雲水《せいしんうんすい》ともに了了《りょうりょう》

［意訳］
静かな林で独り坐す草堂の暁に、三宝の声を一羽の鳥に聞く。
鳥には声があり人には心がある。声も心も、行く雲や流れる水とともに明了である。

鳥の声や風の音も仏法僧の三宝の声、すなわち仏音《ぶっとん》を響かせている。そして仏と自己が一体となるところに空海が教義の根幹においた即身成仏《そくしんじょうぶつ》がある。「後夜」は夜明け前の時刻。そのときに鳴く鳥はブッポウソウまたはコノハズクだという解釈もあるが、「ブッポウソウ」と聞こえる野鳥の声というのでは詩に弛《ゆる》みが生じる。未明の早朝、かぐろく静まる森のなかで一声鋭く、闇を裂いて鳴く鳥があった。その声は、夜を徹して坐禅しつづけた修行僧の身心が仏・法・僧と一体であることを感得させる。そこに「声心雲水ともに了了」という即身成仏（仏と一体になること）の境地があるということであろう。

【空海】七七四～八三五年／讃岐の豪族、佐伯氏《さえき》に生まれる。延暦二十三年（八〇四）、最澄と同じ遣唐使船団で入唐し、唐の都の長安に行って密教の伝法をうけ、真言宗を開く。東寺《とうじ》（教王護国寺《きょうおうごこくじ》）を都の道場とし、高野山を山上の霊場とした。

おほかたに過ぐる月日をながめしは
わが身に年の積《つも》るなりけり

慈覚大師円仁《じかくだいしえんにん》（『新古今和歌集』）

月も日も、昇っては沈み、空を通り過ぎていく。それを何とはなく眺めてきたけれど、思えば自分の年が積もることであった。この歌は晩年の作なのだろう、円仁の辞世とも伝えられている。何ということもなく一日一日が過ぎて自分の齢《よわい》も積み重なったという穏やかな晩年がしのばれる歌なのだが、円仁の生涯は劇的なものだった。

円仁は平安京遷都の年に下野国《しもつけのくに》都賀郡《つがのこおり》（栃木県壬生町）に生まれ、九歳で下野の古刹＝大慈寺《だいじじ》に入り、十五歳のとき、比叡山に登って最澄の弟子になった。そして四十三歳の承和五年（八三八）、遣唐使船に乗って唐に出発する。

この遣唐使船は以前二度にわたって遭難しており、ようやく渡航に成功したのが承和五年だった。円仁は同じ遣唐使船で帰国する帰ることを命じられた短期の派遣僧だったが、それでは求法《ぐほう》の目的を十分に達せられない。円仁は不法に滞在することを決意し、新羅人だと身分をいつわるなどして苦難の旅をつづけ、山西省の五台山や都の長安におもむいた。おりから会昌《かいしょう》の廃仏（八四二年）という仏教弾圧にもあいながら密教経典をふくむ多数の典籍を入手し、承和十四年、新羅の商船に便乗して帰国。

その九年におよぶ旅は『入唐求法巡礼行記《にっとうぐほうじゅんれいこうき》』に詳しく記され、当時の貴重な記録となっている。
ちなみに、鎌倉時代の『続《しょく》古今和歌集』に「薬草喩品《やくそうゆぼん》の心を」と題する円仁の歌「雲しきて降る春雨は分《わ》かねども秋の垣根はおのがいろ〳〵（雲が空をおおって降る春雨は区別なくそそいでも秋の垣根にはいろいろな花が咲く）」がある。法華経の「薬草喩品」を詠んだ歌である。草木には大・中・小の違いがあっても、天から等しくそそぐ雨をうけて育つ。仏道にも三乗と総称されるさまざまな違いはあるのだが、仏は衆生に等しく慈雨をそそいで、究極には法華一乗の仏道にみちびくのだという。このように法華経の二十八品《ほん》を一品ずつ詠んだ歌は「二十八品歌」といわれ、平安中期以降に盛んになる。

比叡山延暦寺の横川中堂　円仁が書写した法華経を小塔に納めて安置した堂に始まる。比叡山の横川地区の中心である。

【円仁】七九四～八六四年／下野の豪族、壬生氏（毛野氏）に生まれる。斉衡《さいこう》元年（八五四）に六十二歳で天台座主。没後の貞観八年（八六六）に最澄に伝教大師、円仁に慈覚大師の大師号が清和天皇から贈られた。大師号の最初である。関東・東北地方に慈覚大師開創と伝える寺が数多くある。

泣く涙雨と降らなむ渡り川
水まさりなば帰りくるがに

小野篁《おののたかむら》

（『古今和歌集』）

京都東山に「六道の辻」といわれるところがある。六道は輪廻転生《りんねてんしょう》の六つの世界で、地獄（地下の牢獄）、餓鬼《がき》（飢えた幽鬼の世界）、畜生（家畜のような動物の世界）、修羅《しゅら》（怒りの鬼神、阿修羅の世界）、人間（生老病死《しょうろうびょうし》の無常の世界）、天（まだ喜怒哀楽の煩悩をのこす神々の世界）である。このうち地獄・餓鬼・畜生を三悪道といい、多くの人が堕ちていくと考えられた。

京都の東山一帯は鳥辺野《とりべの》といわれ、死んだ人の弔いをする場所であった。その鳥辺野の入口あたりが六道の辻で、六道珍皇寺《ろくどうちんのうじ》という寺があり、冥土に通じるという井戸がある。朝廷に仕える官人だった小野篁は、毎夜、その井戸から地獄の閻魔庁に行って大王に仕え、朝に戻って朝廷に出仕したという。

小野篁は従三位・参議という高い身分にのぼった官人だったが、激情型の性格で奇行が多く、嵯峨上皇の怒りをかって隠岐に流されたこともあった。しかし、根はやさしいところがあったようで、右の歌には「いもうとの身《み》まかりにける時よみける」という詞書《ことばがき》がある。妹《いもうと》が死んだとき、小野篁は悲しんで、「もし自分の涙が雨のように降るなら、冥土に渡る川の水が増え、妹は渡ることができずに戻ってくるのに」と詠んだのだ。

この世とあの世の境を流れる川の伝説は世界に広くみられる。『万葉集』の高市皇子《たけちのみこ》作の挽歌にも「山吹の立ちよそひたる山清水《やましみず》　汲みに行かめど道の知らなく」と詠まれ、亡き人は山吹の咲く清流の奥に去ってその道はわからないという。平安初期にも死者が冥土に渡っていく川があると語られたのだろう。その後、平安中期に冥土の地蔵菩薩のことが語られるようになり、平安後期には日本独自の三途の川の物語が広まる。そのころに編まれた『今昔物語集』の巻第二十第四十五話は、今は昔、公卿の藤原良相《ふじわらのよしみ》が病死して地獄に堕ちたとき、小野篁が閻魔大王にかけあって生き返らせてくれた、という話である。良相が閻魔庁で篁を見たと話したことから、篁はこの世と冥土を行き来しているといわれるようになったという。

六道珍皇寺　ここは六道の辻で、あの世への出入口があるという。（京都市東山区／写真 PIXTA）

【小野篁】八〇二～八五三年　詩と歌、書に勝れた文人貴族だが、奇行が多く、いろいろな伝説がある。

法《のり》の舟さしてゆく身ぞもろもろの
神も仏もわれをみそなへ

智証大師円珍《ちしょうだいしえんちん》

（『新古今和歌集』）

遣唐使船は円仁《えんにん》（38ページ）が入唐した承和五年（八三八）の派遣が最後になったが、商船の行き来はむしろ盛んになった。仁寿《にんじゅ》三年（八五三）、新羅船に乗って一人の天台僧が唐に向かった。のちに智証大師とよばれる円珍だ。右はそのときの歌である。初句の「法の舟」は求法《ぐほう》のために乗っていく船のことで、はるかな唐土をめざして行く。たびたび遭難する危険な航海である。円珍は「神も仏も」、法を伝えるこの身を見守ってほしいと祈った。それでも、暴風に翻弄されて台湾に漂着したすえ、かろうじて唐に渡ったのだった。

「神も」というのは、日本では古来の神々が仏法がひろまるのを助けるといわれていたからだ。比叡山は大山咋神《おおやまくいのかみ》・山王権現《さんのうごんげん》の山である。円珍の伝記には入唐をめざしたのは山王権現のお告げがあったからだという。その山王権現をはじめ日本古来の神々にも航海の無事を祈るとともに、唐での困難な求法を思って冥助《みょうじょ》を願ったのだろう。円珍は六年にわたって唐にとどまり、さまざまな経典や法具を入手して帰国した。そして先の円仁につづいて比叡山に密教を本格的に導入するなど、新たな発展をもたらした。

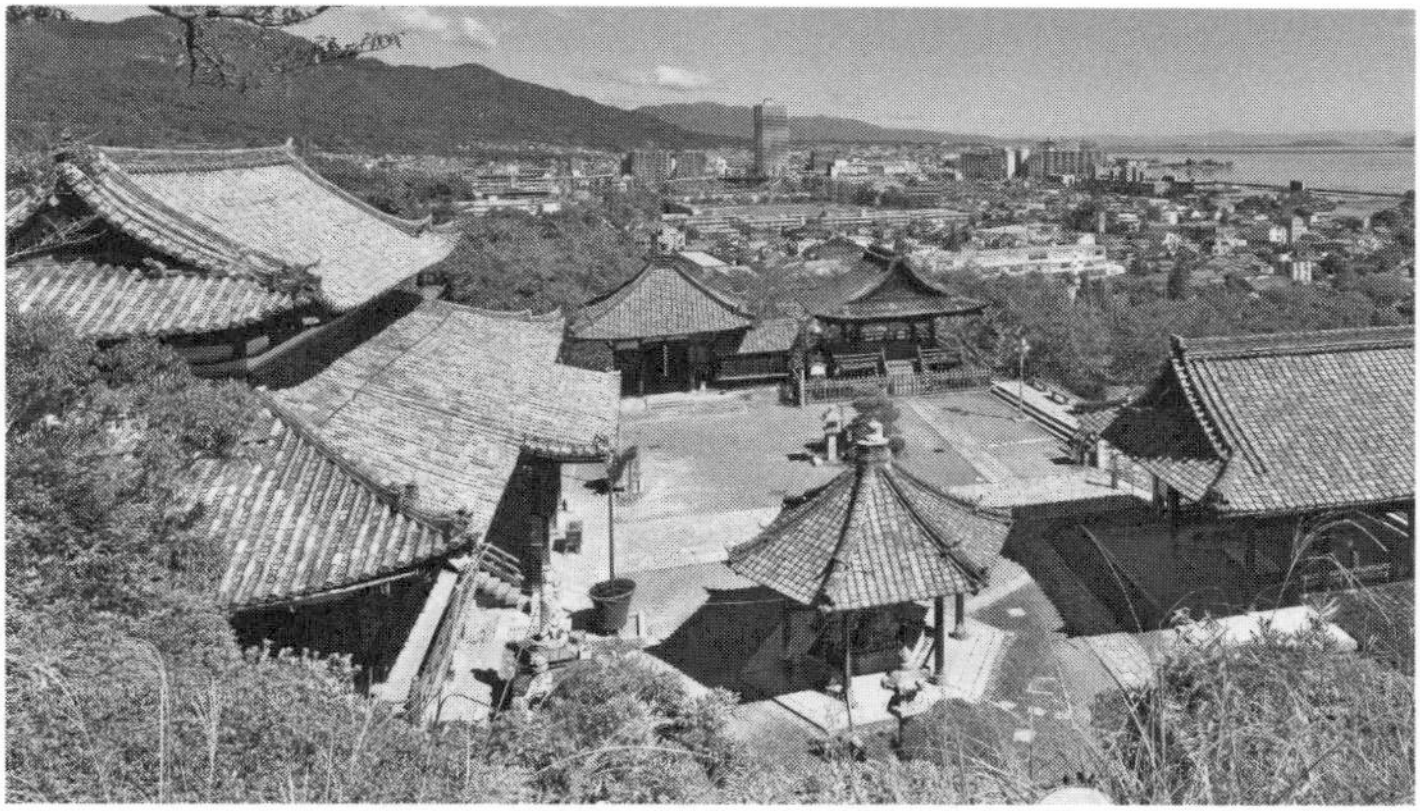

園城寺　天台宗寺門派の総本山。三井寺《みいでら》ともよばれる。（写真 PIXTA）

円仁は讃岐の生まれで弘法大師空海の甥にあたるが、十五歳で比叡山に登り、十二年籠山《ろうざん》（十二年間、山を下りずに修行すること）を修したのち、吉野や熊野の山々を巡った。唐から帰国後の貞観十年（八六八）には第五世天台座主《てんだいざす》になる。また、園城寺《おんじょうじ》（三井寺《みいでら》）を密教伝授の伝法灌頂《でんぽうかんじょう》の道場とした。園城寺は比叡山の麓、琵琶湖の南西岸にある寺院である。

その後、比叡山では円仁系と円珍系の二大勢力が生まれた。そして円珍没後の正暦四年（九九三）、両派の抗争によって円珍派は比叡山を下りて園城寺を拠点にする。比叡山の山門派に対して園城寺は寺門派とよばれ、現在の天台寺門宗になる。

【円珍】八一四～八九一年／讃岐の豪族の子。空海の一族である佐伯氏の一門で、俗名は和気遠塵といった。吉野・熊野の山々でも修行し、天台宗に密教・修験道を導入した。天台寺門宗の祖である。

つひにゆく道とはかねて聞きしかど
昨日今日とは思はざりしを

在原業平《ありはらのなりひら》　（『古今和歌集』）

この歌は最初の勅撰歌集『古今和歌集』（平安時代前期）にある。その詞書《ことばがき》に「病してよわくなりにける時、よめる」という。死期が近いことを予感して詠んだものだろう。生老病死の四苦は誰も避けることはできない。それはわかっていても、「昨日今日とは思わざりしを」である。

在原業平は平城《へいぜい》天皇の孫だが、薬子《くすこ》の変（八一〇年）などの政変の影響をうけて臣籍に下った。歌の名手として知られ、『小倉百人一首』の「ちはやぶる神世《かみよ》もきかず龍田河《たつたがわ》　唐紅《からくれない》に水くくるとは」の作者として有名だ。この歌も『古今和歌集』にあり、その詞書に「二条の后（清和天皇の女御《にょうご》）のところで屏風に描かれた紅葉が流れる龍田川《たつたがわ》の絵を題にして詠んだ」とある。水面の紅葉が布に括《くく》り染めした文様のようだ。神代でさえ、こんな美しい景色があったと聞いたことがない、というのだが、実際にそれを見たわけではない。題に即して詠むわざを競う架空の歌である。

業平の歌は『古今和歌集』に三十首が採られている。そのなかに「かきくらす心の闇にまどひにき夢うつつとは世人さだめよ」という歌がある。詞書によれば、業平が伊勢の国に行ったとき、斎宮《いつきのみや》だった人と密《ひそ》かに会った日の翌朝、その人のもとから「君や来《こ》し我や行きけむ思ほえず夢かうつつか寝てか覚めてか」という歌がとどいた。その返歌だという。

斎宮とは伊勢神宮の天照大神を祀る巫女で、未婚の皇女がつとめた。その斎宮だった皇女から「あなたが来たのか私が行ったのか、夢だったのか現《うつつ》だったのか」という歌がとどいた。それで業平は「それは暗い心の闇に迷ったことです。夢か現かは世の人が決めるでしょう」と返した。現実なら許されることではない危ない内容の歌だ。業平をモデルに実際にはありえない恋を歌う『伊勢物語』が『源氏物語』の先駆とされる所以《ゆえん》でもある。

『伊勢物語』は業平の歌でつづられた平安初期の歌物語である。「むかし、男が」と始まる各話の「男」は業平をさす。右の伊勢の歌も『伊勢物語』にあり、脚色して伊勢斎宮と密通する話になっている。

掲題の「ついにゆく道とは」の歌は『伊勢物語』では最後の第百二十五段にある。「むかし、男、わづらひて、心地死ぬべく覚えければ」と記され、臨終の歌であることが明確になっている。

ところで数年前、ある寺で檀家の年寄りを連れてポックリさんツアーをしていたが、帰って来たとたんにポックリ死んだ人があったので中止になったと聞いたことがある。効き目がありすぎたからだという。長患いしないでポックリを願っていても「昨日今日とは思わざりしを」である。

【在原業平】八二五〜八八〇年／母は桓武天皇の皇女、父は平城天皇の皇子という高位の皇族系貴族。平安前期の代表的な歌人で六歌仙・三十六歌仙に数えられる。

人毎《ごと》に今日《けふ》〳〵とのみ恋《こ》ひらるゝ
宮《みや》こ近くも成《なり》にける哉《かな》

理源大師聖宝《りげんだいししょうぼう》（『後撰和歌集』）

聖宝は大和または讃岐に生まれ、十六歳で空海の弟の真雅《しんが》（八〇一〜八七九／東寺長者）の弟子になった。真言密教のほか東大寺で南都諸宗を学ぶ。また、山林徒渉の行によって霊感を得て山中で神変大菩薩から法を授かったと伝え、役小角《えんのおづぬ》（役行者《えんのぎょうじゃ》）を祖とする修験道を再興した。貞観十六年（八七四）には山科の笠取山の山上に准胝《じゅんでい》観音と如意輪《にょいりん》観音を祀る堂を建て、真言宗醍醐派の総本山醍醐寺《だいごじ》（京都市伏見区）を開創した。現在も吉野・大峯《おおみね》を霊場とする修験道の本寺である。

右の歌は『古今和歌集』につづく第二の勅撰『後撰《ごせん》和歌集』の「羇旅《きりょ》」（旅の歌）の部にある。詞書《ことばがき》に「法皇、遠き山踏《ぶ》みしたまうて、京に帰りたまふに、旅宿《たびやど》りしたまうて、御供にさぶらふ道俗、歌詠ませ給ひけるに」という。宇多《うだ》法皇が昌泰三年（九〇〇）に吉野の金峯山《きんぷせん》、高野山、琵琶湖の竹生島《ちくぶしま》などを巡拝したときに供奉《ぐぶ》の僧や貴族らに歌を詠ませたのである。聖宝も六十九歳の高齢で随行した。

法皇や公卿《くぎょう》は輿《こし》に乗り、供奉の者らが前後に行列していく。その旅で人びとが口々に「今日は帰れるか、今日は帰れるか」と言っていた都がとうとう近くなった。やっと帰れるという安堵がこもる。

さらに宇多法皇は延喜七年（九〇七）に熊野御幸《くまのごこう》をおこなった。上皇・法皇による熊野御幸の最初である。熊野詣では平安時代後期に盛んになり、後白河法皇（一一二七〜一一九二年）は三十三、四回、後鳥羽上皇（一一八〇〜一二三九年）は二十八回も熊野御幸をくりかえした。後鳥羽上皇の御幸のようすを随行した藤原定家《ふじわらのていか》（116ページ）が旅日記『熊野道之間愚記《くまのみちのかんぐき》（後鳥羽院熊野御幸記）』に書き残している。

建仁元年（一二〇一）十月五日、晴。暁《あかつき》の鐘ののち、中庭に上皇が出御。公卿以下が列居し、陰陽《おんみょう》師の安倍晴光が御禊《ぎょけい》（日取りは陰陽師が卜占《ぼくせん》した）。殿上人《てんじょうびと》が松明を持って先行し、洛外の鳥羽（伏見区）で法皇は屋形船に乗り、桂川から淀川に出て窪津《くぼつ》（大阪市の天満橋付近）まで下った。定家は先に自分の船や騎馬で先行して法皇の行幸の準備にいそしむ。まず窪津の王子に参拝し奉幣。王子とは、熊野詣で巡拝していく社である。窪津は熊野九十九王子の出発点だった。僧が読経し、随員らが神楽を奉納して乱舞する。そうして十八日に海岸の熊野新宮まで行き、帰洛したのは二十六日だった。

なお、山林修行は大宝律令（七〇一年）の僧尼令《そうにりょう》に官僧でも許可せよという項目があり、奈良時代から祈禱力を高める修行として公認されていた。また、奈良時代の正史『続《しょく》日本紀』文武天皇三年（六九九）の条に葛城山の役小角《えんのおづぬ》が呪術を駆使したとあることにより役小角が修験道の祖とされ、中世に山々を神仏の霊場とする修験道が広まった。各地に修験の霊場がうまれたが、江戸幕府によって、真言宗の当山派（本寺は醍醐寺三宝院）と天台宗の本山派（本寺は聖護院《しょうごいん》）によって統制された。

【聖宝】八三二〜九〇九年／真言宗醍醐寺の開山。大師号の「理源」は江戸時代の東山天皇から与えられた。

花の色はうつりにけりないたづらに
わが身世にふるながめせしまに

小野小町《おののこまち》（『古今和歌集』）

春の花は美しく咲いても、いつのまにか色褪せてしまった。わたしの若さも世にすごす日々とともに失われ、秋の雨が降るのを眺めているうちに老いてしまう。

無常の情感をベースにした歌で、『小倉百人一首』でも有名だが、小野小町がどんな人物だったのか、ほとんどわかっていない。しかし、平安前期の最初の勅撰『古今和歌集』に十八首が採られているほか、六歌仙、三十六歌仙にも選ばれ、小町の作だという約百首の家集『小野小町集』も編まれた。平安時代の代表的な歌人の一人である。なにより「小町」といえば美女の代名詞だ。そして、「どんな美人でも死ねば汚なく腐って骸骨になってしまう」ということで「小野小町九相図《くそうず》」とよばれる絵も描かれた。

九相図とは、死後に肉体がおぞましく腐ってしまうことを九場面に分けて描いた絵画で、屏風や掛け軸に描かれている。①生前相《せいぜんそう》（若々しいときの姿）、②新死相《しんしそう》（死んだばかりの新しい遺体の姿）、③肪脹相《ぼうちょうそう》（遺体が腐ってふくれあがる）、④血塗相《けちずそう》（血膿がもれだす）、⑤肪乱相《ぼうらんそう》（皮膚がやぶれて遺体が崩れる）、⑥青瘀相《しょうおそう》（遺体は青黒くなる）、⑦噉食相《たんじきそう》（蛆《うじ》がわき、野犬や鳥がくいちぎる）、⑧骨連相《こつれんそう》（骸骨だけになる）

⑨遺散相《こつさんそう》（骨がばらばらに散らかる）の九場面である。

九相図の場面や名称は伝によって少し異なるが、平安時代に広く認識されていた。平安初期に空海が「九相の詩」（『性霊集』）を書いているほか、平安中期に源信《げんしん》があらわした『往生要集《おうじょうようしゅう》』の「人道《にんどう》」の章に詳しく記され、人びとの「厭離穢土《おんりえど》・欣求浄土《ごんぐじょうど》（穢れた六道輪廻の世界を離れ、浄土に生まれることを欣《ねが》い求めよ）」の思いを強めた。壇林皇后《だんりんこうごう》（嵯峨天皇の皇后／七八六〜八五〇年）の作という歌にも「我死なば焼くな埋《うず》むな野に捨てて痩《や》せたる犬の腹をこやせよ」と詠まれている。

平安時代には遺体を野山の榊《さかき》や竹で囲った中に置いて風化させる風葬がおこなわれた。遺体が腐り白骨化していく九相のようすが実際に見られただろう。京都では東山一帯の鳥辺野《とりべの》、嵯峨の化野《あだしの》、船岡山《ふなおかやま》の麓の蓮台野《れんだいの》あたりが弔いの場所になり、火葬や風葬がおこなわれた。鎌倉時代の吉田兼好《よしだけんこう》は随筆集『徒然草《つれづれぐさ》』（第七段）に「あだし野の露きゆる時なく、鳥部山《とりべやま》の烟《けむり》立ち去らでのみ住みはつるならひならば、いかに物のあはれもなからむ。世は、定めなきこそいみじけれ」（いずれは化野の風葬の露、鳥辺山の火葬の煙となる身であるからこそ人生は味わい深い）と記している。「あだし野の露」は風葬の遺体におりる霜である。

【小野小町】生没年不詳／生涯は不明だが、福島県小野町、秋田県湯沢市、福井県越前市、京都市山科区などに生地および居住したと伝える場所がある。

山は雪水は氷となりはてて 見るに花あり聞くに声なし

菅原道真《すがはらのみちざね》（「妙法天神経」）

菅原道真は儒学などの文章学《もんじょうがく》の家柄に生まれ、天皇を補佐する高位の公卿《くぎょう》になった。しかし、昌泰四年（九〇一）に九州の大宰府《だざいふ》に左遷される。そのとき京の屋敷を出ていくときに詠んだのが「東風吹《こち》かばにほひをこせよ梅花《うめのはな》　主《あるじ》なしとて春を忘るな」（『拾遺和歌集』）という有名な歌だ。

菅原道真が左遷されたのは、時の醍醐《だいご》天皇を廃して自分の娘婿の斉世《ときよ》親王（宇多《うだ》天皇の子）を皇位につけようとしていると左大臣藤原時平《ときひら》が誣告《ぶこく》したためだった。道真の四人の子も罪を着せられて左遷されたり流罪に処されたりした。

奈良時代なら謀反《むほん》は死罪だが、平安時代には都が死に穢《けが》れることが非常に恐れられ、重くても流罪になった。にもかかわらず、あろうことか内裏が死に穢される事件が起こった。延長八年（九三〇）六月、内裏の清涼殿《せいりょうでん》に落雷があって炎上し、公卿や近衛の役人数名が死亡したのである。醍醐天皇は衝撃をうけて体調を崩し、三か月後に四十六歳で崩御。のみならず、天変地異がつづいた。

道真が大宰府で没してから二十七年後のことである。怨《うら》みをのこして死んだ道真のことが思い起こされて、内裏炎上をはじめ、うちつづく厄災は道真の怨霊が荒れているのだと考えられた。その怨霊を鎮めるため、道真に天満大自在天神《てんまんだいじざいてんじん》の神号や正一位左大臣《しょういちいさだいじん》、さらに太政大臣《だいじょうだいじん》の位が天皇から贈られた。さらに京都の北野天満宮、太宰府天満宮など、道真をまつる神社がつくられた。そして後世、道真は学問の神様としても参拝されるようになる。

掲題の歌は「妙法天神経《みょうほうてんじんきょう》」の一首で、江戸時代の世相が記された随筆集『甲子夜話《かっしやわ》』（続編巻七十二）にある。「妙法」は妙法蓮華経の略で法華経のこと。その全二十八品《ほん》（章）の心を菅原道真が一品ずつ詠んだという二十八品歌を「妙法天神経」という。

法華経の二十八品歌は平安時代から多くつくられたが、「妙法天神経」は江戸時代に天神様のお告げとして広まったものだろう。この一首は「如来寿量品第十六《にょらいじゆりょうほん》」、すなわち釈迦如来は入滅したように見えても真実には永遠の仏だと説かれている章の歌である。

緑だった山に雪が降れば、雪が花のように見える。滔々《とうとう》と流れる川でも、氷ってしまうと音が聞こえなくなる。しかし、山も川も何も変わっていない。春になれば緑がよみがえるし、川音も聞こえるようになる。仏も姿が見えなくなったり声が聞こえなくなったりすることがあるにしても、法華経が指し示しているひとすじの道（法華一乗）は変わらない。

【菅原道真】八四五〜九〇三年／儒学の家柄に生まれた貴族で文章博士《もんじょうはかせ》（朝廷の文書をつかさどる官）になり、従二位・右大臣にのぼるが、藤原氏による他氏排斥の動きのなかで大宰府に左遷され、同所で没した。

一度《ひとたび》も南無阿弥陀仏と言ふ人の
蓮《はちす》の上にのぼらぬはなし　　空也上人《くうやしょうにん》
（『拾遺和歌集』）

空也は二十歳のころ尾張の国分寺で出家した。その後、手に鹿角の杖を持ち、胸に鉦《かね》を下げた異形《いぎょう》の姿で諸国を遊行《ゆぎょう》。念仏の声と打ち鳴らされる鉦の音に人びとが熱狂して踊り、それが踊念仏《おどりねんぶつ》の始まりになった。右の歌には「市門にかきつけて侍《はべ》りける」という詞書《ことばがき》がある。どこかの町の多くの人が集まる場所に書きつけたのだろう。「蓮の上」とは観無量寿経《かんむりょうじゅきょう》に、念仏する人は臨終のときに阿弥陀仏と観音・勢至菩薩が迎えにあらわれ、観音菩薩がささげる蓮の台に乗せられて極楽浄土に生まれると説かれていることによる。どんな悪人でも迎えられると説かれているので、一度でも「南無阿弥陀仏」ととなえるならば「蓮《はちす》の上にのぼらぬはなし」である。

諸国遊行の空也が京に入ったのは天慶《てんぎょう》元年（九三八）のことだった。平安中期に貴族の慶滋保胤《よししげのやすたね》（九三三～一〇〇二年）があらわした『日本往生極楽記《にほんおうじょうごくらくき》』には「上人が入京された天慶以前には念仏を修することは稀《まれ》で、人びとの多くは念仏を（不吉なこととして）忌み嫌っていた。しかし、上人の入京以後は自分からとなえ、他の人にも勧めてとなえさせている。その後は世をあげて念仏している」と記されている。

『日本往生極楽記』は聖、徳太子、行基をはじめ、極楽に往生したという四十五人の伝記である。空也については「口に常に南無阿弥陀仏ととなえていたので世に阿弥陀聖《あみだひじり》とよばれた。また、都の市中に住んで仏事をおこなったので市聖《いちのひじり》とよばれる。険しい道があれば土や岩を削って整え、橋がない川に橋を架け、井戸がないと知れば井戸を掘った。それを阿弥陀の井という」と記されている。「南無阿弥陀仏」をとなえる音の一つひとつが仏になって口から飛び出したといわれ、空也が京都東山に創建した六波羅《ろくはら》蜜寺《みつじ》（当初の寺名は西光寺《さいこうじ》）にある空也上人像は口から七体の阿弥陀仏が出ている姿になっている。

とはいえ、平安時代の仏教は多様で、空也の信仰も念仏だけではない。貴族の源為憲《みなもとのためのり》が空也の没後に書いた追悼文「空也上人誄《るい》」によれば、空也は一千二百個の水晶を軸の両端につけた大般若経《だいはんにゃきょう》六百巻の写経をつくり、六百人の僧を招いて経典供養の法会《ほうえ》を豪勢にもよおした。ねぎらいの斎《とき》（食事）には百味をそろえたという。

六波羅蜜寺は多くの寄進による蓄財によって建立された寺で、本尊は阿弥陀如来ではなく十一面観音である。

【空也】九〇三～九七二年／醍醐天皇の皇子ともいわれるが出自は不明。延喜二十二年（九二二）ごろに尾張国分寺で出家し空也と名乗る。天暦二年（九四八）には比叡山で受戒し、光勝の名をうける。

その昔《かみ》の斎《いも》ひの庭にあまれりし
草の筵《むしろ》も今日《けふ》や敷くらん

慈恵大師良源《じえだいしりょうげん》

(『続後撰和歌集』)

延暦寺は比叡山の山上と麓にかけての諸寺・諸堂の総称である。最澄が没した翌年の弘仁十四年(八二三)、嵯峨天皇から開創時の元号によって「延暦寺」という寺名が下賜された。高い寺格を誇る延暦寺だが、最澄・円仁のあとは少しく衰退し、承平五年(九三五)の火災によって堂宇の多くが焼失して荒廃した。その後、康保三年(九六六)に天台座主になった良源は藤原氏との関係を強め、荘園などの寄進を得て伽藍《がらん》を復興。僧徒は二千七百人におよんだという。

右の歌には鎌倉時代の『続後撰《しょくごせん》和歌集』に「天台大師の忌日によみ侍《はべり》ける」の詞書《ことばがき》がある。天台大師は中国で法華経を釈迦如来の最終の教えとして天台宗を開いた智顗《ちぎ》(五三八〜五九八年)のこと。現在の比叡山でも忌日の十一月二十四日に霜月会《しもつきえ》という法要が営まれる。平安時代には釈迦如来が成道の座に敷いたという吉祥草《きちじょうそう》にみたてて四方に草を垂らした座具を用いたようだ。その草が余っているのは天台大師の座としてひとつ余分に設けたからだ。延暦寺を再興した良源の心を伝える歌である。

良源は没後に天皇から「慈恵」の諡号《しごう》を受けたが、正月三日の命日にちなんで元三大師《がんさんだいし》という。鬼の姿で疫病神を追い払ったという伝説から角《つの》大師ともよばれ、今も横川の元三大師堂などで角大師を描いた厄除けのお札が配られている。この良源が比叡山の山王権現・日吉大社で神の使いとされる猿（まさる）にちなんで詠んだという七首の歌がある。いわゆる「慈恵大師七猿歌《しちえんか》」で、その第四首から第六首は「見ざる・聞かざる・言わざる」の三猿の歌である。

四、視《み》ざるを愈《まさる》となす

何事も見ればこそげにむつかしや　見ざるにまさることはあらじな

五、聴かざるを愈となす

きけばこそ望《のぞみ》もおこれ　はらもたて　きかざるぞげに　まさるなりけれ

六、言わざるを愈となす

こころには　なにわのことを思ふとも　人のあしきは　いはざるぞよき

そして、第七首は「見ず聞かず　いわざる三《み》つのさるよりも思わざるこそまさるなりけれ」。「見ざる・聞かざる・言わざる」というだけでは心が閉じてしまう。そんなことも思わないようになるのがよい、ということである。この七猿歌は日吉大社に伝わる歌で、山田恵諦著『元三大師』（第一書房一九七九）には、天禄四年（九七三）に良源が日吉山王権現に参詣したおりに詠んだという。

【良源】九一二〜九八五年／第十八代天台座主。近江の豪族、木津《こづ》氏に生まれ、少年のとき比叡山に入る。火災で荒廃した比叡山を藤原氏から寄進をうけて再興。法華教学と行法の再興に尽くし、延暦寺中興の祖とされる。

憂《う》き世をばそむかば今日《けふ》もそむきなん
明日《あす》もありとは頼むべき身か　慶滋保胤《よししげのやすたね》

（『拾遺和歌集』）

憂き世に背《そむ》いて出家するなら今日にもしよう。明日があると頼れる身であろうか。

この歌は平安中期の勅撰『拾遺《しゅうい》和歌集』の詞書《ことばがき》に「法師《ほうし》になろうと出る時に家に書きつけてあった」という。作者の慶滋保胤は中務省《なかつかさしょう》で天皇の詔勅の起草などにあたる大内記《だいないき》にまで出世した文人であるが、官位は従五位下《じゅごいのげ》だから五位以上とされる貴族のなかでは下級だった。藤原氏を頂点とする貴族体制のなかで政治には関心をもてず、随筆『池亭記《ちていき》』（『本朝文粋《ほんちょうもんずい》』所収）に「朝《ちょう》（朝廷）に在《あ》りては身暫《しばら》く王事（役所の仕事）に随《したが》ひ、家に在りては心永《なが》く仏那《ぶつだ》に帰《よ》す」という。

康保元年（九六四）、保胤は同じく文人貴族の源為憲《みなもとのためのり》らによびかけて勧学会《かんがくえ》を始めた。京都近辺の寺で三月と九月の満月のころの一昼夜、昼は法華経をとなえ、夜には念仏する集いである。禅林寺《ぜんりんじ》での秋の勧学会についての「法華経を聴講し同じく沙《すな》を聚《あつ》めて仏塔と為《な》す」という保胤の文（『本朝文粋』所収）に「台山禅侶《たいざんぜんりょ》二十口、翰林書生《かんりんしょしょう》二十口、共に仏事を作《な》す」とあるので、比叡山の僧二十人、文人二十人の集まりだ。それは「共に仏事を作《な》し」「無量の罪障を滅し、極楽世界に生ぜん」ためであるが、よく知らない者は「風月詩酒の楽遊」と思うだろうと保胤はいう。

随筆『池亭記』は自邸について記した文である。「予《よ》六条以北に初めて荒地《こうち》を卜《ぼく》し、四つの垣を築《つ》きて一つの門を開く。（中略）地方都盧《ちほうすべて》十有余畝《ゆうよぼう》。隆《たか》きに就《つ》きては小山《しょうせん》を為《つく》り、窪《くぼ》に遭《あ》ひては小池《しょうち》を穿《ほ》る。池の西に小堂を置きて弥陀《みだ》を安《あん》ず。池の東に小閣《しょうかく》を開きて書籍を納む。池の北に低屋《ていおく》を起てて妻子を着《つ》けり」という。池の西に阿弥陀堂をつくるのは、のちの平等院鳳凰堂《びょうどういんほうおうどう》（一〇五二年、藤原頼通《ふじわらのよりみち》の建立）も同じで、この世の東側から西方極楽への往生を願って阿弥陀仏を拝する配置である。

保胤は、その邸宅を虱《しらみ》が衣の縫い目を楽しむような細《ささ》やかな住まいだというのだが、「地方都盧《ちほうすべて》十有余畝《ゆうよぼう》」は相当な広さだ。その邸宅を保胤は五十歳になるころにようやく手に入れたというのだが、安息の住まいとはならなかった。『池亭記』には、都の西京は荒れてしまって幽墟に近く、昔は栄えた家が今は狐狸《こり》の穴になっているなど、邸宅の虚しいことを縷々《るる》つづっている。鎌倉時代の鴨長明の『方丈記』の元になった随筆である。

五十四歳の寛和二年（九八六）、保胤は掲題の和歌を家に書きつけて比叡山に登っていった。それによって勧学会は終わるが、勧学会は比叡山の念仏結社＝二十五三昧会《ざんまいえ》（58ページ参照）の先駆であり、保胤自身も二十五三昧会の結衆《けっしゅ》に加わったのだった。

【慶滋保胤】九三三〜一〇〇二年／僧名は心覚《しんかく》、のち寂心《じゃくしん》。陰陽家に生まれた文人貴族で、極楽に往生したという人物の伝記集『日本往生極楽記《にほんおうじょうごくらくき》』などをあらわす。

われだにもまづ極楽に生れなば
知るも知らぬもみな迎へてん

恵心僧都源信《えしんそうずげんしん》　（『新古今和歌集』）

源信は比叡山横川《よかわ》の僧で、寛和元年（九八五）に『往生要集《おうじょうようしゅう》』をあらわした。十の大文《だいもん》（章）からなる書物だ。その第一「厭離穢土《おんりえど》（穢土《えど》を厭《いと》い離れよ）」の「土」は生死輪廻《しょうじりんね》の六道の世界を意味し、六道の様相が記されている。そのなかの地獄の記述によって有名な書物だが、第二「欣求浄土《ごんぐじょうど》（浄土を欣《ねが》い求めよ）」以下の九章は書名の示すとおり経典・論書から極楽往生のための要文を集めて極楽往生のための念仏を説く。その念仏を実践するために比叡山の二十五人の僧が二十五三昧会《ざんまいえ》という念仏結社をつくり、源信を指導者に迎えた。

この結社のために源信は「二十五三昧会起請《きしょう》」という十二か条の定めをつくった。第一、毎月十五日夜に不断念仏を修すべきこと。第二、正午以後は念仏、以前は法華経を講ずべきこと。第四、結衆《けっしゅ》に死者がでたときは光明真言《こうみょうしんごん》をもって土砂《どしゃ》を加持《かじ》して亡骸《なきがら》を置くべきこと。第九、結衆が病になったときは往生院《おうじょういん》と名づける坊舎に移すべきこと（西向きに寝かせて阿弥陀仏像から引いた糸を手に持たせ周囲で念仏をとなえる）。第十、結社の墓地をつくり安養廟《あんようびょう》と名づける、などである。

二十五三昧会の結衆は毎月十五日、すなわち満月の日に集まり、夜を徹して念仏した。源信はその法式《ほっしき》「二十五三昧式」も定めている。初めに「この道場は帝釈天《たいしゃくてん》の珠《たま》のように仏法僧《ぶっぽうそう》の三宝の姿を映し、我が身も三宝の前にある。地に額をつけて帰命礼拝《きみょうらいはい》す」という意味の偈をとなえ、次に如来唄《にょらいばい》、礼仏《らいぶつ》頌《じゅ》（声明《しょうみょう》）、表白《ひょうびゃく》、釈迦・阿弥陀両尊と諸聖衆《しょしょうじゅ》の勧請《かんじょう》とつづき、延々と誦《じゅ》す偈頌《げじゅ》や読経《どきょう》の節目に「南《な》無極楽化主弥陀如来《むごくらくけしゅみだにょらい》　南無命終決定往生極楽《なむみょうじゅけつじょうおうじょうごくらく》（極楽国土の教主、阿弥陀如来に帰依したてまつる。臨終に往生極楽が決定せんことを）」などの偈《げ》をくりかえす。

それは自分一人の極楽往生のためではない。阿弥陀仏の力に回向《えこう》せられて極楽に迎えられることを往相《おうそう》回向といい、極楽国土で仏の力を得たのちに自分が世の人々のもとに還《かえ》って迎えることを還相《げんそう》回向という。右の歌は「もし私のような者でも先に極楽に往生できたら、知る人も知らない人も皆、極楽に迎えよう」と還相回向の誓願が詠まれている。

ちなみに、初期の結衆百二十四人の名を記した「二十五三昧会過去帳」という名簿がある。多くは「○○大徳《だいとく》」という僧の名だが、「紀氏女《きしのむすめ》」といった在家の男女の名や「小野若王丸《わかおうまる》」といった子どもの名もある。紀氏や小野氏は二十五三昧会の檀越《だんおつ》（寄進者）となり、結縁《けちえん》することで、幼くして死んだ子や亡き父母のため、あわせて自分の来世のために毎月十五夜の月影の下で祈ったのだろう。

【源信】九四二〜一〇一七年／念仏を説くと同時に法華教学による『一乗要決』をあらわすなど、法華信仰と混淆した平安浄土教を代表する僧。横川に遁世して恵心院《えしんいん》に住み、一時、僧都の僧位を得たことから恵心僧都とよばれる。

阿弥陀仏《あみだぶ》ととなふる声に夢さめて
西へながるゝ月をこそみれ

選子内親王《せんしないしんのう》

（『金葉和歌集』）

選子は村上天皇の皇女で天延三年（九七五）十二歳で斎院《さいいん》に選ばれ、二年間の潔斎《けっさい》ののち紫野院《むらさきののいん》に入った。斎院は伊勢の斎宮《いつきのみや》にならって京都の賀茂《かも》神社（下鴨神社と上賀茂神社）の神に仕える未婚の皇女である。その皇女を斎王《さいおう》または斎院といい、現在の上京区にあった住まいの紫野院も斎院といった。

斎王は天皇の即位のときに選びなおされるのが通例だが、選子内親王は長元四年（一〇三一）に六十八歳で老いと病により退下するまで円融《えんゆう》・花山《かざん》・一条《いちじょう》・三条《さんじょう》・後一条《ごいちじょう》天皇の五代にわたる斎院だった。住まいの紫野院では和歌や管弦の集いがもよおされ、平安中期の女流文学のサロンのようになった。

選子は紫式部《むらさきしきぶ》が仕えた中宮彰子《ちゅうぐうしょうし》（一条天皇の皇后）とも交流があった。『紫式部日記』には、「おもむきのある夕月夜や夜明け、花見のころ、ホトトギスの声のするころに斎院を訪ねれば、斎王さまはまことに御心が深くあられ、御所のようすも世を離れて神々しくございます」という。紫式部は斎院の女官たちが威張っていることをさんざん悪く言っているが、選子内親王は尊敬したのだった。

清少納言《せいしょうなごん》は『枕草子《まくらのそうし》』の「宮仕《みやづか》へ所《どころ》は」の段で「宮仕えするなら内裏、后宮《きさきのみや》、后宮にお生まれになった一品《いっぽん》の宮」などがよいといい、「斎院、罪深かれど、をかし（風情がある）」という。何をもって罪深いというのかはわからない。神に仕える斎院は仏法から遠ざかり、和歌や管弦を楽しむことも憚《はばか》られるのだが、その禁をおかしていることを罪とするのかもしれない。選子内親王は斎院として許されないことながら寛弘九年（一〇一二）に仏と結縁《けちえん》することを願って自作の釈教歌《しゃっきょうか》を集めて『発心《ほっしん》和歌集』を自撰。万寿三年（一〇二六）に中宮彰子が一条天皇の崩御後に三十九歳で出家したときには「君すらもまことの道に入りぬなり　ひとりやながき闇にまどはん」（『後拾遺和歌集』）と詠んでいる。「若いあなたさえ仏道にお入りになったのに、わたくしは一人、長い闇に迷っています」という意味だ。「長き闇」は法華経の語句によるもので、それについては、のちに花山院《かざんいん》の項（68ページ）で述べる。

掲題の歌は晩年の作だろうか。この歌には「八月の月の明るい夜、通りかかった阿弥陀聖人をおよびになり、実家に戻っている女官のもとへ送った」という意味の詞書《ことばがき》がある。阿弥陀聖人は念仏をとなえながら歩いた聖《ひじり》で、死者の弔いにもあたった。じつは紫野院は京の弔い場の蓮台野《れんだいの》に近いところにあった。明け方、そこへ「南無阿弥陀仏」ととなえながら向かう僧かもしれない。その声に目覚めれば、月が西へ流れるように沈んでいく。「その月をごらんなさい。その方角に極楽浄土はあるというので」という。

【選子内親王】九六四～一〇三五年／十二歳から六十八歳まで長期にわたり賀茂斎院をつとめ、大斎院とよばれる。長元四年（一〇三一）に斎院を退下したのちに出家し、同八年に七十二歳で薨じた。

底清《きよ》く心の水を澄まさずは いかが悟りの蓮《はちす》をも見ん

藤原道長《ふじわらのみちなが》

（『新古今和歌集』）

この歌には「家に百首歌《ひゃくしゅのうた》よみ侍《はべ》りける時、五智《ごち》の心を。妙観察智《みょうかんざっち》」という詞書《ことばがき》があり、作者名は「入道前関白太政大臣《にゅうどうさきのかんぱくだいじょうだいじん》」となっている。百首歌は一人もしくは数人で百首を詠むもので、道長の邸宅の土御門殿《つちみかどどの》でおこなわれたのだろう。五智、妙観察智は密教でいう如来の智慧である。

密教は秘密仏教の略である。その秘密とは月日の運行や作物の稔りなど万物の奥に働いている神秘のことで、輝くもの、すなわち大日如来《だいにちにょらい》という名でよばれる。その如来と人は三密加持《さんみつかじ》といわれる修《しゅ》法《ほう》によって交流することができる。三密は仏教一般でいう身口意《しんくい》の三業《さんごう》と同じで、その加持は、身の手指に仏菩薩《ぶつぼさつ》など諸尊の印を結び、口に真言を誦《じゅ》し、心に仏を念じることである。

加持は諸仏の加護の力の働きをいう。日本に密教を本格的にもたらした真言宗の開祖空海は、「加持とは如来の大悲と衆生の信心とを表す。仏日《ぶつにち》の影（仏の光）、衆生《しゅじょう》の心水《しんすい》に現ずるを加といい、行者の心水、能《よ》く仏日を感ずるを持《じ》と名づく」（『即身成仏義』）という。道長の歌の「心の水」は空海がいう「衆生の心水」を意味し、その水を澄まさなければ「悟りの蓮」も見ることはできないと詠んだ。

ところで、道長の歌といえば「この世をばわが世とぞ思ふ望月《もちづき》の欠けたることもなしと思へば」（藤原実資の日記『小右記』所載）が有名だ。寛仁二年（一〇一八）、三女の威子《いし》が長女の彰子《しょうし》、次女の妍子《けんし》に続いて天皇の中宮（皇后）になり、未曾有の権勢を手にした日のことである。しかし、望月が満月なのは一夜だけのことで、翌日には欠けていく。道長は病気がちで、前年に摂政《せっしょう》の地位を子の頼通《よりみち》に譲っていた。かわりに太政大臣になったが、それも三か月ほどで退き、寛仁三年には受戒出家して僧名を行観《ぎょうかん》（のち行覚《ぎょうかく》）と名乗る。掲題の歌の作者名を「入道前関白太政大臣」というのはそのためだ。「入道」とは剃髪して仏門に入った人のことだが、姿は僧形《そうぎょう》でも在家のままである。

当時、大病をすると平癒を祈って受戒することはよくあった。それは形の上でのことだったが、道長は自邸のそばに九体の阿弥陀像を安置した阿弥陀堂（無量寿院）を造営。さらに七体の薬師如来を安置する薬師堂、大日如来を祀る金堂、未来に仏になってあらわれるという弥勒菩薩を祀る弥勒堂などの諸堂をつくって拡充し、その全体を法成寺《ほうじょうじ》とした。現存しないが、都の内裏に匹敵する規模の大寺院で、天下に権勢を示した。しかし道長は晩年、もっぱら阿弥陀仏を念じるようになり、万寿四年（一〇二七）に法成寺無量寿院に病臥して六十二歳で没した。平安時代に書かれた歴史物語『栄花物《えいがもの》語《がたり》』に臨終行儀《りんじゅうぎょうぎ》の作法にしたがい、九体の阿弥陀像から引いた糸を手にもって逝ったとある。

【藤原道長】九六六～一〇二七年／藤原北家の兼家の五男。疫病で兄たちが死亡したことにより家督を継ぎ、天皇の外戚として摂政・関白をつとめる。その生涯は、国風の王朝文化が発達した平安貴族社会の全盛期にあたる。

もとめてもかかる蓮《はちす》の露おきて
憂《う》き世にまたは帰るものかは　清少納言《せいしょうなごん》（『枕草子』）

この歌は『枕草子《まくらのそうし》』第三十二段「菩提《ぼだい》といふ寺に」にある。菩提寺という寺で催された結縁《けちえん》の八講《はっこう》に詣でたときに「早く帰ってきてほしい」と使いがやってきた。それで蓮の葉の裏に右の歌を書いて使いを帰したという。

八講とは法華経八巻（この巻数は決まっていて「八巻《やまき》」といえば法華経をさす）を午前・午後に一巻ずつ四日間にわたって読経し講釈する法会《ほうえ》である。八人の僧が講師になり、一巻ずつ担当した。平安時代には寺のほか貴族の屋敷でも八講が盛んにおこなわれ、結縁の八講は多くの人が仏と縁を結ぶことができるようにと営まれた。清少納言はその八講の法会につらなり、ありがたい蓮の露のように説経の声を身に浴びているのに、「早く帰ってこいと言われても、また憂き世（俗世間）になんか戻るものですか」と返事した。

しかし、清少納言がそんなに信心深かったかといえば怪しいところがある。法会は楽しい催しで、彼女は顔と声のいいお坊さんの追っかけをやっていたようなのだ。

『枕草子』第三十一段「説経の講師は」では「説経の講師は、顔よき。講師の顔をつとまもらへたるこそ、その説くことのたふとさもおぼゆれ（説経の講師は顔の美しいのがよい。講師の顔をじっと見つめていてこそ、説かれていることが尊く思われる）」という。さらに、講師の顔がよくないと、よそ見してしまうので罪深いことになる。法会に来合わせた人と久しぶりに会ったといって、しゃべったり笑ったりして説法を聞こうとしない者もいれば、あっちの八講、こっちの経供養《きょうくよう》（写経の供養）と比べてみたりする者もいる。このありさまを昔の人が見たら、どんなに非難されることだろう、と清少納言は嘆いているのだが、周囲の騒がしさで、せっかく顔のいい講師の話に集中できないことに苛立《いらだ》っているようである。

第三十三段「小白川という所は」は、小一条大将《こいちじょうのだいしょう》の小白川のお邸《やしき》で営まれた八講の朝座《あさざ》に出かけた話。講師の清範《せいはん》という僧はあたりに光が満ちている気がするほどの美男子だ。この僧の話だけ聞いて帰ろうとしたら笑う人があったので「あなたも五千人の中にお入りになることがあるでしょ」と言ってやったと清少納言は記している。知ったかぶりの僧五千人が釈迦の説法を聞こうとせずに去っていったという法華経のエピソードをふまえた言葉だ。

平安時代には、そんな話がさらっと出るほど、経典の内容がよく知られるようになっていたのだ。

【清少納言】九六六年ごろ～一〇二五年ごろ／平安中期の貴族・歌人の清原元輔《きよはらのもとすけ》の娘。実名は不明。中宮定子《ちゅうぐうていし》（一条天皇の皇后／藤原定子）に女官として仕え、随筆集『枕草子』の作者として知られる。

風吹けばまづやぶれぬる草の葉に
よそふるからに袖《そで》ぞつゆけき

藤原公任《ふじわらのきんとう》　（『後拾遺和歌集』）

この歌には「維摩経《ゆいまきょう》十喩《ゆ》の中に、此身芭蕉《ししんばしょう》の如《ごと》しといふ心を」という詞書《ことばがき》がある。いわゆる維摩経十喩歌の一首である。

維摩経は維摩詰《ゆいまきつ》（ヴィマラキールティ）という居士《こじ》（在家の信徒）と文殊菩薩などの対話で、聖徳太子の注釈書『維摩経義疏《ぎしょ》』以来、広く知られていた。維摩詰《ゆいまきつ》は浄名《じょうみょう》ともいう。隠遁者の理想ともされ、鴨長明の随筆『方丈記』にも「栖《すみか》はすなはち、浄名居士の跡を汚《けが》せりといへども」という。

維摩経の第二「方便品」に「是《こ》の身は聚沫《じゅまつ》の如し、撮摩《さつま》すべからず（手に取ることはできない沫《あわ》のようなもの）。是の身は泡の如し、久しく立つことを得ず。是の身は焔《ほのお》の如し、渇愛《かつあい》より生《しょう》ず。是の身は芭《ば》蕉《しょう》の如く、中に堅《けん》有ること無し（芯のない芭蕉の茎のようなもの）」以下、人の身の空《くう》にして無常であることが、幻、夢、影、音の響き、浮雲、雷の十の喩《たと》えで説かれている。それが維摩経十喩で、公任は芭蕉の喩えの心を「風が吹けば破れる草の葉に我が身をなぞらえると袖が涙で湿る」と詠んだ。

所収の『後拾遺《ごしゅうい》和歌集』は『古今《こきん》和歌集』（九〇五年）に始まる勅撰歌集の第四で、応徳三年（一〇八六）に完成した。『古今和歌集』と同様に「羇旅《きりょ》」「哀傷」「恋」「雑」などの巻があるが最後の巻二十（雑の六）

に「釈教（仏教）」の部が初めておかれた。その釈教の部に公任の歌がもう一首採られている。「普門《ふもん》品《ぼん》」と題する「世をすくふうちにはたれか入《い》らざらん　あまねき門《かど》は人しさゝねば」である。法華経の第二十五「観世音菩薩普門品《かんぜおんぼさつふもんぼん》」に、観音菩薩の御名をとなえ、「彼《か》の観音の力を念じれば」、どんな災いからも救われ、その福聚《ふくじゅ》の海は無量であると説かれている。「世に普《あまね》く開かれた救いの門は、だれに対しても閉ざされていない。入らない人がいるだろうか」と公任は詠んでいる。

『後拾遺集』の「釈教」の部の歌は十九首で、法華経の歌が多い。そのなかに「故土御門右大臣《つちみかどうだいじん》（源《みなもとの》師房《もろふさ》）の家の女房が三つの車に相乗りして菩提講《ぼだいこう》（念仏の法会）に参ったとき、雨が降ったので二つの車は帰り、残りの一つの車に乗った人が詠み、先に帰った人に送った」という詠み人知らずの歌がある。「もろともに三《みつ》の車に乗りしかど我は一味の雨にぬれにき（一緒に三つの車に乗ったけれど自分は一味の雨に濡れて帰った）」

三つと一つの車は法華経「譬喩品《ひゆほん》」の三車火宅《さんしゃかたく》の譬喩にいう声聞《しゅうもん》・縁覚《えんがく》・菩薩《ぼさつ》の三乗と法華一乗を意味し、「一味の雨」は「薬草喩品《やくそうゆほん》」の等しく注ぐ慈雨をあらわす。勅撰集に釈教の部が立てられるようになった平安中期には経典の言葉がなじみ、和歌にもさらっと歌われるようになったのだった。

【藤原公任】九六六～一〇四一年／関白・太政大臣をつとめた藤原頼忠《よりただ》の長男。正二位・権大納言に進んだ公卿だが、もっぱら歌人・文人として活躍し、和歌・漢詩・漢文の名文を集めて『和漢朗詠集』を編む。

長き夜のはじめをはりもしらぬまに
幾世のことを夢に見つらむ　花山院《かざんいん》

（『続拾遺和歌集』）

法華経の第七章「化城喩品《けじょうゆほん》」に「衆生《しゅじょう》は盲冥《もうみょう》にして冥《くら》きより冥きに入《い》り永《なが》く仏の名《みな》を聞かず。苦尽《くじん》の道《どう》を識《し》らず長夜《じょうや》に悪趣《あくしゅ》を増して諸天衆《しょてんしゅ》を減損す」という言葉がある。「人々の心は閉ざされて暗がりから暗がりに入り長く仏に出会うことはなかった。苦しみから逃れる道を知らず六道の地獄・餓鬼などの悪道が拡大し、神々さえ堕《お》ちゆく長い夜であった」という意味で、先の選子内親王《せんしないしんのう》の「ひとりや長き闇にまどはむ」や後述の和泉式部《いずみしきぶ》の「暗きより暗き闇路に生れきて」など、よく歌に詠まれた。

右の歌では「長夜の闇に眠って初めも終わりもわからぬまま、わたしは何回も生まれ変わって幾世のことを夢に見ただろうか」という。このままでは、また暗い夜に堕ちていくということから花山院はことのほか仏道に心を寄せた天皇だった。ちなみに「天皇」という呼称は奈良時代のもので、平安時代以後は退位後の御所の所在地などから「〇〇院」とよばれた（「天皇」号が復活するのは江戸時代である）。

花山天皇は冷泉天皇の皇子で、永観二年（九八四）に十七歳で即位した。その生涯は藤原氏による摂関政治が確立期に向かう激しい権力争いの時期だった。花山天皇は在位二年でわずか七歳の一条天皇に譲位。平安時代の歴史物語『栄花物語』では寵愛した女御《にょうご》の藤原忯子《しし》が懐妊し、出産することなく死んだことを悲しんだためというが、そこには藤原兼家《かねいえ》（道長《みちなが》の父）が自分の孫を即位させる策謀が働いていた。花山天皇は退位とともに出家し、京都山科の元慶寺《がんけいじ》（花山寺《かざんじ》）に入って法皇《ほうおう》となった。同年、花山法皇は書写山《しょしゃざん》（兵庫県姫路市）に行幸して聖《ひじり》として京にも知られた性空上人《しょうくうしょうにん》に会い、長谷寺《はせでら》の徳道《とくどう》上人のことを聞いて西国観音霊場の巡礼をはじめた。それが三十三所観音札所の始まりという。

徳道上人は飛鳥時代の人で、万葉集にも霊山とうたわれた初瀬山《はつせやま》（奈良県桜井市）に長谷寺を開き、六十余歳のとき、冥土に行って閻魔大王に会った。閻魔大王は「近ごろの人は罪多く、地獄に大勢堕ちてくる」と歎き、「三十三所の観音霊場を巡拝すれば罪障消滅して極楽浄土に往生できる。そのことを人々に教えよ」と告げ、その証文に手形を押して徳道上人に託した。現世に戻った徳道上人は三十三か所の霊場を設けたが、まだ機が熟さず、証文を中山寺《なかやまでら》（兵庫県宝塚市）に納めた。そのまま歳月が過ぎ、花山法皇が中山寺でそれを発見して西国三十三所を再興したという。

長谷寺は第八番札所で御詠歌《ごえいか》は「いくたびも参る心は　はつせ寺　山もちかいも深き谷川」。これら西国三十三所の御詠歌も花山法皇がつくって観音菩薩に奉納した歌だという。

【花山院（花山天皇）】九六八～一〇〇八年／冷泉天皇の第一皇子。叔父にあたる円融天皇（二十六歳）の譲位を受けて永観二年（九八四）に十七歳で即位するが二年で譲位し、出家して法皇になる。以後、書写山、熊野などを遍歴。和歌に秀でて『拾遺和歌集』は親撰ともいわれる。

妙《たえ》なりや今日は五月《さつき》の五日《いつか》とて
五つの巻《まき》の合へる御法《みのり》も

紫式部《むらさきしきぶ》

(『紫式部集』)

「五つの巻」は法華経八巻の第五巻のこと。先の清少納言《せいしょうなごん》の項(64ページ)で述べた法華八講では五巻の日はとくにもりあがった。その巻の提婆達多品《だいばだったほん》第十二には前世の釈迦が薪を採ったり水を汲んだりして仙人に仕えて法華経を教えられたという話があり、五巻の日には僧と参会者が「法華経をわが得しことは薪《たきぎ》こり菜《な》摘み水汲み仕へてぞ得し」(行基の作という歌)をうたいながら薪を背負ったり捧物《ほうもち》とよばれる供物《くもつ》をささげて列になって歩いた。

右の歌は詞書《ことばがき》に「土御門殿《つちみかどどの》(藤原道長の邸宅)の法華三十講の五巻の日が五月五日の節句にあたったので」という。三十講とは、法華三部経の三十品(無量義経《むりょうぎきょう》一巻・法華経二十八品・観普賢経《かんふげんきょう》一巻)の三十品(章)を一日一品、原則三十日にわたって講じ、読経する法会だ。歴史物語の『栄花物語』には寛弘五年(一〇〇八)四月二十日すぎに土御門殿で三十講が開始され、「五月五日ぞ五巻の日に当りたりければ、ことさらめきをかしゅうて、捧物《ほうもち》の用意かねてより心ことなるべし」と、いつもと異なる法会の日だったことが記されている。それは一条天皇の中宮彰子《ちゅうぐうしょうし》(藤原道長の長女)が身ごもり、土御門殿に戻っていたときで、彰子に仕える女官だった紫式部も一緒にいた。秋になり彰子の出産が近づくと、土御門殿は安産祈願の祈禱や読経《どきょう》の声に昼夜をとわず満たされた。そのもようは『紫式部日記』に「不断《ふだん》の御読経《みどきょう》の声々、あはれまされり。（中略）後夜《ごや》（夜半から明け方まで）の鉦《かね》うちおどろかして、五壇《ごだん》の御修法《みずほう》（五大明王の祈禱）、時《じ》はじめつ。われもわれもとうちあげたる伴僧《ばんそう》の声々、遠く近く聞きわたされたる程《ほど》、おどろおどろしく、たふとし（いかめしく尊い）」と記されている。九月十日には物《もの》の怪《け》どもを憑坐《よりまし》に駆り移して激しく調伏《じょうぶく》し、名の知れた験者《げんざ》、陰陽師《おんようじ》をことごとく呼び集めた。験者とは祈禱僧のことで、病気をおこす物の怪《もののけ》を他の人（憑坐《よりまし》）に憑《つ》かせて除くのである。そうして翌十一日、彰子は無事に皇子を出産した。のちに後一条天皇になる敦成《あつひろ》親王である。道長の喜びはひとしおだった。

この慶事の前の同年五月五日の夜に、紫式部は掲題の歌とともに、「篝火《かがりび》のかげもさわがぬ池水に幾《いく》千代《ちよ》すまむ法《のり》の光ぞ」（『紫式部集』）と詠んだ。篝火が波もたたない静かに澄んだ池の水にさしこんでいる。幾千代に世に澄みわたる法《のり》の光として、みなが仏に護られるようにという言祝《ことほ》ぎと願いがこもる。

【紫式部】九七三?~一〇一四?年／実名は不明。父は下級貴族の藤原為時。藤原宣孝に嫁いで一女をもうけるが、長保三年（一〇〇一）に夫と死別したあと、一条天皇の中宮彰子に仕えながら『源氏物語』を書く。一説に「紫」は『源氏物語』の登場人物の紫の上、「式部」は父が式部省の官人だったことによるという。

暗《くらき》より暗《くらき》道《みち》にぞ入《いり》ぬべき
遥《はるか》に照《てら》せ山の葉《端》の月

和泉式部《いずみしきぶ》

（『拾遺和歌集』）

この歌には『拾遺《しゅうい》和歌集』に「性空上人《しょうくうしょうにん》のもとに、詠みて遣《つか》はしける」という詞書《ことばがき》がある。

性空（九一〇～一〇〇七年）は天台系の法華行者で、書写山圓教寺《しょしゃざんえんきょうじ》（兵庫県姫路市）を開いた聖《ひじり》である。いわゆる遁世僧《とんせいそう》なのだが、遁世といっても比叡山や高野山の権威をいただいて別所《べっしょ》（聖の集落）をつくり、なかには多くの信徒をもつ聖もいて「上人」とよばれる。

性空の信徒は非常に多かった。比叡山の鎮源《ちんげん》があらわした『大日本国法華経験記《だいにほんこくほけきょうげんき》』（一〇四三年ごろ）に書写山は「僧俗市《そうぞくいち》を作《な》して貴賤《きせん》雲のごとく集りぬ。名簿《みょうぶ》塚を高くし、供養《くよう》海を湛《たた》へたり（参拝者が名を書いて納めた札は塚のように高く積もり、供物は海のように多い）」と記されている。その高名は都にも聞こえて前述の花山法皇《かざんほうおう》や源信《げんしん》らも百数十キロの道のりを超えて書写山に参詣した。和泉式部も仕えていた中宮彰子《ちゅうぐうしょうし》（一条天皇の皇后）や女官らと書写山を訪れたという伝説がある。

掲題の歌は書写山の性空を世を照らす月になぞらえ、「このままでは、わたくしは暗闇から暗闇へ迷いの道に踏み込んでしまいます。山の端の月のように、はるかに（遠くから／永遠に）道を照らしください」と詠んで性空に送った歌である。花山院の項（68ページ）で述べた法華経「化城喩品《けじょうゆほん》」にある「衆生《しゅじょう》は盲冥《もうみよう》にして冥《くら》きより冥きに入《い》り永《なが》く仏の名《みな》を聞かず」をふまえた歌だ。

「女」を主人公としてつづった歌物語『和泉式部日記』にも「暗き道」の歌がある。「女」が宮様との恋のわずらわしさを避けて石山寺《いしやまでら》に参籠《さんろう》したとき、宮様から文《ふみ》がとどいたので「女」は都に戻り、「山を出《い》でて暗き道にぞたどり来《こ》し今ひとたびのあふことにより」と詠んだ。「石山寺を出て暗き道に帰ってきました。あなたに会いたくて」と。おやおや、やっぱり暗き道が好きなんだ。

和泉式部には「黒髪のみだれも知らずうちふせば　まづかきやりし人ぞこひしき」（『後拾遺和歌集』）など官能的な歌が多い。恋多き女とされるのだが、恋をよくうたうのは万葉の昔から現代の歌謡曲まで変わらない。恋は見果てぬ夢である。まして勅撰和歌集にも採られた歌が現実の禁じられた恋であるわけがない。とはいえ、狂おしく恋に惑うことは実際に多かったのではないだろうか。『和泉式部集』に「るりの地と人も見つべしわが床は　涙の玉としきにしければ（人にも瑠璃の地と見えるだろう。私の寝床は涙の玉が敷きつめられているので）」という歌がある。「瑠璃の地」は仏典に説かれる仏の国の大地である。迷いも悲しみも、そこでは清められる。煩悩即菩提《ぼんのうそくぼだい》（煩悩がさとり）といわれるのだから。

【和泉式部】生没年不詳／越前守大江雅致《おおえのまさむね》の娘。最初の夫の橘道貞《たちばなのみちさだ》が和泉守だったので和泉式部とよばれたという。平安中期の代表的な歌人の一人で、『小倉百人一首』には「あらざらむこの世の外の思出に　今ひとたびのあふ事もがな」が採られている。

我れはたゞあはれとぞ思ふ死出《しで》の山
ふりはへ越えん杖と思へば　能因法師《のういんほうし》（『能因集』）

『能因集』は六十歳のころに自撰した家集で二百五十六首がほぼ年代順に配列されている。右の歌は後ろから二番目。最晩年の作で「錫杖《しゃくじょう》（旅僧がもつ杖）」の題がある。

能因は近江守《おうみのかみ》をつとめた橘忠望《たちばなのたたもち》の子で、名を永愷《ながやす》といった。実務官吏を養成する大学で文章生《もんじょうしょう》だったときの同輩はのちに地方の国司として赴任したりしたが、能因は二十六歳ごろに出家。陸奥《むつ》・伊《い》予《よ》・美作《みまさか》などの諸国を行脚《あんぎゃ》し、『万葉集』以来の歌に詠まれた名所を訪ね、長く逗留することもあった。文人貴族らとの交流で都の歌会にも参加して歌人として認めらた。旅に明け暮れる能因は「好き者（変わり者）」とされたが、多くの貴族には名を聞くだけの名所の実見談は興味深いものだっただろう。旅路の和歌は勅撰歌集にも多く採られている。有名な「都をば霞とともに立ちしかど秋風ぞ吹く白河の関」（『後拾遺和歌集』）は万寿二年（一〇二五）、陸奥の入口にあたる白河の関（福島県白河市）での作である。

掲題の歌は、「長年の旅で使った錫杖が今はしみじみと愛おしい。死出の山路も、振《ふ》り延《は》え（わざわざ、どうしても）持って越えていく杖だと思えば」という。

死出の旅路については同じく平安中期の女流歌人、伊勢《いせ》に「又の年の五月五日、郭公《ほととぎす》のなくを聞きて」

と詞書《ことばがき》のある「死出の山越えて来つらんほとゝぎす恋しき人のうへ語らなん」（『伊勢集』）がある。

ところが、輪廻転生《りんねてんしょう》の六道の世界を詳しく説いた源信の『往生要集《おうじょうようしゅう》』（九八五年）には、まだ死出の旅路の概念がない。冥土の旅は三井寺《みいでら》の実睿《じつえい》という僧が『地蔵菩薩霊験記《じぞうぼさつれいげんき》』（平安中期、『今昔物語集』巻第十七所収）をあらわしたころから語られるようになった。たとえば周防国一ノ宮の宮司の惟高《これたか》が長徳四年（九九八）に急死し、冥土の広い野原に出て西も東もわからずに迷っていると、あらわれた六人の小僧のおかげで生き返ったという話（「地蔵の助けによりて活《よみが》える人、六地蔵を作ること」）がある。

　こうした霊験譚をうけて、おそらく平安時代の末ごろに地蔵十王経という経典が日本で撰述された。十王は中国の冥土の王だが、地蔵十王経は日本独自の内容で、死後七日ごとの冥土の旅を語る。初めに、死天山《してんざん》の南門を通り、死山に入る。石だらけの険しい坂道を行くので、葬送のおりに三尺の杖を、そばに置くのである。この死山の道は五百由旬《ゆじゅん》もある。それが初七日の冥土の旅路である。そして、三途《さんず》の川を渡り、五七日《ごしち》（三十五日目）に至るのが高い鉄壁に囲まれた閻魔の王宮だ。生前の罪を測る業《ごう》の秤《はかり》や生前のようすを映す浄玻璃《じょうはり》の鏡が置かれている。その閻魔の世界に地蔵菩薩の宮殿もある。そこで地蔵菩薩は瞑想し、六道のどこにでも姿をあらわして苦しむ衆生《しゅじょう》を助けるという。

【能因】九八八〜一〇五〇年／国司級の貴族の子だが、二十六歳ごろに出家。多く旅に暮らし、歌を詠んだ。和歌の用語・各地の名所などを記した『能因歌枕《うたまくら》』は歌づくりの手引き書として重宝された。

夢の中《うち》は夢もうつゝも夢なれば
覚《さめ》なば夢もうつゝとを知れ

興教大師覚鑁《こうぎょうだいしかくばん》（『続後拾遺和歌集』）

覚鑁《かくばん》は、空海が開いた真言宗の僧である。この歌は、夢の中では夢もうつつ（現）も夢であるのと同じように、覚めれば夢もうつつだと知れという意味のようだが、少し違う。「夢もうつつとをしれ」が「うつつをも夢としれ」なら、世の中は夢のようなものだということで、よくいわれることである。古くは聖徳太子の来世を描いた「天寿国繍帳《てんじゅこくしゅうちょう》」（中宮寺蔵）に「世間虚仮唯仏是真《せけんこけゆいぶつぜしん》（世間は虚仮《こけ》にして唯《ただ》仏のみ是《こ》れ真なり）」と記されているように、どちらかといえば夢のほうが真実だと考えられた。とりわけ歌には、ひとつの型《かた》として、そう詠まれてきたのである。『続後拾遺和歌集《しょくごしゅういわかしゅう》』（後醍醐天皇の勅により正中三年〈一三二六〉撰進）には続けて五首、現世は虚仮で夢のようなものだと憂える歌が選ばれている。「現《うつつ》とて現のかひもなかりけり夢にまさらぬ夢の世なれば」（僧正聖尋《しょうじん》母）、「はかなくも今をうつゝとたのむかな過ぎにし方《かた》の夢にならはで」（二条為道《にじょうためみち》）などである。

そのなかで覚鑁の歌は、先に空海の項で述べた大日経の十喩《じゅうゆ》の戒めにつながる。幻、陽焔《かげろう》などに惑わされてはならないという十の譬喩《ひゆ》のなかに夢の喩がある。「夢の中では、一日また一刻、一瞬に種々の異類（さまざまな生き物）になってもろもろの苦楽を受けるように見えるが、醒《さ》めればなくなってしまう」。この十喩は真言の祈禱をむやみに修して自分や他の人を惑わすことを戒める教えである。「真言を行じることも、夢のようなものだと知るべし」という。

高野山では平安中期に高野聖《こうやひじり》とよばれる勧進聖《かんじんひじり》が生まれた。高野山中の集落に暮らしながら各地に出向いて高野山の功徳を説き、寄進を募る。極楽往生を説く念仏聖でもあった。その指導者だった覚鑁は『五輪九字明秘密釈《ごりんくじみょうひみつしゃく》』をあらわし、教義をととのえた。「五輪」は万物をなりたたせる働きである地《ち》・水《すい》・火《か》・風《ふう》・空《くう》の五大で、覚鑁はそれを人体にもあてはめた。それが死者を供養する五輪塔になる。「九字」は臨《りん》・兵《ぴょう》・闘《とう》・者《しゃ》・皆《かい》・陣《じん》・列《れつ》・在《ざい》・前《ぜん》（行《ぎょう》）で、手印で縦・横に空間を切りながらとなえ、邪気を祓《はら》う。「明」は真言（呪文）である。その秘密釈に「大日と弥陀は同体異名、極楽と密厳浄土（大日如来の浄土）の名は異なるが、同じ所である」といい、真言密教と浄土教を融合させた。その後、覚鑁は高野山を出て根来寺《ねごろじ》（和歌山県岩出市）にうつり、新義真言宗の祖になった。新義真言宗には奈良県桜井市の長谷寺《はせでら》を総本山とする真言宗豊山《ぶざん》派《は》、京都の智積院《ちしゃくいん》を総本山とする真言宗智山派《ちさんは》などがある。

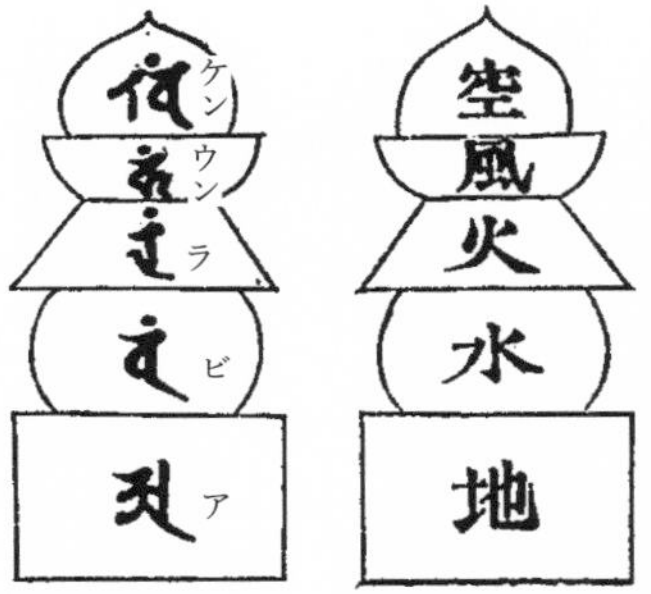

五輪の図（覚鑁『五輪九字明秘密釈』より）

【覚鑁】一〇九五～一一四三年／十六歳で仁和寺にて出家。二十歳で高野山に入ったのち、伝法教院を建立。新義真言宗の祖となる。

今ぞこれ入り日を見ても思ひ来《こ》し
弥陀のみ国の夕暮の空　藤原俊成《ふじわらのしゅんぜい（としなり）》

（『新古今和歌集』）

この歌は『新古今和歌集』に「美福門院《びふくもんいん》に、極楽六時讃《ごくらくろくじさん》の絵にかかるべき歌奉《たてまつ》るべきよし侍《はべ》りけるに、よみ侍りける。時に、大衆法《だいしゅのり》を聞きて弥歓喜瞻仰《いよいよかんぎせんぎょう》せん」の詞書《ことばがき》がある。美福門院（鳥羽天皇の皇后）から極楽六時讃の絵に書く歌がほしいといわれて詠んだもので、大衆《だいしゅ》（仏事にあたる僧ら）は法《のり》（教え）を聞き、ますます歓喜して信仰するようになったという。極楽六時讃は一日に六回、阿弥陀仏を讃える偈文《げもん》などをとなえて礼拝《れいはい》することである。その和讃のひとつが極楽六時讃である。

六時は晨朝《じんじょう》（早朝）・日中・日没《にちもつ》・初夜（宵の口）・中夜（真夜中）・後夜《ごや》（夜明け前）に分けられるが、浄土系の六時讃は観無量寿経に説かれている日想観に夕日をみて極楽を観じよとあることから日没の和讃が重視される。平安時代には偈文に曲調をつけてうたう声明《しょうみょう》がさかんになり、法会《ほうえ》をいろどった。梵語《ぼんご》でとなえる梵讃《ぼんさん》、漢文の漢讃のほか、平安中期に七五調の和語でとなえる和讃がうまれた。

和語の「極楽六時讃（六時和讃）」は源信《げんしん》（58ページ）の作とされる。その六首は各数十句におよぶ長い和讃である。日没《にちもつ》和讃は「遊行《ゆぎょう》すること已《おわ》りては　哺時《ほじ》に住所に帰るべし　時に世界ことぐく黄金ひかり新たなり（中略）我等も共に一座にて　所作得益《しょさとくやく》同じからむ」と始まる。掲題の歌はその情景を描いた襖絵か屏風の絵につけた歌だろう。「今こそはこの入り日を見ても、往生を願ってきた弥陀のみ国（極楽浄土）の夕暮の空が思われる」という。

藤原俊成は後白河法皇の勅により『千載和歌集』を撰じるなど、平安末から鎌倉時代にかけての歌壇の重鎮である。左右に分かれて歌の優劣を競う歌合《うたあわせ》の判者《はんざ》（審判役）になることも多く、西行の『御裳濯河歌合《みもすそがわうたあわせ》』（81ページ）の判者にもなっている。当時の歌の集いは「恋」「月」などの題を立てて詠む題詠がさかんで、俊成にも恋や月、花などの歌が多い。「花」の題では「み吉野の花のさかりをけ《今》ふ《日》見れば越《こし》の白根《しらね》に春風ぞふく」（『千載和歌集』）という歌がある。歌人によく知られた吉野の桜と越（北陸地方）の残雪の峰に吹く春風をとりあわせた春の歌であるが、実際にそれを見たわけではない。まさに題詠の架空の情景である。掲題の歌も求めに応じた作で自分の信心とはいえない。俊成の生まれは藤原氏のなかで高い身分ではなかったが、この才能で京の歌壇で重きをなすにいたった。

しかし、題詠ばかりではない。私的な歌が多い『俊成家集』には亡き妻を悼む「秋になり風の涼しく変はるにも涙の露ぞしのに散りける」「苔《こけ》の下とどまる魂《たま》もありと言ふ　行きけん方《かた》はそこと教へよ」など、しみじみとした作がある。「苔の下」は墓の下のことである。

【藤原俊成】一一一四～一二〇四／藤原定家の父。加賀守・遠江守などをつとめた貴族。五十三歳で従三位に叙せられて公卿になり、五十九歳で皇太后宮大夫となる。六十三歳のときに病のため出家。法名を釈阿という。

願はくは花のしたにて春死なん

そのきさらぎの望月《もちづき》の頃

西行法師《さいぎょうほうし》（『山家集』）

この歌は勅撰《ちょくせん》歌集の『続古今和歌集《しょくこきんわかしゅう》』、私家集『山家集《さんかしゅう》』、自選歌合『御裳濯河歌合《みもすそがわうたあわせ》』、説話集『古今著聞集《こんちょもんじゅう》』、伝記『西行物語』などにあり、もっとも広く知られている西行の歌である。桜の下で静かに眠りたいということから近年は樹木葬の霊園の碑にもよくみられる。

下の句の「そのきさらぎの望月の頃」は、釈迦が如月《きさらぎ》（二月）の満月の日に入滅したという伝承による。その日には宮中と寺々で涅槃会《ねはんえ》がもよおされた。よく歌にも詠まれ、平安時代の説話集『大日本国法華経験記《だいにほんこくほけきょうげんき》』や往生伝にも二月十五日に死ぬことをめざして、そのとおりに死んだ人の話がある。西行の歌も、如月の望月のころに死ぬのが理想とされた世相のなかでの作である。そして西行は、この歌のとおりに文治六年（一一九〇）二月十六日に没した。旧暦なので、二月に桜が咲いたとしてもおかしくないし、なにより散りゆく花が歌の情景に似つかわしい。

陽明文庫蔵『山家集』では、この歌の次に「仏には桜の花をたてまつれ　わが後《のち》の世を人とぶらはば」がある。花は散っても、また次の春に咲く。自分が死んだのちに供養してくれる人があるなら、桜の花を供えてほしいという。

『御裳濯河歌合』では七番左におかれ、同右の「来《こ》ん世には心の中《うち》にあらはさん　あかでやみぬる月の光を」と対になる。月の光は仏の光明《こうみょう》の暗喩《あんゆ》だ。西行は桜の花のころに死ぬとともに、「来世には、この世で飽《あ》かずながめた月の光を心の中にあらわそう」とうたった。御裳濯河は伊勢内宮の五十鈴川《いすずがわ》の異称である。歌合は左右に分かれて歌を競う集いだが、歌を左右に組んだ歌集のこともいう。『御裳濯河歌合』は西行が七十歳のころに三十六番（組）七十二首を自選して伊勢内宮に奉納した歌集である。

平安時代には神仏習合がすすみ、寺と神社がほぼ一体化したが、伊勢神宮では寺をつくらず、僧の立ち入りも禁じていた。それが許されるようになったのは平安末期の西行のころである。さらに天照《あまてらす》大神《おおみかみ》も大日如来の垂迹《すいじゃく》（仏や菩薩が日本の神々の姿をとること）だといわれるようになった。『御裳濯河歌合』では結びの三十六番に「深く入りて神路《かみじ》の奥を尋ぬれば　また上もなき峰の松風」をおく。この歌は勅撰『千載《せんざい》和歌集』にも採られており、その詞書《ことばがき》に「伊勢国二見浦《ふたみがうら》の山寺に住んでいたとき、神路山で大日如来の垂跡を思って詠んだ」とある。神路山は内宮の背後の山である。その山に深く分け入ると、この上なく高い峰（インドの霊鷲山《りょうじゅせん》）の松風に乗って大日如来が下ってくるのが感じられるという。

【西行】一一一八～一一九〇年／武家に生まれ、鳥羽院の北面の武士になるが、二十三歳で出家（法名は円位）。以後、各地を旅して歌を詠み、高野山に長くとどまったのち伊勢に出た。最晩年は河内の弘川寺に草庵を結び、同地にて七十三歳で没した。

夢の世に馴《な》れ来《こ》し契《ちぎ》り朽《く》ちずして
覚めん朝《あした》にあふことも哉《がな》

崇徳院《すとくいん》

（『玉葉和歌集』）

崇徳院の「院」とは上皇（また法皇）の御所および上皇・法皇のことである。崇徳院は『小倉百人一首』や落語『崇徳院』の「瀬を早み岩にせかるる滝川《たきがわ》の われても末《すえ》に逢《あ》はむとぞ思ふ」という恋の歌で有名だが、「日本の大魔縁《だいまえん》」になったという恐ろしい天皇である。

事は長く院政を敷いた鳥羽《とば》法皇（崇徳院の父）が保元元年（一一五六）七月二日に崩じたことから起こった。院政とは上皇・法皇の一人が皇室の家長として「治天《ちてん》の君《きみ》」になり、院庁下文《いんのちょうくだしぶみ》や院宣《いんぜん》とよばれる文書を発して統治する体制だが、天皇の朝廷や藤原摂関家も存続し、権力構造は複雑だった。

鳥羽法皇の崩御後、崇徳上皇と時の後白河天皇が対立し、双方が源氏と平氏の兵を集めて対峙した。同月十一日夜、後白河天皇方の源義朝《みなもとのよしとも》・平清盛《たいらのきよもり》の軍勢が崇徳上皇の御所を夜襲。戦いは一夜のうちに終わり、崇徳上皇方は敗れた。保元の乱だ。崇徳上皇は剃髪して仁和寺《にんなじ》に逃れたが、京にとどまることは許されず讃岐《さぬき》（香川県）に配流《はいる》される。平安遷都以来、未曾有《みぞう》の厳しい処断である。

掲題の歌には『玉葉《ぎょくよう》和歌集』に「讃岐国にて隠棲されるとて、皇太后宮大夫《こうたいこうぐうだいぶ》の藤原俊成《しゅんぜい》にみせよとお書きになった」という詞書《ことばがき》がある。崇徳上皇は親しい歌人である藤原俊成に「迷妄の夢のような世で親しんできた契り（親交の縁）が朽《く》ちることなく、この世の夢から覚める朝（仏のもとに行ったとき）に再会したいものだ」と、今生《こんじょう》の別れの歌を贈ったのである。

『保元物語』の「新院（崇徳上皇）御経沈めの事」によれば、そうして讃岐に流された崇徳上皇は指先を切って垂らした血で法華経など五つの大乗経典を書写し、自分は讃岐で果てるとしても、この写経だけは京近辺の寺社に納めてほしいと願う文《ふみ》を京に送ったが、それも拒絶された。崇徳上皇は自分の写経さえ都に置き場所がないのかと歎き、その後は髪も整えず、爪も伸ばしほうだいにして、生きながら天狗《てんぐ》の姿になった。そして舌の先を食いちぎり、流れる血で写経の奥書きに「願わくは上は梵《ぼん》天帝釈《てんたいしゃく》、下は堅牢《けんろう》地獄《じごく》に至るまで、この誓約に合力《ごうりき》したまえ」と祈願文を記し、「われ日本の大魔縁《だいまえん》とならん」と写経を海の底に沈めたという。魔縁とは人や世の中を邪悪の道に誘う悪魔のことである。

崇徳上皇は長寛二年に讃岐で崩じ、遺詔によって白峰寺《しらみねじ》（香川県坂出市）の山腹の巖《いわや》で火葬された。生前には讃岐院とよばれたが、崩御後、怨霊を鎮《しず》めるために「崇徳」という諡号《しごう》が贈られた。また、西行が白峰をたずねて「よしや君　昔の玉の床とても　かからん後は何にかはせん（たとえ君主であられて昔は玉の床に寝ておられても、今となっては何になりましょう）」（『山家集』）と鎮魂の歌を詠んだ。

【崇徳院（崇徳天皇）】一一一九～一一六四年／鳥羽天皇の皇子で保安四年（一一二三）に五歳で即位し、二十五歳で近衛天皇に譲位。保元元年（一一五六）の保元の乱で敗れ、讃岐に配流。その配所にて四十六歳で崩じた。

露の命消えなましかばかくばかり
降る白雪《しらゆき》をながめましやは

後白河院《ごしらかわいん》　（『新古今和歌集』）

命が露のように消えてしまったら、このように清らかに降る白雪をながめることができようか。

この歌には「御悩《おんなや》み（ご病気）重くならせ給ひて、雪の朝《あした》に」という詞書《ことばがき》がある。

後白河院とは後白河天皇の譲位後の呼び名である。後白河天皇は久寿二年（一一五五）に二十九歳で即位。その翌年には保元《ほうげん》の乱がおこった。後白河天皇は源義朝《みなもとのよしとも》・平清盛《たいらのきよもり》の軍勢で崇徳上皇の御所を夜襲して勝利したのだが、それは武士の世にうつっていくきっかけになる出来事だった。後白河天皇は在位三年で皇子の守仁《もりひと》親王（二条天皇）に譲位して上皇・法皇として院政をしくが、それは平家政権の隆盛から治承《じしょう》・寿永《じゅえい》の乱（源平合戦／一一八〇～一一八五年）をへて鎌倉に武家政権がうまれる時期だった。

後白河法皇はこの動乱の世を生き抜き、建久三年（一一九二）三月十三日に六十六歳で崩じた。

天台座主《ざす》慈円《じえん》（一一五五～一二二五年）の歴史書『愚管抄《ぐかんしょう》』に、後白河法皇のことが詳しく記されている。それによれば法皇は崩御の前年に大腹水痟《だいふくすいしょう》という病気になった。腹に水がたまって排尿が困難になり、足も動かなくなったという。右の歌は法住寺《ほうじゅうじ》内の院の御所で病床にあった冬に詠まれたものだろう。

『愚管抄』には、それでも崩御の前日まで一日中、護摩《ごま》（火を焚《た》いて修する祈禱）がつづいたという。

後白河法皇は三十四回も熊野詣でをするなど、強く神仏に関心を寄せた。『愚管抄』には「この法皇はまだ俗体でおられた時から袈裟《けさ》をおつけになって護摩《ごま》などをなさり、出家なさってからはますます仏道修行だけに打ちこんでおいでになった。お読みになった経の数は数万部（回）になったが、その中で、法華経は二百部に及んだ」（大隅和雄訳・講談社学術文庫）という。

慈円の兄である関白九条兼実《くじょうかねざね》の日記『玉葉《ぎょくよう》』には、法皇は臨終にあたって十念具足《じゅうねんぐそく》（阿弥陀仏の四十八願にあるように十回の念仏をとなえること）、臨終正念《りんじゅうしょうねん》（迷わず阿弥陀仏と極楽浄土を念じること）、西方に顔を向け、定印《じょういん》（阿弥陀仏の手印《しゅいん》）を結んでいたので決定往生《けつじょうおうじょう》（極楽への往生が定まること）疑いなしといわれたが、顔を西方には向けず、巽《たつみ》（南東）に向け、頗る《すこぶ》微笑していた。これは天に生まれる相といわれている、と記されている。

法皇の生前、法住寺には平清盛が法皇のために千体千手観音立像がならぶ蓮華王院《れんげおういん》（三十三間堂）を建立した。崩御後、遺体は蓮華王院のそばの法華堂の地下に埋葬された。

後白河法皇は貴族らの歌壇にまじらうよりは、そのころ民間に流行した新風の今様《いまよう》を好み、歌謡集『梁塵秘抄《りょうじんひしょう》』を編んだ。それについては次の遊女とねくろの項（86ページ）でとりあげる。

【後白河院（後白河天皇）】一一二七～一一九二年／鳥羽天皇の皇子。源平合戦の動乱の世に、二条・六条・高倉・安徳・後鳥羽と五代にわたって院政をしいた。『平家物語』の主要人物でもある。

我等《われら》は何《なん》して老いぬらん　思へばいとこそあはれなれ
今は西方極楽《さいほうごくらく》の　弥陀の誓《ちかい》を念ずべし

遊女とねくろ

（『梁塵秘抄』）

『梁塵秘抄《りょうじんひしょう》』は前項の後白河法皇《ごしらかわほうおう》が編んだ。民間に流行した「今様《いまよう》の歌」の歌集と、法皇自身の今様への思いをつづった『口伝集《くでんしゅう》』がある。その『口伝集』によると、法皇は保元二年（一一五七）に乙前《おとまえ》という七十歳くらいの芸妓を院の御所に招き、明け方まで自分もうたい、乙前もうたった。その夜から法皇は乙前を歌の師として十余年、いろいろな歌を習い、それを『梁塵秘抄』にまとめたのである。

その今様をめぐる語らいのなかで乙前は「あそびとねくろ（遊女とねくろ）がいくさにあひて、臨終のきざめに、今は西方極楽のと歌ひて往生し、高砂《たかさご》の四郎君《しろうのきみ》、聖徳太子の歌を歌ひて、そくわい（素懐）をとげにき」と語った。遊女とねくろは神崎《かんざき》（兵庫県尼崎市あたりの港町）の遊女で海賊に襲われて死んだ。そのときうたったのが掲題の今様で『梁塵秘抄』巻二の「雑法文歌《ざつほうもんか》」にある。「我等はどうして老いてしまったのか。思えば悲しいこと。今はただ阿弥陀仏の誓い（本願）を念じて西方極楽浄土に迎えられたい」とうたって極楽に往生したという。この遊女のことは平康頼《たいらのやすより》（100ページ）の『宝物集《ほうぶつしゅう》』に、仏法は何も知らない遊女だったが、海賊に斬られたとき、西方《さいほう》に向けられてこの歌を繰り返しうたい、だんだん弱って息絶えた。そのとき、西方よりほのかに楽の音がきこえ、海上に紫雲《しうん》がたなびいたという。

高砂の四郎君も遊女である。聖徳太子の歌をうたって素懐《そかい》（極楽往生したいという日頃の願い）を遂げた。

『梁塵秘抄』は全十巻だったが、現存するのは巻第一の一部と巻第二のみである。元は恋や四季の歌があったと思われるが、残された歌のほとんどは仏歌《ぶっか》（法文歌《ほうもんか》）や神歌《かみうた》である。有名な「遊びをせんとや生れけむ、戯《たわぶ》れせんとや生れけむ、遊ぶ子供の声きけば、わが身さへこそ動《ゆる》がるれ」は巻二の「雑」の項にあり、やはり法文歌の文脈に置かれているので、無心に遊ぶ子らにもどこか哀れがただよう。

現存する『梁塵秘抄』の今様の大半は掲題の「弥陀の誓を念ずべし」や法華経二十八品歌など、神仏への祈りと教えの歌である。『口伝集』には「心をいたして神社仏寺に参りて歌ふに、示現《じげん》（神仏の力のあらわれ）をかうぶり、望む事叶《かな》はずといふことなし。つかさ（官職）を望み、いのちをのべ、病たち所にやめずといふ事なし」という。今様は祝詞《のりと》や祈禱文の性格をもつ歌であった。

ちなみに、乙前は八十四歳の春に病になった。法皇は乙前の家に行って仏との結縁《けちえん》のために法華経一巻を読み聞かせた。乙前は喜ぶとともに「像法《ぞうほう》転じては（末法の今は）、薬師の誓《ちかい》ぞたのもしき、一《ひと》たびみ名をきく人は、万《よろず》の病なしとぞいふ」と二、三回うたい、手をすって喜んだ。法皇はそれを哀れに思って帰り、その後、乙前が死んだと聞いた。

【遊女とねくろ】生没年不詳／巷間に伝わった今様の作者も不明だが、ここでは遊女とねくろの歌とした。

❖出家する女と男

女の出家

紫式部《むらさきしきぶ》の『源氏物語』の主人公、光源氏《ひかるげんじ》は桐壺帝《きりつぼてい》の皇子だが、生母の桐壺更衣《きりつぼのこうい》の身分が低いために臣下に下って源《みなもと》の姓を下賜《かし》された。貴族のなかでも身分の高い賜姓皇族《しせいこうぞく》である。そのうえ光君《ひかるきみ》とよばれるほどの美男子で、准太上天皇《じゅんだいじょうてんのう》（上皇と同等の地位）にのぼりつめるなかで数々の女性遍歴を重ねる。その恋に翻弄されるかのように『源氏物語』の女性たちは次々に出家していく。そのなかで藤壺宮《ふじつぼのみや》、女三宮《おんなさんのみや》、紫の上についてみよう。

藤壺宮は桐壺帝の中宮だが、源氏は死んだ母と似ているので激しく慕い、ついに密通して一人の不義の皇子が生まれる。その皇子は異母兄の朱雀帝《すざくてい》の皇太子（のち冷泉帝《れいぜいてい》）になる。その後もつづく源氏の求愛に悩んだ藤壺宮は夫の桐壺帝の一周忌後に源氏との関係を断ち、悪い噂から我が子を守るために出家する。

女三宮は朱雀帝の第三皇女で、源氏に降嫁した。形としては光源氏の正妻になるが、関係は冷えていく。そこに貴公子（頭中将《とうのちゅうじょう》の嫡男）の柏木《かしわぎ》が言い寄って関係をむすび、薫《かおる》が生まれる。それを知った源氏は、これも自分が藤壺宮と密通したことの報いだと思うが、柏木を許さず、執拗にいじめる。柏木は源氏を恐れて懊悩し、気鬱になって死ぬ。女三宮は出家を願い、光源氏はそれを許して女三宮のために阿弥陀如来を本尊とする持仏堂を調える。

紫の上は藤壺宮の姪で少女のときに光源氏が見初めて育てる。成人して妻の一人になり、いちばん身近にあった。源氏は多くの女性遍歴を重ねながら、結局、紫の上に心を戻す。そのとき紫の上は病床にあって出家を願うが、源氏が許さないまま没した。源氏は哀れみ、没後に紫の上の髪を切って出家させ、光源氏自身も出家を願うようになる。

『源氏物語』第四十帖「幻《まぼろし》」では、すでに五十二歳になった光源氏は紫の上の一周忌をすませて、いよいよ出家を決意し、身辺を整理する。次の第四十一帖「雲隠《くもがくれ》」は帖名のみで本文はないのだが、どこへともなく出奔したか死んだことを暗示する。そして次の第四十二帖からは薫君《かおるのきみ》を主人公とした宇治十帖にうつる。

『源氏物語』は平安中期の貴族社会の物語である。女性たちは次々に出家していくのだが、それは当時の貴族社会で納得のいく話だったのだろう。夫の死去、重い病気、高齢で死期が近づいたときのほか、何事かトラブル（『源氏物語』では恋のもつれや不義）にまきこまれたときに出家している。

出家すれば、貴族社会のややこしい人間関係や世俗のしきたりから離れることができた。そして出家しても、寺に入っておとなしくしているとは限らない。奈良時代の称徳《しょうとく》天皇（聖武天皇の皇女／在位七六四〜七七〇年）は尼僧の身で重祚《ちょうそ》し、歴代天皇で出家者が皇位についた唯一の例になった。鎌倉将軍源頼朝《みなもとのよりとも》の妻、北条政子《ほうじょうまさこ》は頼朝の没後に出家したが、「尼御台所《あまみだいどころ》」として力をもちつづけ、尼将軍ともいわれる。

ただし、それは高位の女性のばあいである。庶民はもちろん宮廷の女官でも、その生涯はよくわからない。紫式部も生没年は、不明で出家したかどうかもわからないが、没後に地獄に堕ちたといわれるようになった。架空の物語を書くことは戒律で禁じられている妄語《もうご》の罪にあたるうえ、『源氏物語』を読む女性たちも地獄に引きずりこんでいる。この紫式部の霊を鎮めなければならないということで、法華経二十八品の和歌を詠む供《く》養《よう》の集いが一種の法会《ほうえ》としてもよおされるようにもなった。それを源氏供養という。

男の出家

男性の出家で目立つのは幼少で寺に入る例である。血筋を絶やさないことが重大だった貴族は多くの子をもったが、官職をつぐ人は限られている。そこで跡継ぎをのこして幼少時に出家させ、跡継ぎが病没するようなことがあると、還俗させた。

平安摂関体制の絶頂期を築いた藤原道長《ふじわらのみちなが》（九六六〜一〇二七年）も藤原兼家《かねいえ》の第五子として生まれたので父の地位をつぐ見込みは薄かった。が、長兄道隆《みちたか》、次兄道兼《みちかね》が病没し、藤原氏内で競争相手の伊周《これちか》も政変で失脚したことで氏《うじ》の長者となり、摂政・関白の地位につくことができた。しかし、62ページの藤原道長の項で述べたように、病気をきっかけに受戒し、阿弥陀堂を造営し、法成寺《ほうじょうじ》を建立した。

当時、病気は物怪《もののけ》のせいだといわれ、験者《げんざ》とよばれる僧に祈禱させて追い出そうとした。道長が病臥したときも験者の祈禱がおこなわれた。平安時代の歴史物語『栄花物語《えいがものがたり》』には、物怪どもの騒ぐ声のなかには「もっともだ」と思われることもあり、身に覚えのない恨み言もあったという。道長の栄達の陰には恨みをもつ者も多かったということだろう。

平安時代に藤原氏が摂政・関白として実権をにぎると、「帝《みかど》」は象徴的な存在となり、幼少で即位し、若く退位して上皇になることが多くなった。さらに出家して法皇になると、かえって実権をにぎるようにもなった。寺院を院の御所とした法皇は、何事も先例にしばられた朝廷より世俗の秩序にしばられず、武士や僧兵を味方につけることもできたからだ。84ページの後白河《ごしらかわ》法皇はその代表的な人物である。

平安末に相国《しょうこく》（太政大臣）として権力をにぎった平清盛《たいらのきよもり》（一一一八〜一一八一年）も、五十歳のときに病気になったことから出家した。僧衣を着ても暮らしは俗人と変わらない。形ばかりの僧を「入道《にゅうどう》」というので平清盛は「入道相国」とよばれる。

戦いで人を殺すことが多い武士には、死後の安心を願うために生前に出家して戒名をもらうことも多い。戦国大名の武田信玄を「しんげん」、上杉謙信を「けんしん」と音読みするのも、生前戒名だからである。

【第三部】

鎌倉・室町・安土桃山時代

月影のいたらぬ里はなけれども
ながむる人の心にぞすむ

法然上人《ほうねんしょうにん》

（『続千載和歌集』）

法然は十三歳の天養二年（一一四五）に比叡山に入った。それから三十年たった承安五年（一一七五）、四十三歳のとき、法然は中国唐代の僧、善導《ぜんどう》（六一三～六八一年）が観無量寿経《かんむりょうじゅきょう》を解説した書物『観《かん》経疏《ぎょうしょ》』にある「一心に専《もっぱ》ら阿弥陀仏の名号をとなえることが正定之業《しょうじょうのごう》（正しい行）である。仏の本願に順ずるゆえに」という意味の文を読んで、はっと目覚めるところがあった。

「仏の本願」とは阿弥陀仏が、どんなに劣った人でも救って、自分の仏の国（極楽）に迎えると誓って立てた願いをいう。観無量寿経には阿弥陀仏や極楽浄土のようすを思い描く十六項目の観法《かんぼう》（十六観）が細かく説かれており、それによって阿弥陀三尊像や阿弥陀堂がつくられた。その十六観に上品上生《じょうぼんじょうしょう》（もっとも勝れた人の往生極楽）から下品下生《げぼんげしょう》（不信心な悪人のような人の往生）まで、上・中・下に各三品《ぼん》の九品（九種）の往生が説かれている。その違いはあっても、だれでも念仏すれば臨終には阿弥陀仏が来迎して極楽に行くことができるという。

法然は善導の『観経疏』によって専修念仏《せんじゅねんぶつ》（もっぱら念仏すること）の確信を得た。その目覚めを得た者は、ひとりで念仏をとなえているわけにはいかない。世は末法だといわれた時代である。人びとの性格や能力は衰えて、まともに修行する力はない。この人びとを救うには専修念仏によるほかはない。法然は比叡山を下り、東山の吉水《よしみず》(現在の知恩院の地)に草庵をむすんで専修念仏を人びとに勧めた。そこに多くの人びとが集まって吉水教団が発生したのが浄土宗の始まりである。しかしそれは南都北嶺《なんとほくれい》(奈良の興福寺や比叡山)を頂点とする寺社体制に混乱をもたらすことでもあった。法然は「一宗を立てる罪」で告発され、建永二年(一二〇七)二月、四国に流された。七十五歳の高齢だった。

掲題の歌は『続千載和歌集』に「光明遍照十方世界《こうみょうへんじょうじっぽうせかい》といへる心」の詞書がある。「阿弥陀仏の光明は全方位をくまなく照らしているのだが、見ようとする人の心にこそすむ」の意。「すむ」は「光が澄む」と「光が住む(宿る)」がかけられている。

法然の流罪はまもなく解かれ、建暦元年(一二一一)に吉水に戻った。翌年一月に八十歳で寂。その帰洛の途上、勝尾寺《かつおうじ》にしばらくとどまったとき、法然は「柴《しば》の戸に明け暮れかゝる白雲《しらくも》を いつ紫《むらさき》の色に見なさむ」(『玉葉和歌集』)と詠んだ。観無量寿経に、どんな人でも命終《みょうじゅ》のとき、阿弥陀仏は観音・勢至菩薩らの聖衆《しょうじゅ》とともに紫の雲に乗って来迎し、極楽浄土に迎えると説かれている。草庵の柴の戸にかかる白雲でも、そのときは紫の色に見えるだろうという。

【法然】一一三三~一二一二年/法然房源空《ほうねんぼうげんくう》。美作国(岡山県)の武士の家に生まれ、十三歳で比叡山に入る。四十三歳のとき、口に「南無阿弥陀仏」ととなえれば救われるとの確信を得て専修念仏の浄土宗を開く。

和らぐる光や空に満ちぬらむ
雲にわけいる千木《ちぎ》の片そぎ

寂蓮法師《じゃくれんほうし》

（『夫木和歌抄』）

寂蓮は公卿《くぎょう》の藤原俊成《ふじわらのしゅんぜい》の弟の子で俊成の養子になったが、三十代半ばで出家した。俊成に実子の定家らが生まれたためらしい。その後、寂蓮はおりおり歌枕《うたまくら》の旅に出た。『万葉集』以来の古歌にうたわれた土地をたずねる旅だ。桜や紅葉、恋の名所も、しばしば詠まれて言葉やイメージがふくらんでいたが、実際に見れば感激もひとしおだっただろう。

この歌は建久元年（一一九〇）に出雲大社に参詣したときの作。下の句の「千木」は神社の屋根の両端にX字型に建てた木材で角が鋭く削られている。それが「片そぎ」だ。出雲大社本殿は古代の創建当初は高さ約五〇メートルもあったと推定されているが、平安時代でもそれくらいの高さだったらしい。見上げれば、「雲にわけいる千木の片そぎ」である。その上の空に「和らぐる光」が満ちている。

これは中世に盛んにいわれるようになる和光同塵《わこうどうじん》をうたった歌である。無限の光明をもつ仏がその光を和らげて塵と同じになり、日本の神々になって仮現《けげん》する。西行の歌「深く入りて神路《かみじ》の奥を尋ぬればまた上もなき峰の松風」では、大日如来が松風に乗って伊勢に下って天照大神になるように、出雲大社の上空にも仏の「和らぐる光」があり、神になって現れるということである。

ところで、寂蓮の歌で『小倉百人一首』に採られている「村雨《むらさめ》の露もまだ干《ひ》ぬ槇《まき》の葉に霧《きり》立ちのぼる秋の夕暮」は、『新古今和歌集』に「五十首歌奉りし時」という詞書《ことばがき》がある。建仁元年（一二〇一）に後鳥羽上皇が催した老若五十首の選歌合《せんかあわせ》の一首である。左に老、右に若の歌人が並んで歌を詠み、左右一対の歌を選んで勝劣を競う趣向の歌合だった。この「村雨」の歌には通り雨の露がまだ乾かないうちに槙の木に霧が立つ夕暮れの風景が詠まれているが、歌合の席での作なので実景ではない。「まだ干ぬ」は「恋の涙が乾かないうちに」という意をふくむので恋を思わせるところに技巧がある。恋も歌会の題として好まれ、寂蓮も出家の身で恋の歌を多く詠んでいる。架空の歌遊びだからだ。

「牛の子に踏まるな庭のかたつぶり　角《つの》あればとて身をばたのみそ」（藤原長清編『夫木《ふぼく》和歌抄』）は、「角があるからといって牛に踏まれるなよ、庭のカタツムリ」という歌で、「十題百首」のうち「虫」の部の作。

寂蓮は題に合わせて巧みに歌を詠む。「法華経二十八品歌」や「極楽十楽歌」などの題でも多く詠んだ。「これや此《こ》のうき世のほかの春ならむ　花のとぼそのあけぼのの空」（『新古今和歌集』）、これは極楽の十楽のうちの一首で、題は「蓮華初開楽《れんげしょかいらく》」。蓮華のつぼみにつつまれて往生し、初めて開く蓮の花の戸から見る曙の空がうれしい」という。こうした題詠をとおして仏のことが共有されていった。

【寂蓮】一一三九?～一二〇二年／俗名は藤原定長。三十代半ばで出家し、諸国行脚の旅を重ねた。建仁元年（一二〇一）に和歌所寄人《よりうど》になって『新古今和歌集』の撰者に選ばれるなど後鳥羽院歌壇の中心歌人の一人である。

浄土にも剛《ごう》の者とや沙汰《さた》すらん
西に向かひてうしろ見せねば

熊谷直実《くまがいなおざね》

（『法然上人行状絵図』）

『法然上人行状絵図《ほうねんしょうにんぎょうじょうえず》』は、浄土宗開祖の法然の誕生から没後のこと、弟子たちのことまでが全四十八巻に記されている。その第二十七巻は熊谷直実の巻で、そこに右の歌がある。直実は「浄土でも剛の者と評判になるだろう、西に向かって後ろを見せないのだからな」と豪語した。

熊谷直実は現在の埼玉県熊谷市の御家人である。『平家物語』の「敦盛最期《あつもりさいご》」の段で有名な武士だ。寿永三年（治承八年／一一八四）二月、一ノ谷の戦いで平氏は敗れた。そのとき、熊谷直実は船に逃れようとする公達《きんだち》らしき武将（平敦盛）を呼び止めて組み伏せ、首をとろうと顔をみれば、十七、八の若武者である。我が子の小次郎と同じくらいの歳だ。その首をとっても、もはや戦の勝敗が変わるわけでもないと直実はたじろぎ、助けたいと思ったが、背後に源氏の軍兵《ぐんぴょう》が雲霞《うんか》のように迫っている。他の者の手にかかるより「同じくは直実が手にかけ参らせて、後《のち》の御孝養《おんこうよう》（御供養）をこそ仕《つかまつ》り候はめ」と泣く泣く頸《くび》を斬《き》った。若武者の鎧《よろい》の下から一本の笛が出てきたことも哀れであった。文部省唱歌『青葉の笛』（明治三十九年）で「一の谷の軍《いくさ》破れ　討《う》たれし平家の公達あわれ」と悲しく歌われる物語である。『平家物語』は、これがきっかけで直実は出家したと語る。

室町時代の世阿弥《ぜあみ》作の謡曲『敦盛』では、出家して蓮生法師《れんせいほうし》となった熊谷直実は敦盛の菩提を弔いたいと一ノ谷を訪ね、念仏をとなえて敦盛の亡霊を成仏させる。

鎌倉幕府の史書『吾妻鏡』では、熊谷直実は所領をめぐる争いで将軍頼朝の前で論争に敗れ、憤慨して出奔し、法然の弟子になったという。『法然上人行状絵図』でも、将軍に不満に思うところがあって京の聖覚法印《せいかくほういん》（法然の弟子）を訪ね、法然の専修念仏《せんじゅねんぶつ》の門に入ったという。

それから蓮生は、どんなときでも極楽の方角である西に背を向けることはなかった。京都から関東に下るときも、東に進む馬に後ろ向きにまたがって西を向いていったという。掲題の和歌の「西に向かひてうしろ見せねば」は、この東行逆馬《とうこうさかうま》のことである。

じつは源信《げんしん》（58ページ）の『往生要集《おうじょうようしゅう》』第四章「正修念仏《しょうじゅねんぶつ》」の「修行相続」の項に「いつも西に背を向けず、唾や大小便も西に向かってしてはならない。どうしてもそうできないときは心に西方を念じよ」と記されている。源信とて容易にできなかったことだ。『法然上人行状絵図』で蓮生はそれを実践して源信より上等の往生をすると意気込んでいる。戦《いくさ》では果敢に先陣争いに挑む武士だった。

【熊谷直実（蓮生）】一一四一～一二〇七年／元は関東の御家人で、源平合戦で果敢な戦いをした。法然の弟子になっても乱暴なおこないがあり、法然に叱られたこともある。しかし、師への思慕の念は強く、法然の没後、生家を訪ねて誕生寺（岡山県久米南町）を建立した。

もろこしの梢《こずえ》もさびし日《ひ》の本《もと》の
柞《ははそ》のもみぢ散りやしぬらん

栄西禅師《えいさいぜんじ》（『続古今和歌集』）

この歌は「唐土《もろこし》に渡りて侍《はべ》る時、秋の風身にしみけるゆふべ、日本に残りとまれる母の事など思ひてよめる」と詞書《ことばがき》にいう。柞はクヌギ、ミズナラなどの落葉樹のこと。「ははそ」という音が母につながる。唐土（当時は宋《そう》）にいたとき、仏法を伝えようと決意は熱くても、木々が落葉してさみしく、秋の風が身にしむ夕べ、日本でも木の葉が色づいて散っているのだろうと母をしのぶ歌である。

栄西は備中《びっちゅう》吉備津《きびつ》神社（岡山市）の神官、賀陽《かや》氏に生まれ、十四歳で比叡山延暦寺で出家。葉上房《ようじょうぼう》栄西と称し、比叡山のほか、伯耆《ほうき》（鳥取県）大山《だいせん》などで天台密教を学んだ。商船に乗って二度、宋に渡る。

一度目は二十八歳の仁安三年（一一六八）。中国天台宗の開祖智顗《ちぎ》の書物を新たに持ち帰る。

二度目は四十七歳の文治三年（一一八七）から。そのころ、世は末法《まっぽう》だと盛んにいわれるようになるなかで二つの潮流があった。ひとつは末法の人々は阿弥陀仏の本願にすがるほかはないという念仏の流れ、もうひとつは興法利生《こうぼうりしょう》（仏法を興し衆生《しゅじょう》を利益《りやく》す）・令法久住《りょうぼうくじゅう》（法をして久住〈永存〉ならしめよ）を求める動きである。釈迦の故国であるインドに行って末法の日本に仏法を再移入しようとする運動がおこった。栄西はインドへの旅程を立てたが、西域の騒乱で宋の官許を得られず断念。臨済宗の禅僧の印可をうけ、その血脈《けちみゃく》（嗣法の系譜）をついで建久二年（一一九一）に帰国。ところが、そのころ比叡山の僧だった大日房能忍《だいにちぼうのうにん》が血脈なく独自に禅を説いた達磨宗《だるましゅう》が広まっていた。この動きを警戒した比叡山は朝廷に訴え、建久五年に禅停止《ちょうじ》が宣下《せんげ》された。それに対して栄西は同九年に『興禅護国論《こうぜんごこくろん》』をあらわす。同じく禁圧された専修念仏の法然が『選択本願念仏集《せんちゃくほんがんねんぶつしゅう》』をあらわしたのも同年である。

『興禅護国論』は全十門（章）の第一「正法《しょうぼう》を世に久住《くじゅう》せしむるの門」に「戒律を守ること清浄《しょうじょう》ならば仏法は世に久住する」といい、それを禅に求めた。第二「国家を鎮護するの門」では禅こそ正統な鎮護国家の仏法であるという。そして、全体の末尾に「未来記」を記し「余が世を去るの後五十年、此《こ》の宗最も興るべし（私の死後五十年たてば禅宗がもっとも興隆する）」と告げる。その後、栄西は京都に建仁寺《けんにんじ》、鎌倉に寿福寺《じゅふくじ》を開き、禅宗は公認されて興隆に向かう。禅宗は宋の皇帝の仏法であり、新興の武家政権の意気を示すかのように古代の官寺にみまがう大伽藍がつくられた。執権《しっけん》北条氏や大名によって臨済宗寺院が建立され、建長寺《けんちょうじ》開山の蘭渓道隆《らんけいどうりゅう》、円覚寺《えんがくじ》開山の無学祖元《むがくそげん》ら、それぞれを派祖として、臨済宗は主要十五派を数える。栄西は建仁寺派の派祖である。

ところで、栄西の母は備中の豪族の娘だという以外にはほとんど不明である。伝説では、栄西は八か月で出生したことが不吉とされて母はやむなく生後三日間も乳を与えなかったが、奇跡的に生き長らえたという。

【栄西】一一四一〜一二一五年／臨済宗を初めて伝えた禅僧。著述に『興禅護国論』『喫茶養生記』などがある。

鳥《とり》の音《ね》も浪のを《お》とにぞかよふなる
を《お》なじみ法《のり》を説けばなりけり

平康頼《たいらのやすより》

（『千載和歌集』）

この歌には『千載《せんざい》和歌集』の詞書《ことばがき》に「阿弥陀経の心をよめる」とある。阿弥陀経に、極楽国土では「白鵠《びゃっこう》・孔雀《くじゃく》・迦陵頻伽《かりょうびんが》などの美しい鳥がいて、その鳴き声は五根《ごこん》・五力《ごりき》の法を説き、聞く者は皆、仏を念じ、法を念じ、僧を念じる」と説かれている。平康頼は九州南方の鬼界ヶ島に流されたときに「極楽の鳥の声は海の波音にもなる、同じ御法《みのり》を説いているのだから」と詠んだ。

康頼は後白河法皇《ごしらかわほうおう》に仕えた武士である。安元三年（一一七七）五月、康頼は藤原成親《ふじわらのなりちか》・俊寛《しゅんかん》・西光《さいこう》らと京都東山の鹿ヶ谷《ししがたに》の山荘で平氏打倒の計略を練った。それが平清盛《たいらのきよもり》に密告され、西光は死罪、藤原成親・俊寛・康頼は薩南諸島の鬼界ヶ島《きかいがしま》に流された。康頼は配流にさいし、出家剃髪して入道《にゅうどう》になる。『平家物語』「卒塔婆流《そとばながし》」の段では康頼入道は千本の卒塔婆に名と「思ひやれしばしと思ふ旅だにもなほふるさとはこひしきものを（短い旅でも故郷は恋しいのに）」の歌などを書き、「南無帰命頂礼《なむきみょうちょうらい》、梵天《ぼんでん》帝釈《たいしゃく》、四大天王《しだいてんのう》、堅牢地神《けんろうじじん》、王城の鎮守諸大明神《ちんじゅしょだいみょうじん》、殊《こと》には熊野権現《くまのごんげん》、厳島大明神《いつくしまだいみょうじん》、せめては一本なりとも、都へ伝へてたべ」と海に流した。その一本が安芸の厳島大明神の渚に打ち上げられたと語る。

実際には高倉《たかくら》天皇の中宮徳子《とくこ》（平清盛の娘）の安産祈願の特赦によって康頼は流罪をゆるされ、治承三年（一一七九）ごろに帰京した。その後、京都嵯峨《さが》の清涼寺《せいりょうじ》で参籠《さんろう》した人びとと語りあったという説話集『宝物集《ほうぶつしゅう》』をあらわした。三国伝来すなわちインドから中国をへて日本に伝わった生身《しょうしん》の釈迦如来である清涼寺の「仏の御前《おんまえ》の物語」を記したものだから『宝物集』というと巻末に述べている。『宝物集』の内容は、いろいろな経典の教えと功徳、インド・中国・日本の伝説の霊験譚《れいげんたん》など多岐にわたる。また、『古今和歌集』の序を武士の世に合わせて、「目にみえぬ鬼神《おにかみ》の心をもなだめ、猛《たけ》き武士《もののふ》の心にもあはれと思ふ」のが和歌であるとして、今昔の和歌を数多くのせている。

平安末期の動乱の世には、もはや末法末世《まっぽうまっせ》だと強く意識されるようになった。『宝物集』巻第七には「末法万年、なを《お》し弥陀の一教《いちきょう》をたのむべし」という。なぜなら、昔、釈尊の父が末法万年の未来をみこして弥陀の一教（阿弥陀仏のことが説かれた経典）を泥の中に埋めておいた。その後、魔王の兵が来襲して財宝や経典を奪っていったけれど、弥陀の一教だけは金のように泥の中でも腐らずに残ったのだという。なお、清涼寺の釈迦如来像は大陸様式を伝える古い立像である。三国伝来の生身《しょうしん》の釈迦といわれるが、その文献上の初出は『宝物集』である。

【平康頼】生没年不詳／明経道《みょうぎょうどう》（漢学）の中原氏に生まれるが、平清盛の甥の保盛の家人となったことから平姓を名乗る。その後、後白河法皇の近習となり、鹿ケ谷事件に連座して流刑。赦免後、京都東山の雙林寺《そうりんじ》に寄寓して『宝物集』をあらわす。石清水若宮歌合などに出て、歌人としても知られた。

六道の道《みち》の衢《ちまた》に待てよ君《きみ》
後《おく》れ先立つ習《ならい》ありとも

武蔵坊弁慶《むさしぼうべんけい》（『義経記』）

この歌は室町時代に琵琶法師《びわほうし》らに語られた戦記物『義経記《ぎけいき》』の「衣川合戦《ころもがわ》の事」にある。異本には「六道の道の衢《ちまた》に待てよ君　弥陀《みだ》の浄土へすぐに参らん」という。義経は「後々の世でも巡り会おう。紫の雲の上まで（極楽に迎えられるまで）」という意味の歌を返した。

『義経記』は源義経《みなもとのよしつね》と武蔵坊弁慶の物語である。弁慶は京の五条の天神に千本の刀を集めることを祈願し、人から刀を奪い取っていた。それが九百九十九本になった日の明け方、笛を吹き立派な刀をもつ若い武者と出会った。源氏の御曹司《おんぞうし》、のちの九郎判官義経《くろうほうがんよしつね》である。弁慶は刀を奪おうとして打ち負かされ、義経と主従《しゅじゅう》の契《ちぎ》りをむすんだ。後世、京の五条の橋の上でのことといわれる。

源平の合戦後、義経は都で判官（治安にあたる検非違使《けびいし》）の役につく。しかし、鎌倉の兄、頼朝の追討をうけ、山伏《やまぶし》の姿になって奥州の平泉に逃れるが、文治五年（一一八九）、衣川《ころもがわ》（岩手県奥州市）の館で追っ手の軍勢に囲まれ、同行した十余名の従者は次々に討ち死にし、弁慶も右の歌を詠んで死ぬ。「死後の六道の辻で待ってほしい」と。そのとき義経は館で法華経の第八巻（最後の巻）を読誦《どくじゅ》していた。弁慶は義経がそれを読み終える時間をかせぐため、長刀《なぎなた》を立てて仁王《におう》立ちになって敵の前に立ちはだかった。いくら矢を射かけても弁慶が倒れないので、敵は「鎮守大明神《ちんじゅだいみょうじん》、厄神《やくじん》、与力《よりき》して殺し給へ」と祈るほど。こうして義経は法華経の読誦を終えて自害し、弁慶は立ち往生したのだという。平安時代以来の法華霊験譚《ほっけれいげんたん》に、法華経を書写したり読誦したりしたことで地獄から救われたり、極楽に往生したりした、という話がたくさんある。それをふまえた物語である。

ところで、歌舞伎の『勧進帳《かんじんちょう》』では、京から山伏姿で奥州へ北陸道を逃げるとき、安宅《あたか》の関（石川県小松市）で関守に疑われたことから弁慶が奈良の大仏再建の勧進の旅だと言って勧進文《かんじんもん》を読みあげ、さらに主《あるじ》の義経を打ち据《す》えてみせる。この話は『義経記』ではちょっと違う。関所は愛発《あらち》の関、義経を打ち据えたのは二位（如意《にょい》）の渡《わたり》で舟に乗るときだ。関所でも渡し場でも山伏から通行料をとるのかと押し問答しており、中世には山伏や遊行僧《ゆぎょうそう》は天下御免だったことをうかがわせる。

『平家物語』『義経記』『太平記』などの中世の戦記物には神仏の話が多く、当時の民衆が神仏をどのように受け止めていたのかがよくわかる。右の弁慶の歌も中世の民衆の心を伝えている。

なお、鎌倉幕府の史書『吾妻鏡《あづまかがみ》』に義経の従者の一人として武蔵坊弁慶の名があるので、実在の人物ではあったらしい。また、天台座主慈円《じえん》の『愚管抄《ぐかんしょう》』には比叡山の財修《ざいしゅう》という僧が義経を一時かくまったという。そうしたことが弁慶伝説の元になったのだろう。

【武蔵坊弁慶】?～一一八九年／僧兵のような姿で長刀など七つの武器をもつという伝説の人物。

人ごとに変《かわ》るは夢の迷《まど》ひにて
覚《さ》むればをなじ心なりけり

九条兼実《くじょうかねざね》

（『千載和歌集』）

この歌は『千載《せんざい》和歌集』に「百首歌《ひゃくしゅうた》よませ侍《はべ》りける時、法文《ほうもん》の歌に五智如来《ごちにょらい》をよみ侍けるに、平等《びょうどう》性智《しょうち》の心をよみ侍ける」の詞書《ことばがき》がある。百首歌は一人または複数で百首を詠む。このときは法文（仏教の歌）が題だったので九条兼実は五智如来の平等性智の心を詠んだ。五智如来は森羅万象を生み出す光およびダルマ（法則）を如来の名でいう大日如来と、その四方の四仏である。五種の智慧をもつことから五智如来という。その五智のうちの平等性智（等しさを見抜く智慧）からみれば、人の心が善悪それぞれに違っていると思うのは妄想《もうぞう》の迷いであり、その妄夢から覚めれば、みな同じ心である。

同じ心とは、誰もがもっている仏性《ぶっしょう》である。すでに平安中期の源信《げんしん》の『往生要集《おうじょうようしゅう》』に「魔界《まかい》は即《すなわ》ち是《こ》れ仏身《ぶっしん》にして、また即《すなわ》ち我が身《しん》なり、理《り》に二なきが故《ゆえ》にと。しかれども、もろもろの衆生《しゅじょう》は妄想《もうぞう》の夢《ゆめ》いまだ覚めず。一実《いちじつ》の相《そう》を解《さと》らざれば是非《ぜひ》の想《おもい》を生《しょう》じて五道《ごどう》（地獄・餓鬼など）に輪廻《りんね》す。願わくは、衆生をして平等慧《びょうどうえ》に入《い》らしめよ」（大文第五「助念の方法」対治魔事）とあり、平安末期に源信の作として広まった「本覚讃釈《ほんがくさんしゃく》」には「煩悩のある身こそが仏の身である」という。また、最澄の著だという『末法燈明記《まっぽうとうみょうき》』には「末法には、ただ名字《みょうじ》の比丘《びく》（名前だけの僧）のみあり。（中略）仏は時運《じうん》を知りて末俗《まつぞく》を済《すく》わんために名字の僧を讃じて世の福田《ふくでん》となす」とある。武士や僧兵が殺しあう騒乱の世に、この本覚法門《ほんがくぼうもん》（人は本《もと》から覚《さと》っているという）において、善悪不二《ぜんあくふに》、さらには悪人正機《あくにんしょうき》の道が開かれた。

『千載《せんざい》和歌集』は後白河法皇の勅によって編まれ、文治四年（一一八八）に奏覧。時に兼実は四十歳の若い公卿《くぎょう》ながら「摂政前右大臣《せっしょうさきのうだいじん》」として出る。兼実は藤原氏の嫡流である。藤原氏内の抗争も激しいなかで鎌倉幕府に近い立場をとって摂政・関白になり、京の九条の邸宅にちなんで九条家の祖になったが、平安末期の動乱を身をもって体験した。とりわけ治承四年（一一八〇）に南都が平家の焼き討ちにあい、東大寺大仏殿も焼失したときには「七大寺以下ことごとく灰燼《かいじん》となり、仏法王法滅尽」と日記『玉葉《ぎょくよう》』に衝撃を記している。まさに末法末世《まっぽうまっせ》と認識された出来事である。兼実は建仁二年（一二〇二）に法然を戒師として剃髪し、専修念仏《せんじゅねんぶつ》の門に入った。その三年後の勅撰『新古今和歌集』（一二〇五年奏覧）には「入道前関白太政大臣《にゅうどうさきのかんぱくだいじょうだいじん》」の名で「五智の心を、妙観察智《みょうかんざっち》」と詞書のある「底清く心の水を澄まさずは　いかが悟りの蓮《はちす》をも見ん」が採られている。妙観察智も五智のひとつで、万物の違いを見抜く。人にはみな等しく仏性《ぶっしょう》があるといっても、心の底まで清く澄まさなければ、どうして悟りの蓮を見ることができようか。この二年後、兼実は五十九歳で没した。

【九条兼実】一一四九～一二〇七年／藤原北家の嫡流、忠通の子。同母の弟に慈円《じえん》がいる。日記『玉葉』は長寛二年（一一六四）から正治二年（一二〇〇）におよび、激動の時代の貴重な史料となっている。

これをこそ真《まこと》の道と思《おもい》しに
なほ世をわたる橋にぞ有《あり》ける

解脱上人貞慶《げだつしょうにんじょうけい》（『続後撰和歌集』）

元久二年（一二〇五）年、興福寺から朝廷に一通の上奏文が出された。法然の専修念仏《せんじゅねんぶつ》の禁止を求める「興福寺奏状《こうふくじそうじょう》」である。「第一に（勅許なく）新宗を立つる失《しつ》」以下、「万善を妨ぐる失」「霊神に背く失」など九か条の過失をあげる。興福寺は南都（奈良）を代表する権威をもつ。そこからおこされた訴えを朝廷は無視できず、建永二年（一二〇七）に専修念仏停止《ちょうじ》が宣下《せんげ》された。

この「興福寺奏状」を書いたのが貞慶である。南都の学僧だったが、そのとき、貞慶は興福寺を離れて笠置寺《かさぎでら》（京都府笠置町）に隠遁《いんとん》していた。解脱房《げだつぼう》という房号から解脱上人《げだつしょうにん》とも笠置寺上人ともよばれるが、「上人（聖人《しょうにん》）」は僧位をもたない遁世僧や市井の聖《ひじり》の尊称である。その点では比叡山黒谷《くろだに》の別所に隠遁して念仏を修し、さらに東山の吉水にうつった法然（92ページ）と同じ立場だった。

遁世僧といえども、衣食はどこからか手に入れなければならない。法然や明恵《みょうえ》（118ページ）のように多くの信徒をもつ遁世僧もあった。貞慶は興福寺の法会《ほうえ》に出たり、頼まれて文書をつくることもあったのだろう。右の歌には「世を遁《のが》れて後、公請《くじょう》のために記しおきたる文を見て」という詞書《ことばがき》がある。

公請とは維摩会《ゆいまえ》・最勝会《さいしょうえ》などの鎮護国家の法会や講義に召集されることである。そのために作った表白文《ひょうびゃくもん》や講義のための文を見て、「遁世して修行することこそ真の道だと思っているのに、この文はなお、世を渡る橋である。生きていく手立てからは逃れられないものだ」と詠んでいる。

では、その真の道とは何だったのか。貞慶の法話集『愚迷発心集《ぐめいほっしんしゅう》』巻一に「本朝は一小国にして海中に一粟粒《あわつぶ》を浮《うか》べたるが如し（日本は海に粟粒を浮かべたような小国である）」という。これは平安末期に末法意識が深まるとともによくいわれるようになったことで、日本は東海の辺土の粟散国《ぞくさんこく》であるという。だから法然は、今の世の人は阿弥陀仏の本願にすがる以外にないとして専修念仏の門を開いた。貞慶も、「仏前仏後《ぶつぜんぶつご》の中間に生《うまれ》て出離解脱《しゅつりげだつ》の因縁《いんねん》もなく、粟散扶桑《ぞくさんふそう》の小国に住して上求下化《じょうぐげけ》の修行にも闕《かけ》たり」という。「仏前仏後ノ中間」とは釈迦如来の入滅後、五十六億七千万年の未来という弥勒仏の下生《げしょう》まで。この中間の時に生まれた者は出離解脱（苦悩の生死輪廻《しょうじりんね》から脱すること）の因と縁から離れている。まして、「粟散扶桑ノ小国」である日本の人びとは、上求菩提下化衆生《じょうぐぼだいげけしゅじょう》（上にさとりを求め、下に衆生を教化する）の修行が欠落している。だから、常に仏の戒を誦して身をつつしみ、生死流転《しょうじるてん》の未来に弥勒仏の下生に出会うことを期すべきだという。弥勒仏は龍華樹《りゅうげじゅ》という木の下で集会をもよおすということから、貞慶は笠置寺で龍華会《りゅうげえ》を初めて営み、笠置寺を弥勒信仰の霊場とした。

【貞慶】一一五五〜一二一三年／藤原通憲《みちのり》（信西《しんぜい》）の孫。興福寺の僧で法相教学の学僧。三十九歳の建久四年（一一九三）笠置寺に隠棲。そこを弥勒浄土として龍華会を営む。さらに承元二年（一二〇七）に海住山寺に移った。

いにしへも夢になりにし事なれば
柴《しば》のあみ戸もひさしからじな

建礼門院《けんれいもんいん》（『平家物語』）

建礼門院は平清盛《たいらのきよもり》の娘で名を徳子《とくこ》といった。承安元年（一一七一）に入内《じゅだい》し、翌年、高倉天皇の中宮になる。その後、治承四年（一一八〇）二月に高倉天皇は三歳の言仁親王《ときひと》（安徳天皇）に譲位。徳子にも院号が宣下《せんげ》されて建礼門院となった。それは外祖父の清盛を棟梁《とうりょう》とする平家一門が栄華をきわめたころのことだったが、同年五月には以仁王《もちひとおう》（後白河法皇の皇子）が平氏追討を諸国の源氏によびかけて挙兵。まもなく鎮圧されたが、治承・寿永の乱（源平合戦）の先駆けとなった。

あくる治承五年一月には高倉上皇が崩じ、閏《うるう》二月には清盛が死去。寿永二年（一一八三）には源氏勢に押されて平家一門は安徳天皇と神器を奉じて都落ちし、元暦二年（寿永四／一一八五）年三月二十四日の壇《だん》ノ浦《うら》の海戦で平家は滅亡した。そのとき七歳の安徳天皇は入水。母の建礼門院も海に身を投げたが、源氏の武士に引き上げられて生きのびた。

京都に護送された建礼門院は東山の麓の吉田に隠棲する。『平家物語』「灌頂巻《かんじょうのまき》」の「女院出家」の段には建礼門院は長年放置されて荒れた僧坊で出家剃髪したという（法名は直如覚《しんにょかく》）。その庭の橘の花を見て、「ほととぎす花たちばなの香《か》をとめて　なくはむかしのひとや恋しき」と詠む。橘《たちばな》の花は思い出をよびさますという。「ホトトギスよ、花橘の香を求めて鳴くのは昔の人が恋しいのだろう」とうたう心には海に沈んだ安徳天皇や、捕らわれて首を刎《は》ねられた平家一門への思いがこもる。

その年九月には、建礼門院はさらに都から離れた大原の寂光院《じゃっこういん》に移り、平家一門の菩提《ぼだい》を弔って暮らす。文治二年（一一八六）の春、そこに後白河法皇が訪ねてきた。「灌頂巻」の「大原御幸《おおはらごこう》」「六道《ろくどう》之沙汰《のさた》」の段で法皇と女院は来《こ》し方《かた》行《ゆ》く末《すえ》を語り、結びの「女院死去」の段は「さる程《ほど》に寂光院の鐘の声、けふも暮れぬとうち知られ、夕陽《せきよう》西にかたぶけば、御名残惜しうはおぼしけれども」と語りおこす。法皇の行列が遠くなるまで見送った女院は庵にもどり、御本尊にむかって「先帝聖霊《せんていしょうりょう》、一門亡魂《いちもんぼうこん》、成等正覚《じょうとうしょうがく》、頓証菩提《とんしょうぼだい》（亡き安徳帝をはじめ一門がさとりの世界に早く往けますように）」と祈った。そして寝所の障子に、掲題の和歌を書く。「昔のことは夢と消えた今、粗末な柴《しば》の網戸《あみと》の庵の暮らしも長くはないだろう」という意味だが、法然の歌に「柴《しば》の戸に明け暮《くれ》かかる白雲《しらくも》をいつ紫《むらさき》の色に見なさむ」というように阿弥陀仏の来迎を願うのだろう。建久二年（一一九一）に女院が念仏をとなえながら一期《いちご》を終えたとき、西の空に紫雲《しうん》がたなびいたという。そして、平家の一門も「みな往生の素懐《そがい》（極楽に往生したいという日頃の願い）をとげたといわれている」という言葉で『平家物語』は終わる。

【建礼門院】一一五五～一二一四年／名は平徳子。高倉天皇の中宮で安徳天皇の母。没年は『平家物語』には建久二年（一一九一）というが、諸説あり、建保元年（一二一四）説が有力。

行く水に雲ゐの雁《かり》のかげみれば
数かきとむる心地こそすれ

鴨長明　かものちゅうめい（ながあきら）

（『鴨長明集』）

鴨長明は随筆『方丈記《ほうじょうき》』の冒頭で「行く河のながれは絶えずして、しかも、本の水にあらず。よどみに浮《うか》ぶうたかたは、かつ消え、かつ結びて久しくとゞまりたる例《ためし》なし」と無常を語る。しかし、この歌は違う。流れる水にも空を飛んでいく雁の姿が映ることがある。それを見れば、流れる水面《みなも》に数字を書きとめることさえできそうな気がする。前掲の柿本人麻呂《かきのもとのひとまろ》の歌（18ページ）に「行く水の水沫《みなあわ》のごとし世人我等《よひとわれら》は」や「水の上に数《かず》書くごとき我が命」があるように、「行く水」や「水面の数」は万葉時代から無常をあらわす言葉だ。長明はそれを逆転させて、流れる水にも留まるものがあると詠んでいる。そこに、世は無常だといってあきらめるわけにはいかない長明の心境がうかがえる。

建仁元年（一二〇一）、後鳥羽《ごとば》上皇の和歌所での歌合《うたあわせ》で、長明は「月前松風《げつぜんのしょうふう》」の題で「ながむれば千々《ちぢ》にもの思ふ月にまた　わが身ひとつの峰の松風」（『新古今和歌集』）と詠んだ。『古今和歌集』にある本歌「月見ればちぢにものこそかなしけれ　わが身ひとつの秋にはあらねど」（大江千里《おおえのちさと》）を「わが身ひとつの峰の松風」と逆転させて自己へのこだわりをみせ、判者《はんざ》の藤原俊成《ふじわらのしゅんぜい》から「珍し」と評されている。

歌合は左右に分かれて歌の勝劣を競う歌会だが、このときは藤原定家《ふじわらのていか》や寂蓮法師《じゃくれんほうし》ら二十五人が参加し、長明は四首出して全勝だった。しかし、定家らは殿上に並んでいたのに、長明は庭にすわらされた。身分が低いからだ。それというのも、下鴨《しもがも》神社の正禰宜《しょうねぎ》（神官の長）だった父が長明十八歳のころに急逝し、継ぐはずだった地位を同族に奪われてしまったからだ。

当時、下鴨神社は諸国に荘園をもつ大神社だった。継争いに敗れた長明は五十歳のころに出家して大原に隠棲。さらに五十五歳で日野《ひの》（京都市伏見区）に方一丈の庵《いおり》を建てて暮らすようになった。いわゆる遁世僧《とんせいそう》だが、都の歌壇との交流はつづいた。そして建暦二年（一二一二）、還暦を前に思うところを記すということで書いたのが『方丈記』だ。記名は僧名の蓮胤《れんいん》である。この『方丈記』には、洛内の邸宅に住む人は、火事や大風、地震のたびに苦しむのに比べて簡素な庵ずまいの気楽なことがくどいほど書かれており、かえって住まいへの強い執着《しゅうちゃく》をうかがわせる。

長明の庵には阿弥陀仏の画像がかけられており、『方丈記』は「不請阿弥陀仏《ふしょうのあみだぶつ》、両三返《りょうさんべん》申してやみぬ」という文でおわる。「不請《ふしょう》の阿弥陀仏」は無量寿経にある「不請の法」のことだろう。阿弥陀仏は、たとえ極楽往生を請《こ》い願わない者でも迎えるという。その不請の阿弥陀仏の称名さえ二、三回となえてやめてしまったということである。

【鴨長明】一一五五〜一二一六年／下鴨神社の禰宜の家に生まれる。五十歳のころに出家して蓮胤という。随筆『方丈記』のほか、説話集『発心集』、歌論『無名抄』、自選の家集『鴨長明集』などをあらわす。

おほけなく憂《う》き世の民《たみ》におほふ哉《かな》
わが立つ杣《そま》の墨染《すみぞめ》の袖《そで》
慈鎮和尚慈円《じちんかしょうじえん》
（『千載和歌集』）

この歌は平安末期の『千載和歌集《せんざいわかしゅう》』のほか、『小倉百人一首』にも「前大僧正慈円《さきのだいそうじょうじえん》」の名で採られている。慈円は比叡山の高僧である。右の歌は伝教大師最澄の「阿耨多羅三藐三菩提《あのくたらさんみゃくさんぼだい》の仏たち我が立つ杣に冥加《みょうが》あらせたまへ」をふまえて、おほけなく（畏れ多くも）大師のように世の人びとを仏法の衣でおおって救いたい、という。

しかし、九条兼実《くじょうかねざね》の項（104ページ）で述べたように、世は平安末期の源平合戦のころである。『平家物語』に語られているように、後白河法皇が都から比叡山に逃れてきたり、天台座主の明雲《みょううん》が伊豆に流されたりし、堂衆《どうしゅ》・衆徒《しゅと》（僧兵）と学徒（上層部の学僧）らの争いもあって、山上も平安ではなかった。『千載和歌集』には「いとゞしくむかしの跡や絶えなむと思ふもかなし今朝《けさ》の白雪（いよいよ昔の教えの跡は消えてしまうのか、今日の雪に埋《うず》もれて）」という歎《なげ》きの歌もある。

鎌倉時代初期の『新古今和歌集』には、「述懐の歌の中に」という詞書《ことばがき》で「願はくはしばし闇路にやすらひて　かかげやせまし法《のり》のともしび」という慈円の歌がある。世は末法である。現世の闇路に今しばらくは留まって、法のともしびを掲げていたいという。「法のともしび」は、比叡山の根本中堂《こんぽんちゅうどう》に今もともりつづける灯明《とうみょう》で、最澄が建立したときに点じたと伝える「不滅の法灯」をさす。願わくば、その法灯を掲げていたいのだが、はたしてできるだろうか。

慈円は藤原摂関家の生まれで、九条兼実の弟である。いわゆる権門の出身なので、三十八歳の建久三年（一一九二）年に天台座主《ざす》になり、建仁三年（一二〇三）年には大僧正（僧階の最上位）に上ったが、混乱した状況のなかで天台座主を辞したり復帰したりし、四度も座主になった。兄の九条兼実とともに鎌倉との協調を図り、三代将軍実朝《さねとも》（124ページ）の暗殺後に藤原頼経《ふじわらのよりつね》（兼実の曾孫）が将軍として鎌倉に迎えられたことを公武融和の証として喜んだ。

慈円は初代神武天皇以来の世の変動を考究して歴史書『愚管抄《ぐかんしょう》』をあらわし、歴史を動かす原理として「道理《どうり》」を発見した。たとえば、壇《だん》ノ浦《うら》で平家とともに三種の神器が海に沈んだ。篋《はこ》に入れ幾重にも布で包まれた神器は海に浮かんで発見されたが、剣《つるぎ》だけは見つからなかった。それも道理である。昔は藤原氏の氏神の春日《かすが》の大明神《だいみょうじん》と鹿島神宮《かしまじんぐう》から春日大社に迎えられた大明神《だいみょうじん》（天児屋根命《あめのこやねのみこと》）が、近年は源氏の氏神の八幡大菩薩《はちまんだいぼさつ》と話しあって世を維持している。今は公家の藤原氏と武家の源氏が天皇を助けるようになったので、昔の神器の剣は海に消えた。それが道理だという。

【慈円】一一五五〜一二二五年／十一歳で延暦寺の青蓮院に入り、十三歳で出家剃髪。歴史書『愚管抄』を著す。『新古今和歌集』には西行の九十四首に次いで九十二首が選ばれており、歌人としても高く評価される。

生まれては終《つい》に死ぬてふ事のみぞ
定めなき世に定めありける

平維盛《たいらのこれもり》

（『源平盛衰記』）

語りものの『平家物語』とは別に、読み物の『源平盛衰記《げんぺいせいすいき》』がある。同じく鎌倉時代にうまれた戦記物で内容はほぼ同じだが、『源平盛衰記』のほうがずっと詳しい。右の歌はその『源平盛衰記』の「中将入道入水《ちゅうじょうにゅうどうじゅすい》の事」にある。「定めなき世にも、生まれれば死ぬ定めはある」という辞世である。

平維盛は清盛《きよもり》の孫だ。寿永二（一一八三）年に源《みなもと》（木曾）義仲《よしなか》追討の十万騎の総大将として北陸道に進軍したが、同年五月、倶利伽羅峠《くりからとうげ》の戦いで大敗。義仲軍におされて平氏は都落ちする。翌年二月の一ノ谷の戦いにも敗れた平氏が屋島に陣を張ったころ、維盛はわずかな従者をつれて陣営を逃れて高野山におもむいた。そこには元は平家方の武士だった滝口入道《たきぐちにゅうどう》がいる。『平家物語』巻十「高野巻《こうやのまき》」から「維盛出家」「熊野参詣」までの三つの段は「維盛入水」にいたる長い道行《みちゆき》の物語である。はじめに滝口入道は維盛に「なぜ逃げたのか」と問い、維盛は苦悩を語る。この苦しみから逃れることを願って従者の与三兵衛《よさうびょうえ》、石童丸《いしどうまる》とともに出家剃髪し（法名は浄円《じょうえん》）、熊野に詣でる。本宮《ほんぐう》の証誠殿《しょうじょうでん》の前では「大悲擁護《だいひおうご》の霞《かすみ》は熊野山《ゆやさん》にたなびき、霊験無双《れいげんむそう》の神明《しんめい》は音無河《おとなしがわ》に跡をたる。一乗修行《いちじょうしゅぎょう》の岸には感応《かんのう》の月くまもなく、六根懺悔《ろっこんさんげ》の庭には妄想《もうぞう》の露もむすぱず」と『平家物語』は語る。

補陀落渡海の図　熊野那智の名所や霊験を絵解きする「那智参詣曼荼羅」の部分。渡海船には1人の行者（渡海上人）が1か月分ほどの食料をもって乗る。普陀落《ふだらく》山寺《せんじ》の前の浜から曳《ひ》き舟がひいて沖に出て、あとは風と潮にまかせて洋上に去る。帆には「南無阿弥陀佛」の名号が書かれている。（國學院大學図書館蔵）

難しい言葉の意味はわからなくても、耳に聞く声にこもるのが語り文芸の力だ。維盛は「当山権現《とうざんごんげん》は本地《ほんじ》阿弥陀如来にてまします。摂取不捨《せっしゅふしゃ》の本願あやまたず、浄土へ引導《みちび》き給《たま》へ」と祈った。それから新宮、那智大社の参詣を終えた維盛は「一葉《いちよう》の船に棹《さお》さして万里の蒼海《そうかい》にうかび給ふ」。そして、「西に向ひ手を合せ、高声《こうしょう》に念仏百辺計《ばかり》となへつつ、「南無」と唱ふる声共《とも》に、海へぞ入《はい》り給ひける。兵衛入道も石童丸も同じく御名《みな》を唱へつつ、つづいて海へぞ入《い》りにける」と語られている。

熊野は観音菩薩の霊場でもあり、那智の沖には観音菩薩の補陀落浄土《ふだらくじょうど》があるという。そこをめざして船に乗り、そのまま行方《ゆくえ》を絶つのが補陀落渡海《ふだらくとかい》だ。入水した維盛も、補陀落渡海をへての極楽往生を願ったのだった。

【平維盛】一一五九～一一八四年／平清盛の嫡男重盛《しげもり》の長男。平家軍の大将軍として出征するが、富士川の戦いにつづき倶利伽羅峠の戦いでも大敗し、一ノ谷の戦いののち高野山、熊野参詣をへて那智で入水したと伝わる。

いづくにて風をも世をも恨《うら》みまし
吉野のを《お》くも花は散るなり

藤原定家　ふじわらのさだいえ（ていか）

（『千載和歌集』）

この歌は文治二年（一一八六）、伊勢の草庵にいた西行《さいぎょう》が、神宮に奉納する歌集の勧進《かんじん》（寄進をつのること）を定家のほか慈円《じえん》・寂蓮《じゃくれん》ら十二人の歌人に求めた『二見浦百首《ふたみがうら》』にあり、勅撰『千載和歌集』にも採られている。西行の項（80ページ）で述べたように、西行は自選の歌合《うたあわせ》『御裳濯河歌合《みもすそがわうたあわせ》』も奉納した。歌合とは和歌を左右に分け、その優劣を判定する催し、およびその歌集である。西行が神宮の内宮《ないくう》に奉納した自選歌合『御裳濯河歌合』のほか、外宮《げくう》に納めた『宮河歌合《みやがわ》』がある。西行は『御裳濯河』の判者《はんざ》（審判役）は藤原俊成《しゅんぜい》に、『宮河』の判者は定家に依頼した。

定家は西行より四十四歳下で、『二見浦百首』の文治二年には二十五歳だった。この若い歌人を西行は高く評価し、定家も西行を慕っていた。その勧進に応えた掲題の歌は、「どこにいて花を散らす風や無常の世を恨めばよいのだろうか。吉野の山の奥でも花は散るのだから」という意味だが、西行は吉野の桜の歌で知られていた。よって、この花は西行のことでもある。『二見浦百首』のときに六十九歳だった西行の余命もそう長くはない。その後、文治六年二月十六日に西行が没すると、「願はくは花の下にて春死なむその如月《きさらぎ》の望月《もちづき》の頃」の歌のとおりの示寂だったことに定家は驚嘆し、「望月のころはたがはぬ空《そら》なれど消えけん雲のゆくへかなしな」（『拾遺愚草《しゅういぐそう》』）と詠んだ。満ちては欠け、欠けては満ちる月は死と再生の象徴であり、永遠の仏にもたとえられてきた。それに対して雲は常に形を変えて消えゆく無常のしるしであり、この歌では死んでいった西行をさす。そのゆくえは知れない。

建久六年（一一九五）、定家は公卿勅使の九条良経《くじょうよしつね》の随員として伊勢神宮に参詣した。同年三月に東大寺大仏の再建供養がおこなわれたので、それを神宮に奉告する勅使だった。定家は「契《ちぎ》りありて今日みや川の木綿鬘《ゆうかずら》　長き世までもかけて頼まん」と詠み、『新古今和歌集』に採られている。契りは天孫降臨のときに藤原氏の祖先の天児屋根命《あめのこやねのみこと》が下って天皇を助ける役目をになうようになったことをいう。それから今になり、伊勢の宮川のほとりの神に木綿鬘（神事で冠などにつける木綿や麻のかずら）のように長く役目が果たせるようにと祈る。しかし、時代は大きく変化していた。平氏によって焼かれた東大寺大仏の再建供養会には源頼朝が大行列を組んで参列し、天下に武威をみせつけた。

また、文治二年に東大寺再建の大勧進職の重源《ちょうげん》が再建成就の祈願のため参宮したことから、それまで仏法を近づけなかった伊勢にも僧が参詣するようになった。さらに天照大神は大日如来の垂迹《すいじゃく》だといわれるほどに神仏習合が深まっていった。

【藤原定家】一一六二〜一二四一年／父は藤原俊成。鎌倉初期の歌壇の重鎮で後鳥羽上皇による勅撰『新古今和歌集』の撰者にもなる。家集に『拾遺愚草』、日記『明月記』がある。『小倉百人一首』は定家が小倉山の山荘で選んだという。

雲を出《い》でてわれに伴ふ冬の月
風や身にしむ雪やつめたき

明恵上人《みょうえしょうにん》（『玉葉和歌集』）

平安末から鎌倉時代にかけて世は末法《まっぽう》だとさかんにいわれるようになった。末法とは釈迦の滅後、仏法が衰えて戦乱や災害が頻発し、人びとからまともに修行する力が失われる悪世である。そのなかで二つの潮流があった。栄西の項（98ページ）で述べたように、ひとつは法然（92ページ）を先駆けとして、末法の人びとは阿弥陀仏の本願にすがるほかないという念仏の流れ、もうひとつは興法利生《こうぼうりしょう》（仏法を興し衆生《しゅじょう》を利益《りやく》す）・令法久住《りょうぼうくじゅう》（法をして久住〈永存〉ならしめよ）を求める動きである。たとえば禅宗を伝えた栄西は『興禅護国論《こうぜんごこくろん》』の第一章「正法《しょうぼう》を世に久住せしむるの門」に「七衆が戒律を守ること清浄ならば仏法は世に久住する」といい、それを禅に求めた。明恵は栄西に学んだことがある。京都栂《とが》尾《のお》の高山寺《こうざんじ》の裏山に坐禅をする草堂（峰の坊）を建て、石や木の上でも坐禅したという。

右の歌は『玉葉《ぎょくよう》和歌集』の詞書《ことばがき》に「冬の比《ころ》、後夜《ごや》の鐘の音聞《きこ》えければ、峰の坊へのぼるに、月、雲より出《い》でて道を送る。峰に至りて禅堂《ぜんどう》に入《い》らんとする時、月また雲を追ひて向ひの峰に隠れなんとするよそほひ、人しれず月のわれに伴ふかと見えければ」という。

月は仏の暗喩《あんゆ》で『明恵上人集』に「昔見シミチハシゲリテアトタエヌ月ノ光ヲフミコソイレ（草が茂っ

て道の跡もなくなった山寺は地に落ちた月の光を踏んで行こう）」という歌もある。月の明るさをうたう有名な歌「アカアカヤアカアカアカヤアカ〱ヤ　アカアカアカヤアカアカヤ月」でも、自己がどこまでも仏の光明を浴びている。掲題の歌でも、夜明け前に西に沈んでいく月は満月なので明るく道を照らしている。しかし、冬の月光は冷たい。その月に伴われて山の草堂に登っていく身は風や雪の冷たさに凍《こご》える。そんな厳しさに堪《た》えて修行するのも興法利生のためである、という。

明恵は鎮護国家の華厳宗《けごんしゅう》の再興者とされるが、奈良時代とは違って明恵はさまざまな修法《しゅほう》（加持祈禱）を行じる密教の僧でもあった。『新勅撰和歌集』に「亡き人の筆跡に光明真言《こうみょうしんごん》を書いて送る」という意味の詞書に「かきつくるあとにひかりのかゞやけば　くらきみちにもやみはゝるらむ」という歌がある。光明真言は大日如来に祈る咒《しゅ》（呪文）で「おん　あぼきゃべいろしゃのう（中略）はらばりたや　うん」を繰り返す。この真言で加持した土砂《どしゃ》を遺体や墓地に撒《ま》けば、冥土の闇を祓《はら》うという。明恵の歌では、光明真言が輝き冥き道も晴れる。世の人びとの利益となるように、明恵は真言をとなえた。この潮流から西大寺《さいだいじ》の叡尊《えいぞん》（一二〇一～一二九〇年）が真言律宗《しんごんりっしゅう》を開き、旧仏教系の大教団になる。

【明恵】一一七三～一二三二年／僧名は明恵房高弁。九歳で寺に入り、神護寺、東大寺、仁和寺などで修学。二十一歳で遁世し、栂尾や紀伊の山々で修行。建永元年（一二〇六）、後鳥羽上皇から栂尾の地を下賜されて高山寺を再興。見た夢を書きとめた『夢之記』、法然の専修念仏を批判した『摧邪輪《ざいじゃりん》』などの著述がある。

弥陀成仏《みだじょうぶつ》のこのかたは　いまに十劫《じっこう》をへたまへり
法身《ほっしん》の光輪《こうりん》きはもなく　世の盲冥《もうみょう》をてらすなり

親鸞聖人《しんらんしょうにん》（『浄土和讃』）

比叡山東塔の無動寺谷《むどうじだに》に大乗院という僧坊がある。親鸞の修行の地だという。詳しいことはわからないが、親鸞の妻恵心尼《えしんに》が娘に書き送った手紙には親鸞は堂僧《どうそう》をしていたという。堂僧は「になない堂」とよばれる法華堂と常行三昧堂《じょうぎょうさんまいどう》で読経したり阿弥陀仏の讃をとなえたりする僧である。当時、比叡山では曲調をつけてとなえる声明《しょうみょう》が発達しており、親鸞も天台声明を身につけたと考えられる。現代の浄土真宗でも、ゆったりとうねるように「正信念仏偈《しょうしんねんぶつげ》」や和讃《わさん》をとなえるのが習わしがある。

「正信念仏偈」は親鸞自作の偈頌《げじゅ》で、「帰命無量寿如来《きみょうむりょうじゅにょらい》　南無不可思議光《なむふかしぎこう》（無量寿如来に帰命し不可思議光〈阿弥陀仏〉に南無したてまつる）」と始まる漢詩ふうの百二十句で、主著『教行信証《きょうぎょうしんしょう》』の「行巻」の末尾にある。

和讃は七五調の和語の讃仏歌で、親鸞は晩年に五百首以上の和讃をつくった。右の歌は『浄土和讃』百十八首のうち「讃阿弥陀仏和讃《さんあみだぶつわさん》」四十八首の第一首である。「無量寿経に説かれているように阿弥陀仏が四十八劫の誓願を満たして仏になったのは今から十劫の過去である。阿弥陀仏の真実身は永遠の時を超え、周囲に放つ光明に果てはなく、世の人々の心の暗がりを照らす」という。この第一首以下の六首は六時礼讃《ろくじらいさん》になぞらえて「六首引」といい、よく仏前で読誦される。

親鸞の和讃は『梁塵秘抄《りょうじんひしょう》』の今様《いまよう》に似た形式である。和語の七五調が晩年の親鸞の心になじむものだったのだろう。ただし、和語だけでなく、掲題の歌の「法身の光輪」のほか、「光雲無礙如虚空《こううんむげにょこくう》　一切の有礙《うげ》にさはりなし」（「讃阿弥陀仏和讃」第四首）、「仏光照曜最大一《ぶっこうしょうようさいだいいち》　光炎仏《こうえんぶつ》となづけたり」（同第六首）など、経典の漢語が力強く挿入されている。『梁塵秘抄』の今様でも経典の言葉が多く使われており、たとえ意味はわからなくても、となえる声は力強く耳に届く。

なお、親鸞の歌で諺《ことわざ》としても知られているのが「明日《あす》ありと思う心の仇桜《あだざくら》　夜半《よわ》に嵐の吹かぬものかは」だ。この歌は、江戸時代の『親鸞聖人絵詞伝《えことばでん》』や節談説法《ふしだんせっぽう》（講談のように語る説法）で伝えられた。親鸞が九歳で比叡山青蓮院《しょうれんいん》の慈円《じえん》のもとで出家得度するとき、慈円は幼い子どもが髪を剃《そ》ることを憐れに思って明日にしようとした。おりから青蓮院の庭は桜が満開。それを見て親鸞は明日も桜が咲いているとはかぎらない。だから今、早く剃髪《ていはつ》して仏の道を歩みたいと、この和歌を詠んだという。

【親鸞】一一七三〜一二六三年／真宗（浄土真宗）の開祖。父は日野有範。九歳で比叡山に入り、二十九歳のときに専修念仏の法然の弟子になる。建永二年（一二〇七）二月、法然は四国に、親鸞は越後国に流され、赦免後、親鸞は関東に下って念仏をひろめた。晩年は京都に戻り九十歳で没。その廟所が本願寺の基になった。

西の海のかりのこの世の浪《なみ》の上に なに宿るらん秋の夜《よ》の月

後鳥羽院《ごとばいん》　（『後鳥羽院御集』）

後鳥羽天皇は、平氏が幼い安徳天皇と三種の神器を奉じて西国に落ちたのちの寿永二年（一一八三）に神器なく践祚《せんそ》（皇位継承）した。後白河《ごしらかわ》法皇（一一二七～一一九二年）の院政下のことで、まだ四歳の幼帝である。その後、壇の浦の合戦（一一八五年）での平氏滅亡をへて、建久九年（一一九八）、十九歳で土御門《つちみかど》天皇に譲位。以後、順徳《じゅんとく》、仲恭《ちゅうぎょう》天皇の三代にわたって院政をしく。

院政とは上皇の一人が皇族の長として「治天《ちてん》の君《きみ》」となり、院の御所でまつりごとをおこなう体制だが、その院政は鎌倉幕府が御家人《ごけにん》をたばねて諸国に支配力をおよぼすようになった時期のことだった。そのなかで後鳥羽上皇は和歌に関心を深め、建仁元年（一二〇一）に和歌所を設けて『新古今和歌集』の編纂を命じた。そこに藤原定家《ふじわらのていか》、飛鳥井雅経《あすかいまさつね》・寂蓮《じゃくれん》らが集う後鳥羽院歌壇が生まれた。

右の歌は建保二年（一二一四）の撰歌合《せんかあわせ》の一首である。西の海は西方極楽浄土の方角で、月はしばしば仏の暗喩として詠まれるが、この歌では「この世のはかない浪の上にどうして月は出ているのか」といい、「月が出るはずもない暗いところなのに」という反語をふくむ。吉野朋美著『後鳥羽院』（「コレクション日本歌人選28」笠間書院）には「［配所の月」の美意識もあるのか、院は以前から配流《はいる》を夢想していたとも言われる」という。それが現実になろうとは、まさかの運命がまちうけていた。

承久三年（一二二一）五月十五日、後鳥羽上皇は鎌倉の北条得宗家《ほうじょうとくそうけ》（一族の惣領）の義時《よしとき》追討の宣旨《せんじ》を下した。次項に述べる源実朝暗殺により源氏の将軍が途絶えたのをみての挙兵だ。同月十九日、鎌倉では北条政子《ほうじょうまさこ》（頼朝の妻）が御家人たちに「頼朝公の恩を忘れるな」と檄《げき》を飛ばし、二十二日には東海・東山・北陸の三道から京都へ進軍。それに各地の武将が呼応して幕府軍はふくれあがった。

中世の武士は、情勢をみて勝ちそうな陣営につく。一族郎党が生き残るためだ。上皇の宣旨といえども、それを変えるものではない。六月十五日、入京した幕府軍に上皇は宣旨の撤回を申し入れた。この承久の乱の結果、京都に幕府側の監視機関である六波羅探題がおかれ、貞永元年（一二三二）には御家人の法律である「御成敗式目《ごせいばいしきもく》」が発布されて北条執権のもとで鎌倉政権が確立する。

いっぽう、承久の乱の屈辱的な降伏によって後鳥羽上皇は隠岐《おき》に流罪となった。まさに「西の海の浪の上」である。上皇はそのまま十八年を隠岐ですごし、延応元年（一二三九）、六十歳で崩じた。「我こそは新島守《にいじまもり》よ隠岐の海のあらき浪風《なみかぜ》心して吹け」（『遠島御百首』）。この歌をのこした後鳥羽上皇を島人は「ごとばんさん」とよび、その火葬の塚を守りつづけた。


【後鳥羽院（後鳥羽天皇）】一一八〇～一二三九年／高倉天皇第四皇子。在位一一八三～一一九八年。鎌倉幕府に対抗して武士を院に集め、倒幕の挙兵をするが敗北。隠岐に流されて崩じ、怨霊になったと恐れられた。

時によりすぐればたみのなげきなり
八大竜王《はちだいりゅうおう》雨やめたまえ　源実朝《みなもとのさねとも》

（『金槐和歌集』）

恵みの雨でも時には降りすぎて民《たみ》の嘆きになる。鎌倉の三代将軍である実朝は、天下の民を思い、八大龍王に「雨を止めよ」と呼びかけた。八大竜王は法華経にある水界の王である。

この歌は私家集『金槐《きんかい》和歌集』の詞書《ことばがき》に「建暦元年（一二一一）七月洪水天に漫《はび》こり、土民愁歎《どみんしゅうたん》せむことを思ひて、一人本尊に向ひ奉《たてまつ》り、聊《いささ》か祈念して云ふ」とある。この年、鎌倉幕府の史書『吾妻鏡《あづまかがみ》』にはそれほどの大雨の記述はないので、この雨は実際の大雨ではなく、世の騒乱のことかもしれない。

鎌倉は入江の三方を山が囲む狭い都市である。そこですさまじい殺戮《さつりく》がくりかえされた。建仁三年（一二〇三）には有力御家人《ごけにん》の比企能員《ひきよしかず》一族が滅ぼされる。二代将軍頼家《よりいえ》が重病となるなかで頼家の子の一幡《いちまん》を三代将軍にしようとする比企能員と、頼家の弟の千幡《せんまん》（のちの実朝）をおす北条時政《ほうじょうときまさ》が対立。頼家の妻（若狭局《わかさのつぼね》）は比企能員の娘で、その子が一幡である。北条時政は初代頼朝《よりとも》の妻、政子《まさこ》の父だ。『吾妻鏡』によれば、同年九月二日、若狭局が病床の頼家に北条時政を追討するように訴えた。それで頼家は比企能員を招いて時政追討を許諾したのだが、その談合を尼御台所《あまみだいどころ》の政子が障子の陰から聞いていたという。そのことを政子の文《ふみ》で知った北条時政は、薬師如来像の供養をするといって比企能員を自邸に招いて殺害。同日、軍勢をもって比企一族を一挙に滅ぼした。一幡の館も襲撃され、一幡は梟首《きゅうしゅ》（斬首して獄門にさらす）。いわゆる比企氏の乱である。

その後、頼家の病は癒《い》えたが、将軍職を剝奪されて伊豆の修禅寺《しゅぜんじ》に幽閉され、暗殺された。千幡が将軍職をついで三代実朝となるが、実権は北条氏がにぎる。それでも将軍が鶴岡八幡宮《つるがおかはちまんぐう》などの神事・仏事に出御《しゅつぎょ》するときは多くの随員を従えたが、掲題の歌の詞書には「一人本尊に向ひ奉り、聊か祈念して云ふ」という。おそらく自分の持仏堂《じぶつどう》のようなところで、ひとりで天下の静謐《せいひつ》を祈ったのだろう。

実朝には、死んだ父母を探して路傍で泣く子を詠んだ「いとほしや見るに涙もとどまらず　親もなき子の母をたづぬる」（『金槐和歌集』）など、心優しい歌が多い。『小倉百人一首』の「世の中はつねにもがもななぎさ漕《こ》ぐ　あまの小舟のつなでかなしも」でも、渚を綱手《つなで》で引かれていく海人《あま》の小舟の景色のように世の中が穏やかで変わらずにあってほしいと願う。その実朝も建保七年（一二一九）一月二十七日、鶴岡八幡宮に拝賀したときに一幡の子の公暁《くぎょう》に襲われて斬殺された。二十八歳である。

ここに源氏の将軍は三代で途絶えた。同年、わずか二歳の藤原頼経《ふじわらのよりつね》（一二一八～一二五六年）が京都から迎えられ、嘉禄二年（一二二六）に後堀川天皇の宣下により四代将軍になった。

【源実朝】一一九二～一二一九年／源頼朝の次男。母は北条政子。北条氏の後押しで十二歳で将軍になる。歌を好んで京都の歌人らとも親交をむすんだ。『金槐和歌集』は実朝が藤原定家《ふじわらのていか》に贈った私家集である。

春は花夏ほととき《ぎ》す秋は月
冬雪さえて冷《すず》しかりけり

道元禅師《どうげんぜんじ》（『傘松道詠』）

この歌は道元の歌集『傘松道詠《さんしょうどうえい》』に「本来面目《ほんらいのめんもく》」の題がある。

この「本来面目」という言葉は、宋《そう》から曹洞宗の禅を伝えた道元が禅宗の概要と精神をあらわした『弁道話《べんどうわ》』（本山版九十五巻『正法眼蔵《しょうぼうげんぞう》』の第一巻）にある。「弁道」とは仏道を弁《わきま》えること、道元はそれが禅であるとし、「本来面目」の語は次の文中にある。

「いはく仏法を住持《じゅうじ》せし諸祖《しょそ》ならびに諸仏ともに自受用三昧《じじゅようざんまい》に端坐依行《たんざえぎょう》するをその開悟《かいご》のまさしきみちとせり。（中略）この単伝正直《たんでんしょうじき》の仏法は最上のなかに最上なり。（中略）打坐《たざ》して身心脱落《しんじんだつらく》することをえよ（中略）十方法界《じっぽうほうかい》・三途六道《さんずろくどう》の群類《ぐんるい》みなともに一時に身心明浄《しんじんみょうじょう》にして大解脱地《だいげだつじ》を証し本来面目現《げん》ずるとき諸法みな正覚《しょうがく》を証会《しょうえ》し万物ともに仏身《ぶっしん》を使用してすみやかに証会《しょうえ》の辺際《へんざい》を一超《いっちょう》して覚樹王《かくじゅおう》に端座《たんざ》し一時に無等々《むとうどう》の大法輪を転じ究竟無為《くきょうむい》の深般若《じんはんにゃ》を開演《かいえん》す」。

要約すれば、「諸仏は坐禅をさとりの道とした。禅は釈迦如来からまっすぐに伝えられた仏法であり、ひたすらに坐して身心脱落《しんじんだつらく》するとき、地獄や餓鬼の六道に迷う衆生《しゅじょう》でも解脱《げだつ》の境地を得て本来の面目を現じ、速やかにさとりに至る」となる。身心脱落して開悟を得たとき、そこに現れてくる本来の自己を「本来の面目」という。右の歌でいえば、本来の自己に立ち戻るとき、春は花が咲きわたり、夏はほととぎすの声が聞こえ、秋は月影がさえざえと美しく、冬は雪がすがしい。そこに混じりけのない身心明浄の境地がある。

それを開悟《かいご》というのだが、初期の仏教でニルヴァーナ（涅槃《ねはん》／煩悩を吹き消すこと）とよばれたさとりとは大きく異なる。禅では、はっと目覚めるような瞬間、道元が身心脱落《しんじんだつらく》（身も心も脱け落ちる）と言った体験を悟《ご》とか大悟《たいご》という。元は煩悩とされた喜怒哀楽も認められる。そこから「呵々大笑《かかたいしょう》」といった禅語が生まれ、何事も笑い飛ばしてしまうような五百羅漢の禅の世界が開かれた。

この闊達な禅の核心にあるのが、大乗経典の涅槃経《ねはんぎょう》に説かれている一切衆生悉有仏性《いっさいしゅじょうしつうぶっしょう》（一切の衆生に悉《ことごと》く仏性有《あ》り）ということだった。仏性は仏の本質であり、仏になる種のことである。道元はさらに「悉有仏性」の語を「悉有」と「仏性」に区切って「悉有の言《げん》は、衆生《しゅじょう》なり、群有《ぐんう》なり。すなはち悉有は仏性なり」（『正法眼蔵』「仏性」）という。悉有は衆生・群有（あらゆるもの）であり、すべてはそのまま仏性である。そこに開かれてくるのが「冬雪さえて冷《すず》しかりけり」という世界であろう。その冴《さ》え冴《ざ》えとした静けさのなかに身を置くとき、人は仏とともにある。

この和歌に通じる道元の漢詩が『永平公録《えいへいこうろく》』（没後に弟子たちがまとめた言行録）にある。

雪覆芦花不染塵　雪　芦花《ろか》を覆《おお》って塵《ちり》に染まず

風光占断属当人
寒梅一点芳心綻
喚起業壺空処春

風光占断《ふうこうせんだん》して当人《とうにん》に属す
寒梅一点《かんばいいってん》　芳心綻《ほうしんほころ》び
喚起《かんき》す業壺空処《ごうこくうじょ》の春

［意訳］
雪が白い芦《あし》の花をおおって塵《ちり》ひとつの汚れもなく、風は光に満ちて、その人そのものとして吹く。寒梅がひとつ、つぼみをほころばせて香り、業壺空処の春を呼び起こす。

中国に「壺中《こちゅう》の天」といって、酒屋の壺の中に桃源郷のような別世界が広がっていたという故事がある。「業壺空処の春」は世俗の塵を離れた永遠の静かな春である。それが一輪の梅花とともに訪れる。

この詩は建長四年（一二五二）正月の上堂《じょうどう》（説法）での偈頌《げじゅ》だ。道元には四季おりおりに詠んだ偈頌が数多くある。それらの偈頌や説法が元になって道元作と伝わる和歌がうまれたのだろう。

『傘松道詠』は室町時代に書かれた道元の伝記『建撕記《けんぜいき》』にある和歌などを集めて江戸時代の延享四年（一七四七）に面山瑞方《めんざんずいほう》という僧が道詠《どうえい》（道を説く歌）として編んだ歌集である。六十余首を収める。それらは道元の禅をよくあらわす歌として知られている。『傘松道詠』から、もう二首をあげる。

「冬草《ふゆくさ》も見えぬ雪野《ゆきの》のしらさぎはをのか姿《ぎおが》に身をかくしけり」。雪原の白鷺は自分の白さに身を隠している。この歌には「礼拝《らいはい》」という題がある。鷺の白さは汚れのない如来の本性であり、だれもがもつ仏性を示唆する。それに礼拝するのである。

「峯《みね》の色渓《たに》の響《ひびき》もみなながら我《が》釈迦牟尼《しゃかむに》の声と姿と」、「詠法華経」と題する歌である。四季に移ろう峰の色も、渓谷の響きも法華経をとなえているかのように聞こえる。皆、我が釈迦如来の声であり姿である。

『傘松道詠』という歌集の名は、寛元二年（一二四四）に道元が越前に開いた傘松峰大仏寺《さんしょうほうだいぶつじ》による。同四年に吉祥山永平寺《きちじょうざんえいへいじ》と名を改めた。現在の曹洞宗大本山永平寺（福井県永平寺町）である。

その永平寺の山門の扁額《へんがく》に「吉祥山」の山号の意味を語る道元の言葉が掲げられている。

諸仏如来大功徳　諸吉祥中最無上　諸仏倶来入此処　是故此地最吉祥　宝治二年十一月一日

読み下して意訳すれば「諸仏如来《しょぶつにょらい》の大功徳《だいくどく》は諸《もろもろ》の吉祥中最無上《きちじょうちゅうさいむじょう》なり。諸仏倶《とも》に来《きた》りて此処《ここ》に入《い》る。是《こ》の故《ゆえ》に此《こ》の地は最も吉祥なり」となる。永平寺には諸仏の功徳が満ちている。ゆえに、もっとも吉祥であるという。現在、神なき時代のヨーロッパ実存哲学の視点から道元をみる論がよくみられるのだが、道元は僧であるから、常に仏とともにある。

【道元】一二〇〇～一二五三年／村上天皇の皇子に始まる賜姓皇族の村上源氏主流の久我《こが》氏に生まれる。十四歳のときに比叡山で出家得度。二十四歳で宋に渡り、天童山の如浄《にょじょう》のもとで身心脱落を得る。二十八歳で帰国して曹洞宗の法統を伝える。著述に『正法眼蔵』のほか、僧院の規則を定めた『永平清規《えいへいしんぎ》』などがある。

立ちわたる身のうき雲も晴《はれ》ぬべし
たえぬ御法《みのり》の鷲《わし》の山風　日蓮聖人《にちれんしょうにん》

（「身延山御書」）

日蓮は安房《あわ》（千葉県南部）で生まれ、安房清澄寺《せいちょうじ》、比叡山などに学んで諸経は最終的に法華経に帰一するという法華一乗の確信を得た。また、法華経は古来、鎮護国家の大法《だいほう》であるのに、それが形式に堕《だ》し、おろそかにされているところに危機感をもって「近年より近日に至るまで、天変地夭《てんぺんじよう》・飢饉《ききん》疫癘《えきれい》、遍《あまね》く天下に満ち広く地上に迸《はびこ》る。牛馬巷《ちまた》に斃《たお》れ骸骨路《みち》に充《み》てり」という『立正安国論《りっしょうあんこくろん》』を文応元年（一二六〇）に幕府の実力者である前執権北条時頼《ほうじょうときより》に提出した。

『立正安国論』は法華経とともに金光明経《こんこうみょうきょう》・薬師経《やくしきょう》などを引用して、それらが予告する他国侵逼《たこくしんぴつ》（外国からの侵略）・自界叛逆《じかいほんぎゃく》（国内の騒乱）の難が到来すると訴えた。とりわけ法然《ほうねん》（92ページ）の専修念《せんじゅねん》仏《ぶつ》を激しく非難したため、浄土門徒に草庵を焼打ちにされるなどの迫害をうける。文応五年に蒙古の国書が届くと、幕府は異国降伏《いこくごうぶく》の祈禱を寺社に命じるとともに悪党の取締りを強化。同八年、日蓮も龍《たつ》ノ口の刑場（神奈川県藤沢市）で斬首されることになったが、中止して佐渡に流された。

法華経「法師品《ほっしほん》」に「法華経の持経者は釈迦如来の在世時でも迫害される。まして滅後の悪世には」という意味の言葉がある。日蓮は自身の受難を法華経の真実の証とし、自分は釈尊から法華経弘通《ぐずう》の勅《ちょく》をうけた釈子《しゃくし》（釈尊の直弟子）であるとの自覚を深めた。そして佐渡で独特な鬚《ひげ》文字で「南無妙法蓮華経」の題目をしたためた曼荼羅《まんだら》本尊をあらわし、以後、弟子・信徒に題目本尊を書き与える。

佐渡流刑は文永十一年（一二七四）に解かれた。日蓮は身延《みのぶ》（山梨県身延町）の御家人、波木井実長《はきいさねなが》（南部実長）の招きによって同地に隠棲。掲題の和歌は同地で書いた「身延山御書」（「御書」は遺文のこと）の末尾の文である。憂《う》き雲が身を包んでも、絶えず鷲《わし》の山に吹く御法《みのり》の風が吹き払って晴れるという。「身延山御書」に、身延は釈尊が住した鷲峰《じゅほう》（インドの霊鷲山《りょうじゅせん》）を日本に移したかのようだという。そして、山中の庵で薪《たきぎ》をこる暮らしは前世の釈迦が仙人に仕えて法華経を教えられたこと（法華経「提婆達多《だいばだった》品《ほん》」にある話）のようだといって「仏（釈尊）の仕給《つかえたまう》て法を得給《たまい》し事を我朝《わがちょう》（日本）に五七五七七の句に結び置《おき》けり。今如法経《にょほうきょう》の時（今は経のまま現れる時）伽陀《かだ》（偈《げ》）に誦《じゅ》する歌に、法華経を我《わが》得し事は薪こり菜つみ水くみつかへてぞえし。此《この》歌を見《みる》に、今は我身につみ（積み）しられて哀《あわれ》に覚えける」という。

このほか、「三沢御房《みさわごぼう》御返事」（文永十二年）、「持妙尼御前《じみょうあまごぜん》御返事」（弘安二年）など二、三の遺文に和歌があるが、いずれも真蹟がないので日蓮作の確証を得ない。ただ、『種種御振舞御書《しゅじゅおふるまいごしょ》』では色好みの和泉式部《いずみしきぶ》（72ページ）や破戒の能因法師《のういんほうし》（74ページ）でも歌を詠んで天雨《てんう》を降らせたのに、良観《りょうかん》（真言律宗、鎌倉極楽寺の忍性《にんしょう》）がいくら祈っても雨は降らないといい、和歌の力をみとめている。

【日蓮】一二二二～一二八二年／法華宗（日蓮宗）の開祖。現在の池上本門寺の地で寂し、墓所は身延につくられた。

ともはねよかくてもをどれ心《お》ごま
弥陀《みだ》の御法《みのり》と聞《きく》ぞうれしき

一遍上人《いっぺんしょうにん》　（『一遍上人語録』）

一遍は三十六歳の文永十一年（一二七四）、「南無阿弥陀仏　決定往生《けつじょうおうじょう》　六十万人」と記した念仏名号の札を配る旅を開始した。算《さん》（札）を賦《くば》るという意味で賦算《ふさん》という。阿弥陀仏との結縁《けちえん》となるように、「一向《いっこう》に念仏して善悪を説かず善悪を行《ぎょう》ぜず」（「誓願偈文《せいがんげぶん》」）といい、どんな人でも念仏すればよいと行き会う人に札を配って歩いたのである。そして五十一歳のとき、兵庫和田岬《わだみさき》（神戸市）で病にたおれ、その地の観音堂で没した。その死の前に一遍は「如来は万徳《まんとく》にして衆生は妄念《もうねん》なり　本《もと》一物なし、今何事をか得ん」という偈《げ》をつくり、持っていた経典や書物をすべて燃やした。その後、弟子たちに伝えられた一遍の行状と言葉を絵巻物にまとめたのが『一遍聖絵（一遍上人絵伝）』で、鎌倉時代の都市や農村の風景が描かれていることでも貴重な史料となっている。また、絵伝の詞書《ことばがき》や消息《しょうそく》（手紙）を集めたのが『一遍上人語録』である。

一遍の賦算は人びとを熱狂させ、踊念仏《おどりねんぶつ》にもなった。その旅で近江守山《おうみもりやま》（滋賀県守山市）の閻魔堂にいたとき、比叡山桜坊の重豪《しげとし》という武者が「踊りながら念仏するのはけしからん」と非難した。それに対し一遍は「はねばはね　踊らばをどれ春駒《はるこま》の　のりの道をばしる人ぞしる」と歌で答えた。重豪が「こゝろ駒のりしずめたるものならば　さのみかくや踊《おどり》はぬべき」と返す。心の駒とは人の心には荒馬がいるという譬《たと》えで、それを乗りこなすのが「のり（法）」の道ではないか。そんな心のままに、なぜ荒馬みたいに踊り跳ねるのか、と重豪は言ったのだった。しかし、「如来は万徳《まんとく》にして衆生は妄念《もうねん》なり」である。阿弥陀仏の本願の力には人の善悪を超えて救う万徳がある。人びとが自分の力で功徳を積んでどうにかしようというのは妄念である。だから一遍は「ともかく跳ねよ、踊れ」と右の歌を詠んだのだった。

京の空也ゆかりの地に建てた市屋道場で踊る一遍一行。（『一遍聖絵』模写／国立国会図書館蔵）

一遍は宝満寺《ほうまんじ》（神戸市）で臨済宗の法燈国師《ほうとうこくし》（心地覚心《しんちかくしん》）の「念《ねん》起即覚《きそくかく》・覚之即失《かくしそくしつ》（念起《ねんお》これば即ち覚《かく》、之を覚せば即ち失す）」という法話を聞いて、「となふれば仏もわれもなかりけり南無阿弥陀仏の声ばかりして」と詠んだ。「未徹在《みてつざい》（まだまだ）」と法燈国師が言ったので、一遍は「となふれば仏もわれもなかりけり南無阿弥陀仏なむあみだ仏」と変えたという。念仏をとなえているという意識も消え、一遍はただ念仏のなかにいる。

【一遍】一二三九～一二八九年／時宗の開祖。伊予の豪族・河野通広の子。十歳で出家し、浄土宗の聖達《しょうだつ》（法然の孫弟子）の弟子になったが、いったん還俗し、三十三歳で再出家。「時宗」の「時」は、平生《へいぜい》（ふだん）も臨終の「時」と心得て念仏をとなえるという意味であるとされる。

雲よりも高き所に出《いで》て見よ
しばしも月に隔《へだ》てやはある

夢窓国師《むそうこくし》　（『新後拾遺和歌集』）

雲より高いところに出れば、少しの間でも月を隠すようなものがあるだろうか。そんなものはない。現代の私たちには物理的に当然だと思われるのだが、ここでいう「雲」は心の濁り。月は仏、誰の心にもある仏性であり、それは本来、濁りのないものと認識されてきた。

禅宗は仏心宗《ぶっしんしゅう》ともいい、心を究める仏道である。臨済宗を初めて伝えた栄西《えいさい》は『興禅護国論《こうぜんごこくろん》』（一一九八年）の序に、「大いなる哉《かな》心や、天の高きは極むべからず。而《しか》るに心は天の上に出づ。地の厚きは測るべからず。而るに心は地の下に出《い》づ。日月《にちがつ》の光は踰《こ》ゆべからず。而るに心は日月光明《こうみょう》の表《おもて》に出づ」という。

心は限界のないもので、すべては心に含まれる。夢窓も、本来、心を覆う雲みたいなものはないので、心の月はいつでも曇りなく照っている、と詠んでいる。次の歌もある。

「出《い》づるとも入《い》るとも月を思はねば心にかかる山の端《は》もなし」（『風雅和歌集』）

古来、月は仏の暗喩である。西の山の端にかかる月は西方極楽浄土の阿弥陀仏をさすものとして歌に詠まれてきたが、夢窓は、そもそも月が隠れる山の端なんかないという。

夢窓は臨済宗の禅僧である。元弘三年（一三三三）に建武の新政を開始した後醍醐《ごだいご》天皇の勅によって、甲斐の恵林寺《えりんじ》（山梨県甲州市）から上洛して臨川寺《りんせんじ》を開いた。その後、足利尊氏《あしかがたかうじ》・直義《なおよし》兄弟の師として幕政の顧問にもなる。尊氏は暦応二年（一三三九）には後醍醐天皇の菩提を弔うために夢窓を開山として天龍寺《てんりゅうじ》を創建。また、聖武天皇の国分寺にならって諸国に一寺一塔、すなわち安国寺《あんこくじ》と利生塔《りしょうとう》を建立した。後醍醐天皇および討幕の戦以来の菩提を祈るためであるが、安国寺は臨済宗の寺として創建され、臨済宗の寺々は幕府の官寺となり、中国宋の官寺制度にならった五山の制も定められた。それを進めたのが夢窓である。晩年は臨川寺に住し、弟子一万三千名を数えたという。

寺に枯山水の庭を初めてつくったのも夢窓だった。その庭を詠んだ漢詩「仮山水の韻」がある。

纖塵不立峰巒峙　纖塵《せんじん》も立《りっ》せず峰巒《ほうらん》峙《そばだ》ち（石を立てた枯山水の庭には微細な塵も立たず高峰がそびえ）
涓滴無存澗瀑流　涓滴《けんてき》も存《そん》する無くして澗瀑《かんばく》流る（一滴の水もなく谷を滝が流れる）
一再風前明月夜　一再《いっさい》す風前明月《ふうぜんめいげつ》の夜《よ》（ひとたび我が風前の友が来たり、ふたたび来たる満月の夜）
箇中人作箇中遊　箇中《こちゅう》の人と箇中の遊びを作《な》さむ（この庭にその人を待ち、この庭に遊ばん）

「箇中の人」は「この庭にぴったりの人」、「箇中の遊び」は「この庭にぴったりの遊び」の意である。その遊びは、禅僧のことであるから、仏法を語ったり、詩をつくったりすることをいう。枯山水は岩や砂利で立体の山水画のようにつくられているが、風は吹きわたり、月影もうつる。

暦応二年（一三三九）、後醍醐天皇が吉野で崩じたのち、六十五歳の夢窓は西芳寺《さいほうじ》に寿塔《じゅとう》（生前墓）

を建てた。当時の西方寺は穢土寺《えどじ》と一対の寺で、上下二段の庭がつくられた。下の庭は現在の西芳寺庭園として知られる浄土庭園である。そして上の穢土寺の庭が枯山水だった。

その庭を月光が濡らすときに訪れる箇中の人は、あるいは後醍醐天皇の霊なのかもしれない。

五山では漢詩が非常に発達した。夢窓の弟子には五山の詩僧を代表する義堂周信《ぎどうしゅうしん》（一三二五～一三八八年）、絶海中津《ぜっかいちゅうしん》（一三三六～一四〇五年）がいる。絶海中津の詩集『蕉堅稿《しょうけんこう》』から「制《せい》に応じて三山《さんざん》を賦《ふ》す」をあげる。この「三山」は海上に島々が浮かぶ日本のことである。

熊野峰前徐福祠　熊野峰前《くまのほうぜん》に徐福《じょふく》の祠《し》ありて（熊野の峰の麓に徐福の祠《ほこら》があり）

満山薬草雨余肥　満山《まんざん》の薬草は雨余《うよ》に肥えたり（山に満ちる薬草は、おりからの雨に肥えております）

只今海上波濤穏　只今《ただいま》海上は波濤《はとう》穏かなれば（今こそ海の波濤も穏やかでありますから）

万里好風須早帰　万里《ばんり》の好風《こうふう》に須《すべから》く早く帰るべきなり（万里の順風に乗って早く帰るべきであります）

絶海中津が一三七六年に明《みん》の初代皇帝＝朱元璋《しゅげんしょう》（洪武帝《こうぶてい》）に謁《えっ》したときに詠んだ詩である。徐福は秦《しん》の始皇帝《しこうてい》（紀元前三世紀）に不老長寿の薬草をさがすことを命じられて紀伊半島の那智に上陸し、熊野に永住したと伝える。そのことを洪武帝が下問し、詩もつくるように求めた。題の「制に応じて」は、それを意味する。絶海は「今は皇帝のおかげで天下が治まり、波も静かである。万里に順風が吹きわたる今こそ徐福も急ぎ帰国すべきである」と詠む。洪武帝は気をよくして和韻《わいん》（同じ韻をふむ返詩）を与えた。「熊野峰は高くして血色《けっしょく》の祠《し》ありと／松根《しょうこん》の琥珀《こはく》はまた応《まさ》に肥ゆべし／当年の徐福は僊薬《せんやく》を求めて／直ちに如今《じょこん》に到るも更に帰らず」と。「血色の祠あり」は供物の多いことを意味し、日本国も栄えていることをいう。徐福は霊薬を見つけたのに、日本の居心地がよくて今になっても帰ってこないと嘆いてみせたのである。

このように即妙に詩をつくる才は東アジア漢字文明圏の宮廷や外交で必須のものだった。五山の僧たちは詩賦《しふ》の集いでその才を磨いた。のちに室町幕府が運営した遣明船《けんみんせん》の使節にも五山僧が任じられる。江戸時代に対馬に置かれた朝鮮修文職《ちょうせんしゅうぶんしょく》にも京・鎌倉の五山の僧が将軍の任命をうけた。

また、臨済宗の禅僧には諸師遍歴の風習があり、二、三年で各地の寺に移り住んで修行することで人脈を広げた。将軍に任命される五山の住持《じゅうじ》の任期も二年を原則として次々に変わる。その人脈と五山の権威は戦国時代になっても保たれ、禅僧が戦国武将の政治顧問や使者になった。

なお、五山では典籍の研究と刊行がおこなわれ、江戸時代の儒学の基礎もつくられた。江戸幕府の儒学者になる林羅山《はやしらざん》（一五八三〜一六五七年）も五山に学んだ人である。

【夢窓】一二七五〜一三五一年／夢窓は道号、僧名は疎石《そせき》、国師は称号である。鎌倉末から室町時代初期にかけての禅僧で、京都の天龍寺・臨川寺、鎌倉の瑞泉寺、甲斐の恵林寺などを開く。

春近き鐘の響きのさゆるかな
こよひばかりと霜やを《お》くらん

兼好法師《けんこうほうし》（『兼好法師集』）

兼好は京都の吉田神社の神職をつとめる卜部《うらべ》氏に生まれ、卜部兼好《うらべかねよし》といったが、出家して兼好《けんこう》を僧名とした。一般に吉田兼好《よしだけんこう》とよばれている。随筆『徒然草《つれづれぐさ》』の作者として有名だ。『徒然草』は序段に「つれづれなるままに、日ぐらしすずりにむかひて、心にうつりゆくよしなしごとを、そこはかとなく書きつくれば」というように、おりおりの出来事や思うところを書きつけたものである。和歌は堀河《ほりかわ》天皇のころに編まれた『堀河百首』を典型として、恋や花といった題で詠まれることが多い。兼好にも『堀河百首』の「五月雨」の題で詠んだ最上河《もがみがわ》の歌など、題詠は多いのだが、おりおりの暮らしの中で詠まれた歌もある。掲題の和歌は大晦日《おおみそか》の除夜の鐘を詠んだもの。六十三歳ごろに自選した私家集『兼好法師集』に「師走《しわす》の晦日《つごもり》、あはれなることども思ひつゞけてうちもまどろむまに、鐘のをと（音）いと心ぼそし」という詞書《ことばがき》がある。旧暦でも除夜の鐘が鳴る時刻の冷え込みは厳しく、鐘の音が冴える。しかし、春は近い。霜の身になれば今夜が最後だ。そうして時は過ぎていく。

この歌は、豊嶺《ほうれい》の鐘は霜が降りると鳴るという中国の故事をふまえているが、兼好はどこで除夜の鐘を聞いたのだろう。兼好の生涯は詳《つまび》らかではない。知られているのは三十歳ごろに出家し、比叡山の麓や山上の横川《よかわ》などに隠棲したこと、関東下向もあることくらいである。

横川で詠んだ歌には「霊山院《りょうぜんいん》にて、生身供《しょうしんく》の式を書き侍《はべり》し奥に書きつく」と詞書《ことばがき》のある「うかぶべきたよりとをなれ水茎《みずぐき》の　あととふ人もなき世なりとも」などがある。霊山院は源信《げんしん》（58ページ）が法華経が説かれたという霊鷲山《りょうじゅせん》にちなんで建てた釈迦堂である。源信は『往生要集』で極楽往生のための念仏を説き、その念仏結社（二十五三昧会《ざんまいえ》）とともに毎日十五日に念仏したが、毎月晦日には釈迦講を営んだ。また、『霊山院釈迦堂毎日作法』および『霊山院式』を定めて、生身《しょうしん》の釈迦だという釈迦如来像の前で勤行した。それが生身供である。その勤行は日ごとの当番制だったので、兼好も当番をつとめたのだろう。兼好は『霊山院式』を書写して「憂《う》き世の苦海から浮かびあがる頼りともなれ。この筆の跡を見る人がいなくなった世になろうとも」と詠んだ。

同じく横川での作には「せっかく隠棲したのに、わざわざ訪ねてきて世間のことをいう人があるのは、とてもうるさい」という歌もあれば、「帰った後はさみしい」という歌もある（『兼好法師集』）。『徒然草』には、堀川殿《ほりかわでん》で舎人《とねり》が寝ていたときに足を狐にかまれたことを「狐は人にくひつくもの也」（第二百十八段）とおもしろげに書くなど、何にでも興味をもつ。わりあい気楽な人物だったようだ。

【兼好】一二八三?～一三五二年以後／俗名は卜部兼好。歌道では二条為世《にじょうためよ》（藤原定家の曽孫）の門下になり、二条派の歌人として活動した。

この里は丹生《にふ》の川上程《ほど》ちかし
祈らば晴れよ五月雨《さみだれ》の空

後醍醐天皇《ごだいごてんのう》

（『新葉和歌集』）

後醍醐天皇は文保二年（一三一八）に三十一歳で即位。三年後に平安時代から長く続いた上皇による院政を廃止して天皇親政を復活。さらに討幕計画を進めるも敗れて隠岐に流されたが、元弘三年（一三三三）、鎌倉幕府は倒れた。京都に戻った天皇は「建武の新政」を始める。が、恩賞や処遇に不満をもつ武士たちをひきいて足利尊氏が離反。建武三年（延元元／一三三六）後醍醐天皇は三種の神器とともに吉野（奈良県吉野町）の行宮《あんぐう》に逃れた。いっぽう尊氏は京都で光明天皇を立て、朝廷が並び立つ南北朝の時代になる。右の歌は、その吉野での詠。ここは天武天皇が雨乞い祈願の社として創建したという丹生川上神社（吉野郡東吉野村）に近い。「水の神よ、降りつづく五月雨を晴れさせよ」と祈る。

五穀豊穣、疫病退散などを祈り、日照りには雨を乞い、降りすぎれば雨が止むように祈るのは古来、天皇の役目である。そのため、宮中での神事・仏事のほか、伊勢・住吉などの神社に奉幣使《ほうへいし》（供物をささげる勅使）を送り、御願寺《ごがんじ》（勅願所）をはじめ寺々に祈禱させるのが常だった。

後醍醐天皇は加持祈禱をさまざまにおこなう密教にとりわけ熱心だった。内田啓一著『後醍醐天皇と密教』（法藏館二〇一〇）には後醍醐天皇は「現職の天皇という治天《ちてん》の君《きみ》にありながら、密教のさまざまな灌頂《かんじょう》を受けて、しかも自らは出家していない俗体《ぞくたい》のまま修法を行じている」という。後醍醐天皇は僧に祈禱させるだけでなく、修法を学んでみずから護摩《ごま》を焚く異形《いぎょう》の天皇だった。しかも南朝を設けた吉野には、役小角《えんのおづぬ》が蔵王権現《ざおうごんげん》を感得して開いたという金峯山寺《きんぷせんじ》がある。修験道の本拠地である。天皇が吉野にうつるとともに文観《もんかん》らの密教僧が大勢集まり、さかんに祈禱がおこなわれた。

　南北朝の争乱は全国に広がり、各地で戦いがあった。そのなかで後醍醐天皇は延元四年（暦応二／一三三九）八月、五十二歳で崩じた。南北朝の争乱を語る戦記物『太平記』は後醍醐天皇は臨終に「唯生々世々《ただしょうじょうせぜ》の妄執《もうしゅう》にもなりぬべきは、朝敵尊氏《たかうじ》が一類を亡ぼして、四海（天下）を泰平ならしめんと思ふこの一事ばかりなり。（中略）玉骨《ぎょくこつ》はたとひ南山《なんざん》（吉野山）の苔に埋《うず》むるとも、霊魄《れいはく》は常に北闕《ほっけつ》（京都）の天に臨まん」と告げ、左の手に法華経の五の巻、右の手には剣を持って崩じたと語る。

『新葉和歌集』は後醍醐天皇の皇子の宗良親王《むねよししんのう》の撰で、弘和元年（一三八一）、南朝第三代長慶天皇の奏覧に供された。当然、南朝方の歌が多く選ばれている。もっとも多いのは南朝第二代後村上天皇の百首である。その一首に「四海浪《よつのうみ》をもを《お》さまるしるしとて三《みつ》の宝を身にぞ伝ふる」がある。「三の宝」は三種の神器のことで、自分こそ神器を継ぐ正統な天皇であるという自負を示している。

【後醍醐天皇】一二八八～一三三九年／名は尊治。鎌倉幕府を倒して建武の新政（一三三三～一三三六年）をおこなうが、足利尊氏と対立し、京都を脱して吉野に南朝を立てた。

ことはりは藻《も》にすむ虫もへだてぬを
われからまよふ心なりけり　頓阿法師《とんあほうし》（『頓阿法師詠』）

この歌には「涅槃経《ねはんぎょう》の、一切ノ衆生ニ悉《ことごと》ク仏性《ぶっしょう》有リ」の詞書《ことばがき》がある。涅槃経は釈迦が入滅にあたって説いたという経典である。仏性とは仏の本性、仏になる性質である。それは一切の衆生にある。藻にすむ虫にも区別なく仏性があるのが理《ことわり》なのに、自分から迷ってしまうのが人の心である。

頓阿は俗名を二階堂貞宗《にかいどうさだむね》という。鎌倉幕府の政所《まんどころ》執事をつとめる公家だったが、二十歳のころに出家し、比叡山・高野山で修行したのち、時宗の京都の四条道場（金蓮寺《こんれんじ》）に入門。頓阿は時宗の阿弥《あみ》号《ごう》である。和歌の面では吉田兼好《よしだけんこう》と同じく二条派に属した。鎌倉・室町時代の歌道は藤原定家の子孫によって二条家、京極家《きょうごく》、冷泉家《れいぜい》の三流派にうけつがれた。その嫡流が二条派で、頓阿は二条派の代表的な歌人の一人である。

当時は題詠の時代である。各種の歌会で「春ノ雪」「里ノ月」といった春夏秋冬の部に、「忍ブル恋」といった恋の部の五つが五大部門で、その他の「雑」に神仏の歌が入る。頓阿も題に即してたくみに歌を詠み、恋の歌も多くつくった。ここでは六十九歳のときに勅撰『新千載集《しんせんざいしゅう》』の選歌のために和歌所に上呈した自筆の詠草《えいそう》（『頓阿法師詠』）の「雑」部から掲題の歌のほかに三首あげる。

「さりともとわたす御法《みのり》をたのむかな　蘆《あし》わけ小舟《おぶね》さはりある身に」

詞書は「弥陀ノ本願の心を」。阿弥陀仏の本願には「さりともと（そうであっても）」極楽浄土に渡してくださる、と誓われている。生い茂る蘆をかきわけて進む小舟のように煩悩の障《さわ》りがある我が身であっても、である。

「つたへきく袖《そで》さへ露にぬるゝかな　竹の林にかけし衣は」

詞書は「最勝王経《さいしょうおうきょう》ノ、薩埵《さった》王子因縁を見て」。最勝王経（金光明経《こんこうみょうきょう》）は古代の鎮護国家の仏法で重視された経典である。「薩埵王子因縁」は最勝王経に説かれている物語で、法隆寺の玉虫厨子《たまむしのずし》に描かれている「捨身飼虎図《しゃしんしこず》」で有名だ。薩埵王子（前世の釈迦）は飢えた母虎を見て、着ていた衣を竹枝に懸け、崖から身を投げて虎に与えたという話である。この歌では「薩埵王子因縁を見て」というので、どこかで「捨身飼虎図」を見たのだろう。その話を聞くと、袖まで露のような涙に濡れるという。

「かはらじなむなしき空《そら》の夕月夜《ゆうづくよ》　また有明《ありあけ》にうつりゆくとも」

夕月が明け方の月になっても月の光は変わらない。詞書に「二条入道大納言《にじょうにゅうどうだいなごん》（二条為世《ためよ》）の十三回忌に結縁経《けちえんぎょう》（供養のために写経・読誦する経）の歌を勧められて般若心経の不増不減《ふぞうふげん》」を詠んだという。

【頓阿】一二八九～一三七二年／俗名は二階堂貞宗。時宗の遊行僧として諸国を行脚し、京都の仁和寺《にんなじ》境内などに草庵をむすんだ。和歌は二条為世（藤原定家の曽孫）の門下で、二条派の四天王の一人といわれる。

よしおもへとがなき我はなげかれず
うらみは人の身にやかへらん

足利尊氏《あしかがたかうじ》（『続観世音経偈三十三首和歌』）

建武三年（延元元年／一三三六）二月、足利尊氏は後醍醐天皇方の新田義貞《にったよしさだ》らの軍勢に摂津豊島河原《せっつてしまがわら》の戦いで大敗し、瀬戸内海を九州に下った。途中、港町の鞆《とも》（広島県福山市）で、後醍醐天皇によって退位させられた光厳上皇の復位を図る院宣をうけとった尊氏は、博多から反転攻勢に出た。右の歌は同年五月五日、尾道の浄土寺に奉納した『続《つぎ》観世音経偈三十三首和歌』の一首である。連歌のように詠みつぐ続歌《つぎうた》で、尊氏と弟の直義《なおよし》ら六人が詠んだ。観世音経偈は法華経の観世音菩薩普門品《かんぜおんぼさつふもんぼん》にある偈で、「彼《か》の観音の力を念ぜば」、災いが消滅するという。また、観音菩薩はさまざまな姿をとると説かれ、その姿が三十三種に数えられることから三十三首の続歌が詠まれた。

右の歌には「還著於本人《げんぢゃくおほんにん》」の題がある。普門品の偈に「呪詛諸毒薬《しゅそしょどくやく》　所欲害身者《しょよくがいしんしゃ》　念彼観音力《ねんぴかんのんりき》　還著於本人《げんぢゃくおほんにん》（呪詛《しゅそ》もろもろの毒薬に身を害されんとするときでも、彼の観音の力を念ぜば、還《かえ》って殺そうとする本人《ほんにん》に戻る）」とあることによる。尊氏は「たとえどう思われようとも、科《とが》はない自分がもう嘆くことはない。恨みは、恨む人の身に返るだろう」と詠んだのだった。

中世の武将は戦《いくさ》の前に寺社に詣でて戦勝を祈願するのが常だった。また、日頃から寺社詣でをして加護を祈った。そのおり、花鳥風月などの和歌を詠んで奉納する。それによって神仏が喜んで加護を垂れるということで法楽歌《ほうらくか》といい、百首にまとめるのが通例だ。

戦のあとには鎮魂の奉納歌も詠まれた。尊氏の作では高野山の金剛三昧院《こんごうざんまいいん》に奉納された国宝「宝積《ほうしゃく》経要品《きょうようほん》」の和歌がある。後醍醐天皇が南朝を開いた吉野で崩じたあとの康永三年（一三四四）、尊氏・直義兄弟と禅僧の夢窓疎石《むそうそせき》の三人が、その功徳《くどく》を「普《あまね》く三界《さんがい》に及ぼさん」ことを祈って宝積経の一部を書写した写経を奉納した。その紙背に尊氏・直義のほか吉田兼好《よしだけんこう》、二条為明《にじょうためあき》、頓阿法師《とんあほうし》ら二十余人の和歌が記されている。成立の経緯からいえば、それぞれが書いた和歌の短冊をつなぎあわせた紙の裏に写経したので、和歌が先にあった。その和歌は「南無釈迦仏全身舎利」の読み「なむさかふつせむしむさり」の音を頭において詠まれた。たとえば尊氏は「り」で「りやう山《ぜん》（霊鷲山《りょうじゅせん》）にときおく法のあるのみか　しやり（舎利）もほとけのすか《が》たなりけり」と詠んだ。霊鷲山にて釈迦如来は法華経を説きおいた。それのみか、舎利も仏の姿であるという。先に明恵の項（118ページ）で述べたように、末法に令法久住《りょうぼうくじゅう》の動きがおこるなかで釈迦への思いが強まり、その舎利が求められた。不思議にも米粒のような舎利が出現したという霊験譚《れいげんたん》も語られ、舎利を納めた舎利容器が各地に多数現存する。

【足利尊氏】一三〇五～一三五八年／元弘三年（一三三三）後醍醐天皇の挙兵を鎮圧するために出陣するが、天皇方につく。鎌倉幕府の滅亡後、後醍醐天皇と対立し、建武三年（一三三六）、光明天皇を立てて室町幕府を開いた。

有漏路《うろじ》より無漏路《むろじ》へかえる一休《ひとやす》み
雨降らば降れ風吹かば吹け

一休和尚《いっきゅうおしょう》　（『一休咄』）

一休は室町時代の禅僧で、僧名は宗純《そうじゅん》という。一休は師から与えられた号である。そのことは没後に弟子たちがまとめた『東海一休和尚年譜《とうかいいっきゅうおしょうねんぷ》』に記されているが、この歌は江戸時代の逸話集『一休咄《いっきゅうばなし》』にある。「有漏」は「漏《も》れがあること」すなわち煩悩《ぼんのう》が漏れていること。人生は有漏路、だれもがうろうろと落ち着かず、迷い苦しみながら生きている。しかし、それは無漏路（もう悩むことはない世界）へと帰っていく道なのだから、あせらずに一休みせよ。雨が降っても風が吹いても気にすることはない。「一休」はそういう意味だという。

一休はみずから狂雲子《きょううんし》と号して奇抜な言動が多く、風狂の禅僧といわれる。しかし、応仁の乱と失火で二度も焼けた大徳寺を堺の商人らの寄進を得て再建するなど、並々ならぬ実力をもつ僧だった。

一休の詩集『狂雲集《きょううんしゅう》』に「文正元年（一四六六）八月十三日、諸国軍兵、京洛に充満す」と詞書《ことばがき》のある詩がある。読み下し文であげる。

乱世には普天普地《ふてんふち》ともに争い／太平には普天普地ともに平《たいら》か

禍事《かじ》なり禍事なり　剣《けん》の刃上《じんじょう》にして／山林の道人《どうにん》は道《みち》成り難し

［意訳］乱世には広大な天と地が、その果てまで相争い、／太平の世には天地は平安である。今、禍事《まがごと》は禍事を呼び、世の人々は剣の刃の上にいるというのに、／山門の内にいる僧は、なんと仏道から遠い者たちであるか。

この詩の詞書には「余が門客、平《へい》と平ならざるとを知らず。謂《い》ふべし、是《こ》れ無心の道人と」とある。応仁の乱の前年のことである。諸国から兵が京に集まって今にも戦乱が勃発しそうな雲行きになった。しかし、自分を訪ねてくる者は天下の泰平や動乱には関心がない。修行僧といっても心がない者たちだという。その後、応仁の乱が始まったとき、たまたま京にいた一休は住坊の酬恩庵《しゅうおんあん》がある里の村人に「急ぎ旅装をととのえよ」と手紙を送り、軍兵の乱入に備えるように指示した。

『狂雲集』には、おしんさん（森女《しんにょ》）という盲目の旅芸妓を寺に連れてきて暮らしたときの赤裸々な愛欲の詩もある。常軌を逸した風狂ぶりだが、当時の盲目の旅芸妓の悲惨な境涯を思えば、それも安《あん》逸《いっ》になじんだ五山の僧たちへの厳しい誡告だったのだろう。

【一休宗純】一三九四～一四八一年／臨済宗大徳寺派の禅僧。地位や栄誉をきらって京を離れ、酬恩庵（一休寺／京都市京田辺市）に暮らした。江戸時代に一休の逸話がさまざまに伝えられた。

カリニ出《い》デシ水ノ流レヤ泊瀬川《はつせがわ》
ソノマ、深キ江《え》ニ籠《こ》モルラン

金春禅竹《こんぱるぜんちく》

（『明宿集』）

禅竹は大和猿楽四座の円満井座《えんまんいざ》（金春座）の棟梁だが、結崎座《ゆうざき》（観世座《かんぜ》）の世阿弥《ぜあみ》（一三六三？〜一四四三？年）の女婿であり、ともに能を芸道として育てた。その能楽論『明宿集《みょうしゅくしゅう》』に「泊瀬与喜《はつせよき》ノ宮」の神主の「泊瀬山《はつせやま》谷ノ埋《う》レ木朽《く》チズシテ　コンハル（金春）ニコソ花ワ咲キツゲ」という歌がある。その因縁を思えば猿楽《さるがく》（能）は「泊瀬猿楽ト号スベキコト、根本《こんぽん》ナルベシ」という。そして、「愚詠一首、観音・翁《おきな》ノ結縁《けちえん》ニアヅカリタテマツランノ敬心《けいしん》ニ供《そな》エタテマツル」として記しているのが右の歌である。

泊瀬川（初瀬川）は現在の奈良県桜井市の山間から流れだす川。そこは「隠《こも》りくの」の枕詞《まくらことば》とともに『万葉集』にうたわれた神々の地で、初瀬山には十一面観音の霊場、長谷寺《はせでら》がある。観音菩薩と翁が結縁した流れの深いところに金春の能はつながっているのだという。「翁」は「千秋万歳、万歳楽」等とうたう祝賀の舞いのシテ（主人公）で、現在も正月などに演じられる特別の演目の名である。

能の元になった猿楽は散楽《さんがく》ともいい、奈良時代に大陸から伝来した奇術・曲芸などの雑伎《ざつぎ》が寺社の奉納芸能になったものである。世阿弥の能楽書『風姿花伝《ふうしかでん》』には能の起源を「推古天皇の御宇に、聖徳太子、秦河勝《はだのこうかつ》に仰《おおせ》て、且《かつ》は天下安全のため、且は諸人快楽《しょにんけらく》のため、（中略）六十六番（いろいろな演目）

の遊宴を成《なし》て、中楽《さるがく》と号せし（中略）其後《そのご》、かの河勝の遠孫、この芸を相継ぎて、春日・日吉の神職たり」という。禅竹の『明宿集』にも同様の起源が記されているが、さらに壮大なイメージだ。「その昔、天の岩戸で奏された神楽《かぐら》は猿楽だった。上宮太子《じょうぐう》（聖徳太子）のとき、神の字の旁《つくり》をとって中楽といった。釈迦仏の在世時には祇園精舎《ぎおんしょうじゃ》での供養（法会）で天魔の障《さわ》りを鎮めんと阿難《あなん》・舎利弗《しゃりほつ》（釈迦の高弟）らが神楽を舞った。それも今の猿楽である」（抄訳）という。

猿楽は各地の寺社で奉納され、その座《ざ》（集団）があった。応安七年（一三七四）、結崎座の観阿弥《かんあみ》・世阿弥父子が京都の新熊野神社で奉納した猿楽を足利三代将軍義満が観たのを契機に、能は武家や公家の館でもよく演じられるようになった。出家した熊谷直実《くまがいなおざね》（96ページ）が一ノ谷の合戦の跡をたずね、平敦盛《たいらのあつもり》の怨霊を鎮める世阿弥作の謡曲『敦盛』のように、主人公のシテは死霊、ワキ（相手役）は旅の僧であることが多い。この世とあの世の境界でうたい、舞われる物語である。

禅竹作の『芭蕉《ばしょう》』は次のような内容である。法華経を誦している僧の庵に夜な夜な一人の女が訪れ、どんな草木も等しく仏の慈雨をうけて育つという薬草譬喩《やくそうゆぼん》に聞き入っていた。やがて秋が深まると、破れた芭蕉の葉だけが庭に残っている。女は芭蕉の精であった。

【金春禅竹】一四〇五～一四七一年以後／大和猿楽四座の主流である円満井座（金春座）の棟梁。神道と仏教、とりわけ密教と強く能を結びつける能楽論を展開した。謡曲『芭蕉』『定家』などをつくる。

あつき日にながるるあせはなみだかな
かきおくふでのあとぞをかしき

蓮如上人《れんにょしょうにん》　（『御文（御文章）』）

蓮如は親鸞の廟所に始まる本願寺の第八代宗主である。本願寺は親鸞の御影《ごえい》（掛け軸の肖像画）を奉じ、代々、親鸞の血縁の子孫にうけつがれてきたが、長禄元年（一四五七）に蓮如が四十三歳で宗主を継いだときには比叡山《ひえいざん》の青蓮院《しょうれんいん》に属する小教団だった。蓮如は法式《ほっしき》（勤行のしかた）の刷新、「帰命尽《きみょうじん》十方無碍光如来《じっぽうむげこうにょらい》」の十字名号や「南無阿弥陀仏」の六字名号をしたためて門徒に与えることなどにより教勢を急伸させた。また、御文《おふみ》（御文章《ごぶんしょう》）とよばれる手紙の形の法語を書いて門徒に与えた。

御文は語り口調でわかりやすい。文字が読めない人でも聴聞《ちょうもん》して教えを学んだことだろう。それについて蓮如は「聖教《しょうぎょう》（親鸞の著述）は読みちがへもあり、こころえもゆかぬところもあり。御文は読みちがへもあるまじきと仰《おお》せられ候《そうろ》ふ」と『蓮如上人御一代記聞書』にいう。右の和歌の「かきおくふでのあと」も御文をさし、文明三年（一四七一）七月十八日、五十七歳の御文の末尾に記されている。

この御文は、冒頭に「当流、親鸞聖人の一義は、あながちに出家発心《しゅっけほっしん》のかたちを本とせず、捨家離《しゃけり》欲《よく》のすがたを標せず、ただ一念帰命《いちねんきみょう》の他力の信心を決定《けつじょう》せしむるときは、さらに男女老少《なんにょろうしょう》をえらばざるものなり」とあり、阿弥陀仏の本願の力（他力）に出家・在家、男女の別はないと記されている。

この御文が書かれた文明三年七月は蓮如が越前吉崎《よしざき》（福井県あわら市）に吉崎御坊を建てて移ったときである。本願寺の教勢拡大にともない比叡山の圧力が強まり、寛正六年（一四六五）には京都東山の大谷にあった本願寺が破却《はきゃく》される事件がおこった。京で広まった法華宗（日蓮宗）との抗争もおこった。蓮如は御影と聖教を奉じて近江の金森《かねがもり》、堅田《かただ》などを転々とし、吉崎に移ったのである。

吉崎への移転は応仁の乱（一四六七〜一四七七年）の最中だった。以後、世は戦国となるなかで、門徒はますます増え、吉崎御坊へも多く集まった。当時は一向宗《いっこうしゅう》とよばれたことから一向一揆とよばれる門徒集団が各地の領主との抗争事件をおこすようにもなっていった。蓮如は「諸宗・諸法を誹謗《ひほう》すべからず」「守護・地頭を粗略にすべからず」「他力信心をば内心にふかく決定《けつじょう》すべし」等の六か条を定め、これにそむく者は門徒ではないと戒めた（文明七年十一月二十一日の御文）。しかし、一向一揆はますます広がっていった。掲題の和歌の「あつき日にながるるあせはなみだかな」は、その苦難をしのばせる。文明七年に蓮如は吉崎から退出。七十五歳の延徳元年（一四八九）には山科《やましな》本願寺で隠居。明応八年に八十五歳で没した。その前年の初夏仲旬第一日（四月十一日）の御文に「弥陀の名をきくうることのあるならば　南無阿弥陀仏とたのめみなひと」の歌が書きおかれている。

【蓮如】一四一五〜一四九九年／本願寺第八世で中興の祖とされる。その法語の『御文（御文章）』にある和歌は数首にすぎないが、別に自筆詠草も伝えられており、橋川正著『蓮如上人の和歌』（一九二三年）には百八十三首が収められている。

誰もみな命は今日か飛鳥寺《あすかでら》
入相《いりあい》の鐘に驚くはなし

細川幽斎《ほそかわゆうさい》

（『衆妙集』）


戦国武将のなかでも随一の歌人だった細川幽斎の晩年の作である。

幽斎は元は細川藤孝《ほそかわふじたか》といい、室町幕府の第十三代将軍足利義輝《あしかがよしてる》に仕える武士だった。ところが、義輝は永禄八年（一五六五）の変で三好一族の三人衆に殺されてしまった。幽斎は尾張の織田信長を頼って義輝の弟、一乗院覚慶《いちじょういんかくけい》（足利義昭《よしあき》）の将軍擁立に働いた。その義昭が信長によって京都から追放されてからは信長家臣の武将として戦《いくさ》を重ねる。天正六年（一五七八）には信長の命によって明智光秀《あけちみつひで》とともに丹後・丹波に進攻。幽斎は丹後に所領を得て宮津城《みやづじょう》（京都府宮津市）を居城とした。幽斎は光秀の娘を嫡男忠興《ただおき》の妻（のちの細川ガラシャ）に迎え、光秀との関係は深まった。天正十年、本納寺にいた信長を襲って自害させた光秀は天下取りにむけて幽斎に加勢を要請するが、幽斎は断り、剃髪して田《た》辺城《なべじょう》（京都府舞鶴市）に隠居し、忠興に家督を譲る。名も幽斎玄旨《ゆうさいげんし》としたが、僧衣を身につけても武将であることにかわりはない。その後は豊臣秀吉の家臣として九州や北条氏の小田原などに出征した。

戦国武将は戦に強いだけでなく、連歌・和歌の教養と技量が必須だった。出陣にあたって寺社に奉納する和歌を詠んだり、連歌・和歌の会で武将どうしの親交を深めたりするためだ。京都に生まれて将軍家に仕えた幽斎は歌道に勝れて豊臣秀吉の歌の師にもなり、歌会《かかい》のおりに大名の代作もした。

秀吉は吉野や聚楽第《じゅらくだい》などで大規模な歌会を催した。列席を命じられた大名は断るわけにいかず、歌会の題に即して歌を詠むことが求められる。そつなく、目立たず、月次《つきなみ》、が肝要だ。その教科書が平安時代から室町時代にかけて編まれた二十一の勅撰和歌集、すなわち二十一代集だった。なかでも最初の『古今和歌集』が重視され、その解釈は秘伝の切紙《きりがみ》や口伝《くでん》で師から弟子に伝授された。

幽斎は古今伝授者として智仁《ともひと》親王（正親町天皇の孫）に伝授していたところ、関ヶ原の合戦（一六〇〇年）がおこった。幽斎は徳川方の東軍につき、田辺城は西軍に包囲された。幽斎は古今伝授証明状や二十一代集の箱などを智仁親王に届け、死を覚悟して籠城する。田辺城は一万五千もの軍勢に囲まれたが、関ヶ原の合戦が東軍の勝利に終わるまで落ちなかった。幽斎六十七歳のときである。

その後、細川家は豊前《ぶぜん》小倉約四十万石の大名に封じられた。幽斎は京都に居を構えて小倉と行き来しながら歌道の門人らに古今伝授を果たした。掲題の歌は、そのころ、「古寺鐘《こじのかね》」の題で詠まれた。「飛鳥寺」は飛鳥の古寺の名と「今日か明日か」とをかけた。「入相の鐘」は夕刻の鐘で、歌にはよく諸行無常の響きとして詠まれる。多くの人の死を見てきた幽斎には、今さら驚くことではない。

【細川幽斎】一五三四〜一六一〇年／室町将軍、織田信長、豊臣秀吉に仕えた武将で、豊前小倉藩の初代藩主細川忠興の父。歌人の公卿、三条西実枝《さんじょうにしさねき》から古今伝授をうける。家集に『衆妙集』がある。

夏衣《なつごろも》きつつなれにし身なれども
別るる秋の程《ほ》ぞものの憂《う》き

伊達政宗《だてまさむね》　（『貞山公集』）

「南無阿弥陀仏」の六字名号《みょうごう》の音「な・む・あ・み・だ・ぶ」を頭におく六首の和歌がある。いわゆる名号の歌である。伊達正宗にも名号の歌がある。

豊臣秀吉の命令で朝鮮に出陣した文禄《ぶんろく》の役《えき》（一五九二年）でのこと、家臣の原田宗時《はらだむねとき》が対馬で病死したと聞いた政宗が、その死を悼んで詠んだのが右の歌。名号の歌の第一首「な」である。秋になって着慣れた夏衣と別れるように、原田宗時の死が悲しい、という意味だ。このとき、政宗は二十六歳、原田宗時は二十八歳だった。この名号の歌は次のように続く。

［む］むしの音《おと》涙もよほす夕まぐれ　寂しき床《とこ》の起き臥《ふ》しも憂《う》し
［あ］あはれげに思ひにつれず世のならひ　なれにしともの別れもぞする
［み］みるからになほ哀れそふ筆の跡　今より後の形見ならまし
［だ］たれとても終《つい》には行かん道なれど　先立つ人の身の哀れなる
［ぶ］ふきはらふ嵐にもろき萩が花　誰《たれ》しも今や惜しまざらめや

伊達政宗は出羽国米沢《よねざわ》の城主の嫡男として生まれ、十八歳で家督を相続。周囲の大名と戦って奥州の覇者になった。天正十八年（一五九〇）には天下統一を進める豊臣秀吉に与《くみ》して北条氏の小田原城攻めに参陣。原田宗時もそれら数々の戦いに参加した若き武将だった。

政宗は関ヶ原の合戦（一六〇〇年）では徳川方に加わり、仙台藩六十二万石の初代藩主になる。その晩年に「酔余口号（酔って思うままに詠む）」と題する詩を詠じた。

馬上少年過　馬上少年過ぐ
世平白髪多　世平らかにして白髪多し
残軀天所赦　残軀《ざんく》天の赦《ゆる》す所
不楽是如何　楽しまずして是《これ》を如何《いか》にせん

若かった日々は馬上に戦場を駆け巡って過ぎた。世が平らになった今は白髪である。天が赦してくれた余命を楽しまずにいられようか。結句は「楽しまざるはこれいかん」とも読める。酒を飲んでも酔いを楽しむことはできない。数多く戦をかさねた政宗の心境は、はたして、どちらだったのだろう。

【伊達政宗】一五六七〜一六三六年／仙台藩の初代藩主。幼いころに疱瘡で右目を失なったことから「独眼竜」とよばれる。没後は法名によって貞山公《ていざんこう》とよばれ、家集『貞山公集』が編まれた。

❖武士の歌詠み

太田道灌の山吹の里

太田道灌《おおたどうかん》（一四三二〜一四八六年）は康正三年（一四五七）に初めて江戸城をつくったことで知られる。武将歌人としても名高い。その道灌が和歌を学ぶきっかけになったというのが山吹の里の伝説である。

あるとき道灌は、にわか雨にあって蓑《みの》を借りようと野中の家に立ち寄ったところ、娘が黙って一枝の山吹の花を差し出した。のちに道灌は、それは『後拾遺《ごしゅうい》和歌集』にある「なゝへ《七重》やへ《八重》花は咲けども山吹のみ《実》の一つだになきぞあやしき」に掛けて「蓑一つだになき」と答えたのだと知り、和歌を学ぶようになったというのだが、和歌は単なる教養ではなかった。家臣といっても、それぞれ一族の領地をもつ武士が多かった当時、和歌や連歌の会は、かれらをまとめる手段だった。近隣の武将を招いて親交を結び、情報を交換する機会にもなった。

道灌もよく歌会を催した。著名なのは文明六年（一四七四）の武州《ぶしゅう》江戸歌合《うたあわせ》で、判者《はんざ》は京都の僧で歌人・連歌師の心敬《しんけい》（都の公家や僧が和歌・連歌の師匠として地方によく招かれた）、題は「波の上の夕立」である。

この題に則して、関東管領《かんれい》の重臣で下野《しもつけ》の武将、木戸孝範《きどたかのり》が「潮《しお》をふくおきの鯨のわざならで一すじくもる夕立の雲」と詠み、道灌は「うなばらや水巻く龍《たつ》の雲の波はやくも返す夕立の雨」と雄大に詠み交わした。その十二年後、道灌の勢力拡大は主家の扇谷上杉家《おうぎがやつうえすぎけ》の疑心をまねき、隙《すき》をねらって斬殺されたのだった。

神仏を動かす歌

神田千里著『戦国と宗教』（岩波新書二〇一六）によれば、「そもそも戦争という行為自体が、この時代には多分に呪術を含むものであった。戦場に臨む者は神仏の加護を祈った守りを携行した。（中略）戦場での軍略を担当する軍配者《ぐんばいしゃ》と呼ばれる戦さの参謀たちは、占筮術《せんぜいじゅつ》に長けた占い師であることが必要とされた」という。戦争は「上は大名や重臣から、下は一兵卒に至る、多くの人々の軍事的結束による行為であり、死に直面した庶民の心性を考慮することなく遂行できるものではない」からである。そのため、出陣にあたって寺社に詣でて神慮による戦いであることを家臣や領民に知らしめたのである。比叡山を焼き討ちした織田信長でさえ桶狭間《おけはざま》の合戦の前に熱田《あつた》神宮に参詣し、勝ったので奉納したという「信長塀」が今も残る。

そうした祈願は現代でも程度の差こそあれ行われていることであるが、中世には足利尊氏《あしかがたかうじ》の項（144ページ）で述べたように、花鳥風月の和歌を詠んで奉納する法楽歌《ほうらくか》がさかんにつくられた。

天正十年（一五八二）、明智光秀《あけちみつひで》は本能寺《ほんのうじ》の変をおこす前に愛宕《あたご》神社（京都市右京区）に参詣し、連歌師の紹巴《じょうは》ら九人で「愛宕百韻」とよばれる百句を奉納した。発句を光秀が「時は今あめが下しる五月哉」と詠む。「時」は光秀の本姓「土岐」のこと、「あめが下しる」は「天下を治める」という意味にとれる。ところが、江戸時代の叢書『群書類従《ぐんしょるいじゅう》』では「あめが下しる」ではなく「あめが下なる」となっている。それだと「時は今、五月雨の季節である」という単なる自然詠になる。第二句は「水上まさる庭の夏山」、第三句は「花落る池の流をせき留て」と続き、結句は「国々は猶長閑《なおのどか》なる時」と結ばれる。そもそも歌は花鳥風月や恋を詠むもので、危ないことは言わないに越したことはない。疑われると命にもかかわったからだ。

江戸時代の伝記集『続近世畸人伝《きじんでん》』に、こんな話がある。豊臣秀吉が「奥山に紅葉を分けて鳴く蛍」と詠んだのに対し、紹巴が、「紅葉と蛍は時季が合わないし、蛍は鳴かない」と言った。とたんに秀吉の機嫌が悪くなる。秀吉の不興をかって切腹させられた千利休《せんのりきゅう》の二の舞だ。そのとき、細川幽斎が「武蔵野のしのをつかねて降る雨に蛍よりほか鳴く虫もなし」という古歌があるといって秀吉の機嫌をなおした。そんな歌があるのかどうか、幽斎が言うなら秀吉とて仕方がない。じつは紹巴を助けるために幽斎がとっさにつくった歌だった。

鎮魂の和歌

鎮魂の歌は、すでに『万葉集』で挽歌《ばんか》が大きな部になっているが、戦乱の中世にはさらに重要なものになり、勅撰集そのものが鎮魂のために編まれるようになった。

小川剛生著『武士はなぜ歌を詠むか』（角川叢書二〇〇八）によれば、後白河法皇《ごしらかわほうおう》（84ページ）の勅による『千載和歌集』（一一八八年奏覧）は「治承・養和の内乱（一一八一年）の最中に企てられている。この内乱を、後白河に恨みを抱いて没した人びとの怨霊《おんりょう》が引き起こしたとする説は広く受け容れられていた。歌道に関心を持たなかった後白河が晩年に敢えて勅撰集を撰ばせたのは、和歌好みの兄崇徳院《すとくいん》（82ページ）の霊を慰撫しようとしたのだといわれる」という。歌集の内容は四季の歌や恋歌などであっても、一種の法楽歌のように死霊を慰めるものと考えられたのだろう。この『千載和歌集』に準じたのが北朝第四代の後光厳《ごこうごん》天皇の勅による『新千載和歌集』（一三六〇年総覧）である。この勅撰集には吉野に崩じた後醍醐天皇（140ページ）の霊を慰撫する意図があったという。

また、武士に多い辞世は、生前に自分のために詠む鎮魂歌だといえよう。有名なのは豊臣秀吉《とよとみひでよし》の「露と落ち露と消えにし我が身かな　なにはの事も夢のまた夢」である。この歌は出典がはっきりしないのだが、川田順著『戦国時代和歌集』（甲鳥書店一九四三）には木下子爵《きのしたししゃく》家（元は備中足守《びっちゅうあしもり》の大名）蔵の文書にあるという。それによると聚楽第《じゅらくだい》落慶のとき（一五八七年）に自筆で書き、正室のねね（高台院《こうだいいん》）に仕える孝蔵主《こうぞうす》という尼僧に預けておいた。それを慶長三年（一五九八）の死の前日に持ってこさせて日付と諱《いみな》（本名）と花押《かおう》を書き入れた。木下家では「太閤御辞世の歌」として伝えているという。

【第四部】江戸時代

心た《だ》にまことの道に入《いる》ならは《ば》
いのらす《ず》とても神や守らん

沢庵和尚《たくあんおしょう》

（「秋葉半兵衛に贈る書」）

中世の鎌倉・室町時代には寺社は公家・武家と並び立つ社会勢力であり、天皇や将軍の権威も神仏と結びついていた。寺社は俗権の介入をゆるさないアジール（聖域）となり、戦《いくさ》が近づくと付近の農民は牛や穀物を寺に運びこんで略奪から守ることもあった。民間にひろまった法華宗（日蓮宗）、一向宗（浄土真宗）などでは城壁で防衛した寺に住民を囲いこんで武装した寺内町《じないちょう》もあらわれ、一揆《いっき》をおこすこともあった。しかし、旧来の秩序にとらわれない戦国大名の分国《ぶんこく》支配がすすむと、大名は寺社を保護するとともに領国の鎮護や戦勝祈願、従軍僧の派遣などを求め、武家のもとで寺社が存立するようになる。それを全国的におこなったのが江戸幕府であり、時代は近世へとうつる。

慶長二十年（一六一五）五月、大坂夏の陣で豊臣家が滅亡し、徳川幕府の体制が確立した。そのころから幕府は各宗の本山あてに順次、法度《はっと》を定めて寺院勢力を従えていった。それとともに同年七月、「禁中並《きんちゅうならびに》公家《くげ》諸法度《しょはっと》」を布告。それは天皇のありかたを文書で定めた最初の法令であり、朝廷が幕府に監視されることになった。その第十六条に紫衣《しえ》（高僧に着用がゆるされる紫色の法衣）の勅許は幕府の了承を必要とする、とある。時の後水尾《ごみずのお》天皇は反発して幕府の了承を得ることなく紫衣の勅許をつづけたが、寛永四年（一六二七）、幕府はそれを法度違反として与えた紫衣を取り上げることを朝廷に要求した。これに朝廷は強く反対し、臨済宗大徳寺の沢庵らも幕府に抗弁書を提出したが、幕府はゆずらなかった。同六年、沢庵は出羽国上山《かみのやま》（山形県上山市）に流される。いわゆる紫衣事件である。

沢庵は上山に下る道々、故郷の但馬国出石《いずし》（兵庫県豊岡市）の領主、小出英吉と手紙をやりとりし、おりおり歌も書き添えている。上山領主の土岐頼行《ときよりゆき》も沢庵を丁重に迎えて住房（春雨庵《はるさめあん》）をととのえた。同七年一月の弟の秋庭半兵衛あての沢庵の手紙には、次の間付きの六畳の座敷があるとか、飯は白米で、みそ・塩・大根・薪・炭などもあると細かく暮らしのようすを書き送っている。

掲題の歌は二月二十八日付（年次不詳）で半兵衛に送った手紙の末尾にある。「万事才覚が肝要である。何事も天道次第だといっても、天道が金銀米銭を人に与えたことはない」と怠惰を戒め、「古今より蓮の葉は丸く、松の葉は細い。そのような天道の体が我が身の定木である」として「心さえまことの道に入るならば祈らなくても神は守ってくれるものだ」と弟を諭している。

流罪は寛永九年（一六三二）に解かれた。その後、但馬に戻ったが、同十二年、江戸に下り、将軍家兵法指南役の柳生宗矩《やぎゅうむねのり》の別邸に寓居。三代将軍家光《いえみつ》の帰依もうけ、品川に東海寺が建立された。

【沢庵】一五七三〜一六四六年／臨済宗大徳寺派の禅僧で、沢庵は号、僧名は宗彭《そうほう》。紫衣事件に連座して流罪となるが、将軍家光の帰依をうけた。柳生宗矩に剣と禅の一致を説いた『不動智神妙録《ふどうちしんみょうろく》』などの著述がある。

せめて世をのがれしかひの身延山《みのぶやま》
すむらん月をたづねてやみん

元政上人《げんせいしょうにん》

（『身延のみちの記』）

元政は近江《おうみ》彦根藩の武士だったが、二十五歳で京都の法華宗（日蓮宗）妙顕寺《みょうけんじ》で出家剃髪《ていはつ》し、三十三歳のときに深草《ふかくさ》に妙心庵《みょうしんあん》（現在の京都市伏見区・瑞光寺《ずいこうじ》）を開いて隠棲した。その四年後の万治二年（一六五九）、日蓮の墓所がある身延山久遠寺《みのぶさんくおんじ》（現在の日蓮宗総本山）へ参詣の旅に出る。右の歌の「せめて世をのがれしかひの」は「せっかく出家して世を逃れた甲斐《かい》があるように」と甲斐（山梨県）の身延山をかけたもの。その山を訪ねて澄む月を見たいという。月は仏や浄土の暗喩である。

身延は富士川上流の山中である。東海道の興津宿《おきつしゅく》（静岡市清水区）から身延道に入る。京からは遠い道のりだが、元政は七十九歳の母の願いにより、前年に死んだ父の遺骨を納めるため、母と二人で身延詣での旅に出た。その旅で詠んだ和歌と漢詩を折りこんだ紀行文が『身延のみちの記』である。

出立は八月十三日早朝。父の墓に暇乞《いとまご》いをし、その日は石部宿《いしべしゅく》（滋賀県湖南市）まで行った。聖教《しょうぎょう》（経典類）などを背負い、三衣《さんね》の袋（ずだ袋）を掛け、鉢を持つと、思いのほか難儀である。十四日には足が痛むので荷馬に乗った。母は駕籠《かご》か輿《こし》に乗せ、自分は馬か徒歩で行く。この日は鈴鹿《すずか》の関に泊まる。もう秋だ。「秋風《かきかぜ》の音さへかはる鈴鹿山《すずかやま》　ふる里今やとおくなるらん」。

十五日、亀山《かめやま》、桑名《くわな》、名古屋。十六日、名古屋で休み。十七日、鳴海潟《なるみがた》、八橋《やつはし》。十八日、岡崎《おかざき》、白須賀《しらすか》。十九日、浜名湖の荒井《あらい》の渡し、天竜川の渡り、見付《みつけ》。二十日、掛川《かけがわ》、金谷《かなや》。二十一日、母、腹痛。大井川の渡し、岡部《おかべ》、宇津《うつ》、府中《ふちゅう》。二十二日、江尻《えじり》、興津《おきつ》。二十三日、宍原《ししばら》から甲斐国《かいのくに》に入り、万沢《まんざわ》に宿る。二十四日、一日中、雨に降りこめられる。二十五日、身延の宿坊の清水坊《しみずぼう》に到着。二十六日、雨の晴れ間に祖師堂《そしどう》、御骨堂《ごこつどう》などを参拝。二十七日、山上の奥院《おくのいん》参拝。急坂に母の輿が難儀。大きな木の根元に父の遺骨と自分が剃髪したときの髪を埋め、「いたづらに身をばやぶらで法《のり》のため　我《わが》くろかみを捨《すて》しうれしさ」と詠む。

二十八日、身延を出る。その後、箱根を越えて江戸に向かい、鎌倉の妙本寺《みょうほんじ》、池上本門寺《いけがみほんもんじ》、谷中《やなか》本法寺《ほんぽうじ》、大乗寺《だいじょうじ》などの法華宗の寺々を巡拝。ふたたび池上本門寺に詣でて帰路につき、十月五日、不《ふ》破関《わせき》（岐阜県関ヶ原町）に帰着したところで『身延のみちの記』は終わる。

出立から二か月近くたち、すっかり秋が深まって、関のあたりの貧しい家の庇《ひさし》につもった木の葉にも寂しく時雨《しぐれ》が降っている。「むら時雨《しぐれ》それだにもらぬ板びさし不破の関やは落葉《おちば》のみして」。

この元政の旅の六年後の寛文五年（一六六五）、幕府は諸宗寺院法度《しょしゅうじいんはっと》を布令し、各宗の宗祖ゆかりの寺を本山とする本山—末寺の制（本末制度）を整えた。以後、各宗とも御本山参りが盛んになる。

【元政】一六二三〜一六六八年／法華宗（日蓮宗）の僧で歌人・詩人。僧名は日政。俗名は石井元政。

作りおく三世仏《みよのほとけ》の家なれや
普《あまね》く宿る鏡とぞミる

円空上人《えんくうしょうにん》（高賀神社蔵「自筆歌集」）

円空は十二万体の仏像づくりを発願したといい、五千体以上が現存する。鑿跡《のみあと》鋭い荒削りの神仏像は「円空仏」とよばれ、近年、高く評価されるようになった。しかし当時は、寺院の本尊として安置するような仏像は京仏師ら専門の職人によってつくられた。仏像は儀軌《ぎき》とよばれる規則どおりにつくるもので、江戸時代には伝統が固まり、端正な仏像がつくられるようになる。それは仏像の霊的な力が弱まることでもあった。そのなかで、里人には異形《いぎょう》の行者が刻んだ神仏像は素朴で力強く、災難除けや病気治しなどの霊的な力があると思われて、村のお堂や神社の神棚、家の仏壇などに祀《まつ》られた。円空が刻んだのも行者の神仏像である。

円空は美濃（岐阜県）に生まれ、幼少で出家したが、二十三歳のときに寺を出たと伝えられている。その足跡は出羽三山、蝦夷地《えぞち》（北海道）、日光、紀伊半島の大峯《おおみね》などにおよぶ。組織された講中の宿を営む御師《おし》のような修験者ではなく、単独で山を棲み処《すか》とする山伏《やまぶし》であり、諸国行脚《あんぎゃ》の廻国聖《かいこくひじり》だったのだろう。その旅で円空は仏像を刻みつづけるとともに多くの和歌をつくった。岐阜県教育文化財団歴史資料館編『基礎資料　円空の和歌』（二〇〇三年）には約一千六百首が収められている。

掲題の歌は「神社に祀られている鏡のように過去・現在・未来の三世の仏の家となり依《よ》り代《しろ》となるように、この仏像をつくりおく」という意味だ。円空は岐阜県関市の高賀神社で大般若経の経巻を折り本につくりかえ、表紙裏に貼り付けた紙などに多数の和歌を書きつけている。仏像の背面や底面、付箋に書きつけた歌も多い。その一首「幾度《いくたび》もたへても立《たつ》る三会《みえ》の寺　五十六億末《すえ》の世まて《で》も」は、類似の歌を幾度も詠んでいる。弥勒下生経《みろくげしょうきょう》に、弥勒仏《みろくぶつ》は五十六億七千万年の遠い未来に兜率天《とそつてん》から下って龍華樹《りゅうげじゅ》という菩提《ぼだい》の樹の下で三度の説法をすると説かれている。それを龍華三会《りゅうげさんね》といい、平安の昔から龍華三会に列することを願って写経を土に埋めたり、経文を書いた石を積んだりすることがおこなわれてきた。その龍華三会を円空は「三会の寺」という。弥勒下生のときまで、造仏の功徳を縁ある人びとに廻向《えこう》し、「いくたび絶えても建てなおす」という祈りをこめた歌である。

十一面観音菩薩立像（桂嶺寺蔵／写真＝帆足てるたか）

【円空】一六三二～一六九五年／北は北海道におよぶ各地に「円空仏」とよばれる木彫りの神仏像を残した僧。晩年は岐阜県関市の弥勒寺の住持となり、元禄八年の盂蘭盆会を期して長良川の河畔で入定したという。

閑《しずか》さや岩にしみ入る蟬の声　松尾芭蕉《まつおばしょう》

（『おくのほそ道』）

元禄二年（一六八九）三月二十七日、芭蕉は門人の曾良《そら》をともなって千住宿《せんじゅしゅく》（東京都荒川区南千住あたり）から『おくのほそ道』の旅に出立した。北は奥州平泉《おうしゅうひらいずみ》（岩手県平泉町）まで行って奥羽山脈を横断し、日本海沿いの北国街道をたどって金沢・福井を通り、九月六日、中山道の大垣《おおがき》（岐阜県大垣市）にて、さらに伊勢に向かうところで『おくのほそ道』の旅はおわる。右の句は、五月二十七日、山形の立石寺《りっしゃくじ》での作で、「山形領に立石寺《りゅうしゃくじ》と云《いう》山寺あり。慈覚大師《じかくだいし》の開基《かいき》にして、殊清閑《ことにせいかん》の地也《なり》。（中略）日いまだ暮《くれ》ず。麓《ふもと》の坊に宿《やど》かり置《おき》て、山上の堂にのぼる。岩に巌《いわお》を重ねて山とし、松栢年旧《しょうはくとしふり》、土石老《どせきおい》て苔滑《こけなめらか》に、岩上《がんじょう》の院々扉《とびら》を閉《とじ》て、物の音きこえず。岸（崖）をめぐり岩を這《はい》て仏閣《ぶっかく》を拝し、佳景寂寞《かけいじゃくまく》として心すみ行《ゆ》くのみおぼゆ」という文のあとに記されている。

立石寺は急峻な岩山に建つ寺で「山寺《やまでら》」と通称される。芭蕉はそそりたつ巨岩の上の諸堂を巡り、「佳景寂寞として心すみ行く」思いを「閑さや岩にしみ入る蟬の声」と詠んだ。同行した曾良の旅日記によれば、未《み》の下刻《げこく》（午後二時くらい）から登りはじめたので、午後のひととき、「院々扉《とびら》を閉《とじ》て、物の音きこえず」、ただ蟬の声だけが響いていたのだろう。

芭蕉が立石寺を訪れたのは旧暦五月下旬、もう蟬が鳴いていたとして不思議ではない。人の声も暮

岩に刻まれた供養塔（右）
岩陰に奉納された卒塔婆（上）
板の上部に「南無阿弥陀仏」の名号や梵字が記された後生《ごしょ》車《ぐるま》という回転式の円盤が嵌《は》めこまれている。

らしの物音も途絶えた午後のひととき、静けさは岩にしみとおるかのようだ。

それにしても、なぜ、蟬の声なのか。

芭蕉には「無常迅速《むじょうじんそく》」と題する「頓《やが》て死ぬけしきは見えず蟬の声」（『猿蓑』）という句がある。「蟬の声」は「頓《やが》て（すぐに）」死んでいく者の声だ。そして立石寺は古来、死後の霊が戻るといわれる山である。岩壁に板碑《いたび》型の供養塔が数多く刻まれおり、岩塔婆《いわとうば》とよばれている。この岩壁の供養塔は芭蕉のころにもあった。現在もあり、その岩陰に板の卒塔婆《そとば》がおびただしく立てかけられている。

岩にしみ入るのは亡き人の霊である。それを芭蕉は「蟬の声」としたのだろう。蟬の大きな声が「閑《しずか》」であるところに、この世ならざるものがある。

【松尾芭蕉】一六四四〜一六九四年／伊賀上野（三重県伊賀市）の名字帯刀の農家に生まれる。二十九歳のころ、江戸に出て研鑽を深め、宗匠として蕉門《しょうもん》とよばれる俳句の一門をひきいた。

この世のなごり、夜《よ》もなごり、死にに行《ゆ》く身をたとふれば、
あだしが原の道の霜、一足《ひとあし》づゝに消えてゆく、
夢の夢こそあはれなれ、

近松門左衛門《ちかまつもんざえもん》（『曾根崎心中』）

元禄のころ、近松門左衛門の脚本を竹本義太夫《たけもとぎだゆう》の一座が大坂の竹本座で演じて人気を得た。義太夫節とよばれる語りと人形で演じられたほか、歌舞伎でも演じられた。近松門左衛門の代表作とされる『曾根崎心中《そねざきしんじゅう》』は露天神社《つゆのてんじんじゃ》（大阪市北区）で元禄十六年（一七〇三）に実際にあった心中事件をもとにしたお初《はつ》と徳兵衛の悲恋の物語である。「げにや安楽世界より、今この娑婆《しゃば》に示現《じげん》して、われらがための観世音《かんぜおん》（極楽浄土からこの世に、われらを救うためにあらわれた観音菩薩）」と語りおこされ、西国三十三所の巡礼から戻ったお初が偶然、徳兵衛と再会するところから始まる。この世では一緒になれない事情があって心中をする二人。右の一節は「道行・天神の森」の段の冒頭である。「あだしが原の道」は墓場に向かう道のこと。その道におりた霜のように、この世のなごりは一足ずつ消えていく。

曾根崎の露天神社の森に着いた二人は「南無阿弥陀仏、南無阿弥陀仏」ととなえながら、剃刀《かみそり》と刀で喉を切って死んだ。その後、曾根崎の風の音のように二人の心中が世に伝わり、「貴賤群衆《きせんくんじゅ》の回向《えこう》

の種、未来成仏疑《みらいじょうぶつ》ひなき、恋の手本となりにけり」と語りおわる。

多くの人があわれと思ってお初と徳兵衛のために供養したので、二人はあの世で幸せになったにちがいない。だから、恋の手本になったというのだが、阿弥陀仏の四十八願の第三十五に「変成男子《へんじょうなんし》の願（女は男に変えて迎える）」という項目があるので、極楽浄土に女はいないことになっている。この第三十五願はジェンダー面で何かと問題になるところだが、民衆はそんなことにかまっていない。手に手をとって死んだ二人は「未来成仏疑いなき恋の手本となりにけり」である。

心中ものは人気があるので近松は多く書いている。なかには、「同じ蓮の台《うてな》で」とはいきそうにない筋立てもある。『心中重井筒《しんじゅうかさねいづつ》』は、やはり徳兵衛という名の紺屋の入婿《いりむこ》と重井筒屋《かさねいづつや》の遊女ふさの話。もはや二人で死ぬほかないとなったのだが、徳兵衛は浄土宗、ふさは法華宗（日蓮宗）、一緒に死んでも行き先が違うかもしれない。そこで徳兵衛が「宗旨を変へて一所に行《ゆ》かん。今題目《だいもく》を授けてたも」となった。おふさは「勿体《もったい》ないことなれど、今まで毎日千遍づゝ、五年唱へた題目の、功徳《くどく》で許したまへ」。二人は「南無妙法蓮華経」と合掌し、先におふさを徳兵衛が刀で刺した。そこへ心中を聞きつけて追っ手がかかる。ひとまず逃げた徳兵衛、野中の涸れ井戸に落ちて死んでしまった。

【近松門左衛門】一六五三〜一七二五年／本名は杉森信盛《すぎもりのぶもり》。越前の武家に生まれ、京都に出て浄瑠璃・狂言・歌舞伎作者になる。代表作は『曾根崎心中』『国性爺合戦』『心中天網島』『女殺油地獄』など。

人の世や　のどかなる日の寺ばやし

榎本其角《えのもときかく》

（『東都歳事記』）

江戸には諸国から人が集まったが、神仏も同様である。諸国の神社の摂社《せっしゃ》や諸宗の寺々が建立され、稲荷・弁天・地蔵などの祠《ほこら》も諸所につくられて、その法会《ほうえ》や祭礼が江戸の四季を彩った。それらの名所と年中行事の案内書が『東都歳事記《とうとさいじき》』（一八三八年刊）である。右の句は正月二十五日の「増上寺御《ぞうじょうじぎょ》忌《き》」の挿絵の讃《さん》として載せられている。

芝の浄土宗増上寺は上野の天台宗寛永寺《かんえいじ》とともに徳川将軍家の菩提所である。御忌は浄土宗の開祖法然の忌日の法会だ。大勢の僧が三門（山門）から本堂へ行列しているようすが挿絵にある。「寺ばやし」は寺の林で、挿絵にも松の木々が描かれている。なにしろ徳川家菩提所の年に一度の大法会であるから行列はものものしい。しかし、松の梢には何事もなく、のどかに春の風が渡っている。「憂《う》き世」といわれた人の世が「浮世《うきよ》」といわれるようになった元禄《げんろく》（一六八八〜一七〇四年）のころの作である。

俳句は発句《ほっく》また俳諧《はいかい》といった。和歌や連歌の初句の五七五のみの軽みと諧謔《かいぎゃく》の文芸であり、江戸時代に盛んになった。其角は生粋《きっすい》の江戸っ子である。寛文一年（一六六一）に江戸の医師の家で生まれた。芭蕉の門に入ったのは延宝二年（一六七四）、十四歳のころとされる。芭蕉は三十一歳で、まだ俳諧の宗匠にはならず、伊賀上野から江戸に出て、いろいろな仕事で暮らしていた時期である。其角はいちばんの古弟子だ。作句の実力も深く認められていた。しかし、作風は異なる。あるとき、芭蕉が「蛙《かわず》飛び込む水の音」と示し、上五《かみご》をつけるように弟子たちに言った。其角は「山吹や」としたが、芭蕉が「古池や」に変えたという。「わび・さび」をあらわす句として有名だが、「山吹や」なら、春の里で蛙が小川に飛び込んだ、のどかで明るい句になる。蛙は万葉の昔から清流でキロキロと小鳥のように高い声で鳴く河鹿蛙《かじかがえる》をさすので、それもふまえているのだろう。其角は古典に通じてひねった句をつくるので難解とされるが、江戸後期に編まれた『東都歳事記』には其角の句が多く採られている。それらは江戸の庶民にもわかりやすく、親しまれた句だったのだろう。

『東都歳事記』の「増上寺御忌」の挿絵　右下に其角の句が書かれている。（早稲田大学図書館古典籍総合データベース）

【其角】一六六一～一七〇七年／本名は竹下侃憲。榎本は母方の姓で、のちに宝井と改める。自撰の発句集『五元集』には千余句が収められている。

思ひ入る心の中《うち》に道しあらば
好《よ》しや芳野《よしの》の山ならずとも

白隠禅師《はくいんぜんじ》（『遠羅天釜』）

白隠は駿河の町人の子で十五歳のとき故郷の松蔭寺《しょういんじ》（静岡県沼津市）で出家。各地に師を求めて遍歴し、「大疑団《だいぎだん》」とよぶ強烈な批判精神から新たな禅の世界を開き、臨済宗に新風を吹き込んだ。そのため白隠は臨済宗中興の祖とされる。

『遠羅天釜《おらてがま》』は四巻からなる白隠の代表的な法語集で、書名は愛用の茶釜の名だ。内容は白隠が四人にあてた手紙で、日常生活における禅を具体的に説いたものである。巻之上は「鍋島椄州殿下ノ近侍ニ答ウル書」で肥前蓮池藩主の鍋島直恒に与えた法語。巻之中は「遠方ノ病僧ニ贈リシ書」で、白隠が『夜船閑話《やせんかんな》』に記した内観を中心に、養生法を説いたもの。巻之下は「法華宗ノ老尼ニ贈リシ書」で白隠自身が篤《あつ》く法華経を信奉していることを記し、禅と法華の一致を説いたもの。第四巻は「念仏ト公案ト優劣如何ノ問イニ答フル書」で、念仏も公案も自己の心の中にある仏の境地。念仏は浄土を見届けるものだから念仏と公案に優劣はないと断じている。

公案は「古則《こそく》」ともいう。昔の禅僧の逸話で、それを手がかりに「悟《ご》」とよばれる禅のさとりを得る修行に用いる。白隠は「隻手《せきしゅ》（片手）の音声《おんじょう》」というまったく新しい公案をつくった。この公案については白隠自身が法語『藪柑子《やぶこうじ》』で詳しく説明し、「両手を打ち合わせて打てばパチパチと音がする。ただ片手だけ挙げるときは音もなく香りもない。（中略）これは耳で聞くべきではない。思慮分別を交えず、理が尽き言葉が究まるところに至って（中略）閉じこめられた無明の洞窟を裂き破り、鳳《おおとり》が金網を離れ、鶴が籠を捨てるような安堵を得ることができる」と述べている。

『遠羅天釜』巻之上で白隠は、坐禅修行には「一人で万人と戦うほどの気力が必要だ」と語り、たとえ「室家に在りとも（在家でも）、志願濃厚に操履堅実《そうりけんじつ》ならば、何ぞ林下《りんか》（禅院の僧）に異ならんや。是《こ》の故に言ふ」として右の和歌を記している。「道は人の心の中にある。それは在家も出家も同じである。何も隠遁の出家者のように吉野の山に籠もらなくても、今ここで修行に打ち込めばよい」という。

江戸時代には仏教が日常の生活に浸透し、どんな人にも仏心があるといった性善説がひろまった。そのことは白隠の『坐禅和讃』にも「衆生本来仏なり《しゅじょうほんらいほとけ》　水と氷の如くにて　水を離れて氷なく　衆生の他に仏なし」とうたわれている。

【白隠】一六八六〜一七六九年／臨済宗妙心寺派の禅僧。白隠は号、僧名は慧鶴《えかく》。駿河の町人に生まれる。幼名は岩次郎。故郷の松蔭寺のほか諸寺で修行し、信州飯山の道鏡慧端《どうきょうえたん》（正受老人《しょうじゅろうじん》）のもとで大悟したという。しかし、禅に打ち込みすぎて禅病というものになり、京都白川の山中に住む白幽《はくゆう》という人を訪ねて「内観の秘法」と「軟酥《なんそ》の法」という養生法を学んで快復。貧窮していた松蔭寺に戻って寺基を立て直すとともに多くの弟子・信徒を育てた。

柿崎《かきざき》の小寺《こでら》尊しうめもどき　与謝蕪村《よさぶそん》

（『自筆句帳』）

蕪村は享保元年（一七一六）淀川のほとりの摂津国毛馬村《せっつけま》（大阪市都島区）の庄屋クラスの農家、谷口家に生まれた。後年の句に「花いばら故郷の路に似たる哉《かな》」というような村だったのだろう。

蕪村は二十歳のころ江戸に出て俳諧師の夜半亭宗阿《やはんていそうあ》（巴人《はじん》）の門弟になった。二十七歳で師の宗阿と死別したのちは江戸を離れて北関東の同門の家に寄宿したり、芭蕉の『おくのほそ道』の跡をたずねる旅に出たりした。「蕪村」の俳号は二十九歳からで、「釈《しゃく》蕪村」と名乗る。藤田真一著『蕪村』（岩波新書二〇〇〇）には「そのころの境遇は、僧のはしくれだったらしい。（中略）旅の途中、あちこちの寺にたやすく寄宿することができたのは、この釈号のおかげかと推察される」という。

釈号は僧にかぎらず、とくに浄土真宗では在家でもうける法号である。蕪村は浄土宗の徒だったようだが、どういう経緯があるのか、釈号を名乗った。いずれにせよ正式の僧ではなく、芭蕉もそうだったように、僧に似た姿で旅をする文人だったのだろう。

江戸中期には三都（京・大坂・江戸）の文人を歓待する富農や富商層が各地に育っていた。しかし、蕪村が絵師・俳諧師として世に知られるようになるのは三十六歳で上洛して以後、五十歳ごろに京に定住してからだ。それまでは乞食僧《こつじきそう》のように貧しい文人だったであろう蕪村は「月天心《つきてんしん》貧しき町を通りけり」など、貧しく生きる人びとへの視点を失わなかった。

掲題の句は六十七歳の作。「柿崎」は現在の新潟県上越市の海辺で、建永二年（一二〇七）に親鸞（120ページ）が越後に流されて立ち寄った地である。蕪村が越後を旅したころの回想であろう。「柿崎の」という柔らかい表現に遠くがしのばれる。江戸時代に京都の東西本願寺は真宗・浄土真宗の本山として大寺院になったが、流罪の地の柿崎の寺は小さなもので、その質素さが尊く思われる。うめもどきは晩秋に小さな赤い実を数多く枝につける落葉低木である。その小寺の庭に植えられていたのだろう。同時期の句に「梅もどき折《おる》や念珠をかけながら」がある。仏前に供えるのか、赤い実がついた小枝を念珠を掛けた手で折るのは小寺の僧か。まもなく越後に雪がくるころの小春日和のひとときである。

ところで、蕪村の句「春の海終日《ひねもす》のたり〳〵かな」は自身も気に入り、当時から有名な句だったらしく、いろいろな句集に採られている。比較的若いころの作で、須磨または丹後の浜の情景という。

やはり有名な蕪村の句が「菜の花や月は東に日は西に」。菜の花は菜種油を採るために田の裏作としてつくられた。畿内が主産地で、春の村里は一面の黄色に染まった。そして月が西に沈む夜明けには桜の木々が東のほうにあらわれ、「月光西にわたれば花影東に歩むかな」となる。

【与謝蕪村】一七一六〜一七八四年／淀川下流の村に生まれ、江戸に出て芭蕉の孫弟子の俳諧師に弟子入りした。京で絵師・俳諧の宗匠となるまでの経歴には不明な点が多い。与謝の名は母の生地である丹後与謝によるという。

神代《かみよ》よりたがはぬ道しふみとめて
なをいく千世《ちよ》のまもりともがな

慈雲尊者飲光《じうんそんじゃおんこう》（『人登奈留道』）

この歌は飲光の法話集『人登奈留道《ひとをなるみち》』第三編にある。初編と第二編の書名は『人となる道』だったが、寛政四年（一七九二）執筆の第三編では万葉仮名に変え、おもに神道について語っている。それは国学者の賀茂真淵《かものまぶち》、本居宣長《もとおりのりなが》らによって『古事記』『万葉集』などが再評価された時期である。国学は仏教や儒教が伝来する以前の日本を求めて仏教排斥に動くが、飲光は「人の人たる　道の道たる　天地と共になり出《い》でて　万国にわたり古今におし通ずる也　此《こ》ノ中且《しばら》く（仮に）我朝《わがちょう》の教を神道と云《いう》」（第三編冒頭）といい、「道の道たる」根源は仏法におく。そして、「神代から異なることのない道を踏み留めて、なおも行き、千代の守りとしたいものである」と右の歌を詠んでいる。

飲光は「人は人となるべし。此《こ》の人となりえて、神とも仏ともなる」（『短篇法語集』）とし、まず「人になる」ことが肝要だという。ここに仏教の大きな転換がある。仏教では、人は苦悩の六道のひとつである人道《にんどう》（人界《にんかい》）にある者で、煩悩《ぼんのう》を滅して六道の輪廻から解脱《げだつ》し、仏界《ぶっかい》に至ることが仏道修行の目標とされる。たとえば平安中期の源信の『往生要集』にも人道は穢土《えど》（穢《けが》れた世界）で、肉体のおぞましく汚ならしいことが書かれている。しかし飲光は、「人はまず人となるべし」といい、人間肯定主義に転じた。そのために飲光は正法律《しょうぼうりつ》と称して十善戒を説いた。そこにも大きな転換がある。

十善戒は多くの仏戒《ぶっかい》の基本で、不殺生《ふせっしょう》（殺すなかれ）・不偸盗《ふちゅうとう》（盗むなかれ）・不邪淫《ふじゃいん》（淫《みだ》らであるなかれ）・不妄語《ふもうご》（嘘をつくことなかれ）・不綺語《ふきご》（虚飾の言葉を使うことなかれ）・不悪口《ふあっく》（悪口を言うことなかれ）・不両舌《ふりょうぜつ》（二枚舌を使うことなかれ）・不慳貪《ふけんどん》（貪《むさぼ》ることなかれ）・不瞋恚《ふしんに》（瞋《いか》ることなかれ）・不邪見《ふじゃけん》（悪意のまなざしで見ることなかれ）の十項目である。この十善戒をはじめ戒律は、入門に際して師僧が読み上げて弟子・信徒に授与する儀式に用いられ、日々の勤行《ごんぎょう》でも誦《じゅ》される。

飲光はそれだけでなく、十善戒に人生訓としての解釈をほどこして人びとに説いた。『人となる道』も十善戒についての訓話である。この十善戒については『十善戒相』に簡潔に説かれている。たとえば「第六不悪口戒」には「人をのり（罵《ののし》り）はづかしめぬなり　総じて大人《たいじん》は人をあなどらぬを要とす　万民みな天地の子なり　これをあなどれば天の道にそむくなり　家も和睦し　四海も泰平に　草木まで花果うるはしき　此《こ》ノ戒の徳なり」という。

江戸時代には飲光にかぎらず、鈴木正三《すずきしょうさん》（一五七九～一六五五年）、盤珪永琢《ばんけいようたく》（一六二二～一六九三）、白隠《はくいん》（172ページ）なども生活のなかの仏教を説き、人生訓に展開して、いわゆる道歌が多く生まれた。

【慈雲飲光】一七一八～一八〇四年／真言宗の僧。号は慈雲、僧名は飲光。高松藩の武家に生まれ、十三歳で出家得度。正法律の提唱のほか、梵文経巻を研究して約一千ものサンスクリット語辞典『梵学津梁《ぼんがくしんりょう》』をまとめた。

みほとけに産湯《うぶゆ》かけたか郭公《ほととぎす》
天上天下《てんじょうてんげ》たつたひと声

四方赤良《よものあから》

（『狂歌才蔵集』）

ホトトギスの鳴き声は「特許許可局《とっきょきょかきょく》」「テッペンカケタカ」などと聞きなされるが、江戸時代には「産湯カケタカ」とも聞かれたようである。旧暦四月八日の灌仏会《かんぶつえ》（花祭り）のころにはさかんに鳴くので、甘茶をかける幼児姿の釈迦像にちなんで「産湯かけたか郭公《ほととぎす》」。そして、釈迦は生まれ落ちると立ち上がって七歩あるき、右手で天を、左手で地を指差して「天上天下唯我独尊《てんじょうてんげゆいがどくそん》」と告げたという。さすが仏様だが、ホトトギスはそんな手間はかけない、たった一声だ、と笑う。

権威を茶化す笑いは奈良時代からあった。『万葉集』に「僧を戯《なぶ》り嗤《わら》ふ歌一首」として「法師《ほうし》らが鬚《ひげ》の剃《そ》り杭《くい》　馬繋《つな》ぎ　いたくな引きそ僧《ほうし》は泣かむ」がある。「あの僧らのヒゲの剃り跡といったら木の杭みたいだ。馬をつないで引っぱったりしてはいけないよ、僧が泣いてしまうから」と笑う。それに対して「法師の報《こた》ふる歌一首」があり、「檀越《だんおつ》や　然《しか》もな言ひそ里長《さとおさ》が　課役徴《かやくはた》らば汝《いまし》も泣かむ（そんなに言いなさんな。里長が税を徴収しにきたら、おまえさんも泣くだろう）」と返した。僧と民衆に、こんなやりとりもあったのだろう。しかし、五七五七七の形で狂歌《きょうか》がさかんに詠まれるようになったのは江戸時代中期である。その代表的な作者が大田南畝《おおたなんぽ》の名でも知られる四方赤良だった。明和四年（一七六七）

に狂詩・狂文集『寝惚先生文集《ねぼけせんせいぶんしゅう》』を刊行し、狂歌流行のきっかけをつくった。

五七五の川柳《せんりゅう》も流行する。柄井川柳《からいせんりゅう》（一七一八〜一七九〇年）が選んだ句が明和二年（一七六五）に『誹風柳多留《はいふうやなぎだる》』として刊行されてから毎年編まれ、川柳の句会もさかんに開かれるようになった。有名な「宗論はどちら負けても釈迦の恥」は、能・歌舞伎の間狂言《あいきょうげん》の『宗論』が元になった。善光寺参りの浄土僧と身延詣《みのぶもう》での法華僧が旅で同宿となり、互いに自分の宗旨が優れていると言い合って論争になる。だんだん熱をおび、相手につられて法華僧が「南無阿弥陀仏」、浄土僧が「南無妙法蓮華経」と取り違えてとなえてしまう。そして二人の僧は「法華も、弥陀も隔てはあらじ」と言って去っていく。明治以降に落語の『宗論』もうまれ、そのなかに「宗論はどちら負けても釈迦の恥」が出てくる。

ところで、江戸時代には「宗門檀那請合之掟《しゅうもんだんなうけあいのおきて》」という文書が寺々におかれた。この掟は檀家制度を固定し、葬式・法事は菩提寺《ぼだいじ》（旅先・奉公先では同宗派）の僧に頼まなければならないことになった。しかし、それさえ守れば、どんな信心をしようがかまわない。それどころか、他宗への布施を禁じる法華宗不受不施派《ふじゅふせは》はキリシタンとともに禁教とされた。江戸時代には宗派を問わず寺社の縁日や出開帳、種々の講が娯楽ともなり、仏のことも親しまれて狂歌や川柳にも詠まれたのだった。

【四方赤良】一七四九〜一八二三年／江戸の幕臣で実名は大田覃《ふかし》。狂歌師としての四方赤良・寝惚《ねぼけ》先生のほか、南《なん》畝《ぽ》・蜀山人《しょくさんじん》などと称し、洒落本、漢詩などを多く書いた。

鉢の子にすみれたむぽぽこき混ぜて
三世《みよ》のほとけにたてまつりてな

良寛禅師《りょうかんぜんじ》（『阿部家横巻』）

「鉢の子」と愛《いと》おしくよぶ托鉢の鉢にスミレやタンポポを混ぜ合わせて「三世のほとけ」にたてまつる。「わが宿は越《こし》の白山《しろやま》冬ごもり行き来の人の跡《あと》かたもなし」（歌集『布留散東《ふるさと》』）という雪深い越後の冬が終わって野に花が咲くころの喜びはひとしおだ。

良寛の故郷は越後の海辺の出雲崎《いずもざき》である。北前船と佐渡航路の要港で、北国街道も通る。生家は橘屋《たちばなや》という廻船問屋で、代々、山本新左衛門《やまもとしんざえもん》を名乗る名家だった。良寛は長男で名を栄蔵《えいぞう》という。跡取り息子なのだが、家業になじめず、二十二歳のときに曹洞宗の玉島円通寺《たましまえんつうじ》の国仙《こくせん》が巡錫《じゅんしゃく》してきたのを機に出家。円通寺での修行に入った。家は弟の泰儀《やすよし》（俳号は由之《ゆうし》）が継ぐ。

円通寺は現在の岡山県倉敷市にある。そこで良寛は十年余を過ごし、三十三歳で師の国仙から印可《いんか》を受けたが、その後も故郷には戻らなかった。

三十八歳のとき、良寛は突然、父の訃報をうけた。隠居していた父が京に出て桂川で入水《じゅすい》。京で漢学塾の教師をしていた末弟の香《かおる》に「天真仏《てんしんぶつ》の仰《おお》せにより以南《いなん》を桂川の流《ながれ》に捨つる」と書き置き、「蘇迷《そめい》盧《ろ》の山をしるしに立て置けば我が亡き跡はいつの昔ぞ」と記してのことだった。「以南」は父の俳号である。

「蘇迷盧」はインド神話の宇宙峰スメール（須弥山《しゅみせん》）のこと。日月も星々も、その周囲を巡る。以南は「須弥山を墓標に立てておいた」という辞世を遺したのだが、入水の理由は詳《つまび》らかではない。

この父の入水の翌年、良寛は円通寺を辞して帰郷の途につく。おそらく僧籍も捨ててのことだろう。

その翌年、弟の香が父と同じ桂川で入水。享年二十七歳だった。

そのころ、出雲崎では隣町の尼瀬《あまぜ》の廻船問屋が力を伸ばし、橘屋は衰勢にあった。弟の由之《ゆうし》は町民から金《かね》を借りて返せなくなり、奉行所に訴えられた。そして良寛五十三歳のとき、由之は家財没収・所払いになり、室町時代からつづいた橘屋が潰《つい》えた。それもこれも長男の栄蔵（良寛）がしっかり跡を継がなかったからだと、故郷の人びとは良寛を「ばか息子」とののしった。子どもたちも良寛をばかにした。そんな状況を詠んだ詩が良寛の詩集『草堂集貫華』にある。

十字街頭乞食了　十字街頭《じゅうじがいとう》に乞食《こつじき》し了《おわ》り（町の辻を托鉢《たくはつ》してまわり）
八幡宮辺方徘徊　八幡宮辺《はちまんぐうへん》　方《まさ》に徘徊《はいかい》す（八幡神社の西あたりをあてもなく歩いた）
児童相見共相語　児童相見《じどうあいみ》て共《とも》に相語《あいかた》る（子どもらが私を見て言い交わす）
去年痴僧今復来　去年《きよねん》の痴僧《ちそう》　今復《いまま》た来《きた》ると（去年のバカ坊主がまた来たぞ、と）

良寛はどこか見知らぬ土地の曹洞宗の寺の住職になることもできたはずである。しかし、あえて針の筵《むしろ》の故郷に戻った。人の視線が厳しい故郷で自我を捨てる修行を決意したのだろう。

ふりかえれば良寛は、上目づかいで人をにらむ目つきの悪い子どもだった。そんな良寛が父と弟の自死や橘屋の滅亡といったことへの重い自責の念を克服するには、針の筵を突き破って、後年の書にある「天上大風」、すなわち青空を風が吹き渡るようなところに行かねばならない。それは良寛が信仰した法華経の「如来神力品《にょらいじんりきぼん》」に「如風於空中《にょふうおくうちゅう》・一切無障礙《いっさいむしょうげ》（風の空中に於ける如く一切の障礙なし）」と説かれていることであり、先にあげた詩の「十字街頭」は経典で仏のいる場所を意味する語なので、そこに自分の居場所を求めたのだろう。

良寛が自筆歌集『布留散東《ふるさと》』を編んだのは、帰郷から十五年もたった五十四歳のころである。そこには無心に遊ぶ春の日など、ふるさとの四季がうたわれているのだが、厳密にいえば、良寛が故郷に帰ることはできなかった。良寛の草庵跡は出雲崎の周辺に点在しており、出雲崎の町内にはひとつもない。また、草庵の多くは、海が見えず波音も聞こえないところにある。海を歌に詠むこともほとんどなかった。谷川敏朗ほか編『定本良寛全集』にある約千五百首のうち海の歌は二十首ほどにすぎない。その数少ない海の歌のなかに、「たらちねの母が形見と朝夕《あさゆう》に佐渡の島べをうち見つるかも」「いにしへに変はらぬものは荒磯海《ありそみ》と向かひに見ゆる佐渡の島なり」がある。この二首を良寛は由之への手紙に書いた。佐渡は亡き母の生地である。たとえ所払いになっても、母の形見の佐渡島《さどがしま》は変わらずに見えている。

由之は廻船問屋や俳句の知人を頼って福井や蝦夷地などを転々としたが、晩年は父の生地でもある与板《よいた》（信濃川の港町）で俳諧の宗匠《そうしょう》として暮らした。良寛が晩年に寄寓した島崎村の木村家の納屋《なや》（島崎草庵）とは塩之入峠《しおのりとうげ》という長い峠道を隔てたところにある。家を継がなかった兄を恨んでもよい由之だったが、その峠を越えて島崎をしばしば訪れ、歌や手紙を交わした。

良寛七十三歳の天保元年（一八三〇）十一月、初雪が降った。由之は良寛の容態がよくないと聞いたが、雪で峠を越えるのが難しくなったので手紙を送った。由之の『八重菊《やえぎく》日記』にそのときの贈答歌が記されている。「雪降れば道さへ消ゆる塩入《しおのり》の御坂《みさか》造りし神し恨《うら》めし」（由之）、「わが命さきくてあらば春の日は若菜つむつむ行《ゆき》て逢《あい》みむ」（良寛）。良寛は命が存《ながら》えるなら春の若菜を摘みに行きたいと願ったが、それはかなわなかった。同年十二月、激しい下痢に見舞われた。由之は雪の峠を越えて島崎を訪れ、翌年一月六日、七十四歳の良寛を看取った。その後、天保五年に由之も没（享年七十三）。兄弟の墓は木村家の菩提寺である島崎の浄土真宗隆泉寺《りゅうせんじ》に並んで立っている。

なお、前述の父の死後、良寛は「淡雪《あわゆき》の中に立てたる三千大千世界《みちおおち》　またその中に泡雪《あわゆき》ぞ降る」と詠んだ。三千大千世界は全世界のこと。その中に雪が降る。その雪の一片《ひとひら》一片にまた三千大千世界がある。「蘇迷盧《そめいろ》」の歌を遺した父も、自分も、そのような雪の一片としてとらえたのだろう。

【良寛】一七五八～一八三一年／僧号は大愚良寛。良寛は出雲崎の廻船問屋に生まれたが、二十二歳で出家。弥彦《やひこ》連峰国上山《くがみやま》の山麓の五合庵《ごごうあん》など、出雲崎周辺の草庵に暮らす。歌集『布留散東』、詩集『草堂集貫華《そうどうしゅうかんげ》』、詩偈集『法華転』『法華讃』などのほか、晩年の島崎草庵の時期に訪れた貞心尼《ていしんに》と交わした歌集『はちすの露』がある。

ぼた餅《もち》や藪《やぶ》の仏も春の風　小林一茶《こばやしいっさ》（『おらが春』）

風がやわらぐ春彼岸のころ、藪のなかの野仏にもぼた餅が供えられている。のどかな風景が思いうかぶが、悲しい背景がある俳句である。

この句は俳文集『おらが春』の「まゝ子」の節にあり、次のように書かれている。

「昔、大和国立田村《やまとのくにたつたむら》（奈良県斑鳩町）に恐ろしい女がいた。継子《ままこ》に十日ほど食べ物を与えずに飯を盛った椀を見せ、「あの石地蔵が食べたら、おまえにもやるよ」と言った。継子が石地蔵の袖にすがって食べてほしいと願うと、不思議なことに、石の仏が口をあけ、むしゃむしゃと食べた。さすがに鬼のような継母の角もぽっきりと折れ、それからは自分の子と隔てなく育てるようになった。この地蔵菩薩は今もあり、おりおり供物がそなえられている」。

この話のあとに「ぼた餅や」の句が書かれている。また、『おらが春』の「親のない子」の節には「親のない子は爪をかんで門口に立ち、子どもらに囃《はや》されて心細く裏の畑に積まれた薪や茅《かや》の陰にうずくまっている」という文につづいて「我と来て遊べや親のない雀　六才　弥太郎」という句がある。

弥太郎は一茶の実名だから、六才（『七番日記』では八才）のころの追憶を句にしたのだろう。じつは一茶も継子で「親のない雀」だった。「痩蛙《やせがえる》まけるな一茶是《これ》に有《あり》」「やれ打つな蝿が手をすり足をする」「馬の子の故郷はなる〻秋の雨」などの心優しい句をつくった一茶は、在世時から俳句の宗匠として世に広く知られてはいたが、その生涯はつらいものだった。

一茶は三歳で生母と死別し、八歳のときに継母が来た。生家は信濃の豊かな農家だったが、継母との折り合いが悪く、十四歳のときに江戸に出る。その後、江戸を中心に近畿・四国・九州を旅して俳句の修行をし、三十九歳のときに故郷に戻った。しかし、継母と遺産相続をめぐり十数年にわたって争い、妻や子と死別するなど、暮らしは平穏ではなかったのである。

その悲劇は自身の性格によるところも大きかったので「ぼた餅や藪の仏も春の風」といった穏やかな句に安らぎを求めたのかもしれない。

小林一茶旧宅　本宅は一茶 65 歳のときに柏原宿の大火で焼け、以後 66 歳で没するまで、この土蔵で暮らした。（写真提供＝長野県しなの町観光協会）

【一茶】一七六三～一八二八年／本名は小林弥太郎。北国街道の柏原宿（長野県信濃町）に生まれる。江戸に出て俳諧を学び、三十九歳のときに帰省。その後、三度妻を娶るが、死別・離縁、子にも死なれるなど、次から次へと悲劇にみまわれた。

音もなく香《か》もなく常に天地《あめつち》は
一切経《いっさいきょう》を繰り返しつつ

二宮尊徳 にのみやそんとく

（『道歌集』）

二宮尊徳、というより薪を背負って書を読んでいる金次郎像でなじみぶかい。金次郎は幼名である。尊徳は現在の神奈川県小田原市の農民の子として生まれた。少年のころから小田原の酒匂川《さかわがわ》の氾濫で荒廃した土地の復興につとめ、二十六歳の文化九年（一八一二）に小田原藩家老の服部家に仕えて財務再建にあたり、二年後には千両もの負債を償却したという。その後、現在の茨城県、千葉県、栃木県などの各地で藩の財政や農村の復興にあたった。おりから天明の大飢饉のころである。

尊徳は地味や気候などを現地で調べて産業育成の計画を練る「仕法《しほう》」という方法で指導した。その心得は勤労と分度《ぶんど》（財産・収入に応じた生活をする）・推譲《すいじょう》（分度によって生じる剰余金を他に譲り回転させる）の三つで、その全体は報徳《ほうとく》を基本とする。天・地・人の三才《さんさい》（三つの働き）を徳として、それに報いるために勤労・分度・推譲につとめるのが仕法の精神である。しかし、天・地にまかせているだけでは人の道はなりたたない。門人の福住正兄《ふくずみまさえ》がまとめた『尊徳翁夜話』に尊徳はこう言ったという。

「畜道《ちくどう》（動物の生き方）は天理自然の道であるが、雨にぬれ、日に照らされ、好きなだけ食べてなくなれば飢える。人は家をつくって風雨を防ぎ、米粟を蓄え、寒暑にそなえて衣服をつくる。これは自然の道ではなく、作為の道である。作為の道は怠れば廃《すた》れる」（抄訳／巻之一・五）、「人道《にんどう》は私欲を制するを道とし、田畑の草を取ることを道とする。天理は万古変《へん》せず、人道は一日怠れば忽《たちま》ちに廃《はい》す。私欲は田畑に生える草である。この草を取り、自分の心に米麦を繁茂させるのが勤めだ」（同六）。よって、勤労・分度・推譲につとめるのが人道である。尊徳の仕法書には、その哲学をあらわす春夏秋冬の「因果輪廻《いんがりんね》」の図、「天」を中心に神・仏、農・商・工・医などが円環状に働く図などが書き込まれている。右の歌に「天地は音も香もなく常に一切経をくりかえしている」というのは、万古変することのない天理が常に天地に働き、耳に聞こえなくても如来の働きを秘めている、ということである。

この歌は明治三十年（一八九七）に孫の二宮尊親《たかちか》が刊行した尊徳の『道歌集』にある。ほかに「山寺の鐘撞《つ》く僧は見えねども四方《よも》の里人時《とき》を知りなん」「世の中は深き淵瀬《ふちせ》の丸木橋　ふみはづさじとわたれ旅人」などの道歌百四十四首、「天地《あめつち》や無言の経をくりかへす」などの俳句が収められている。

尊親は北海道豊頃町《とよころちょう》で開拓の祖とされている。そのほか、静岡県掛川市の本社をはじめ全国各地に尊徳の志をつぐ報徳社が設立された。また、少年期の金次郎の伝説が道話《どうわ》（教訓話）となって明治時代に小学校の修身の国定教科書にのり、昭和の戦前にはほぼすべての小学校に金次郎像が置かれた。

【二宮尊徳】一七八七～一八五六年／実名の読みは「たかのり」。報徳仕法とよばれる方法で荒地の復興や増産につとめた経世家・農政家。五常講という金融の互助組織をつくり、信用組合の祖とされる。

❖道歌・道話の時代

世法即仏法

江戸時代初期に沢庵《たくあん》（160ページ）が剣と禅の一致を説いたころ、禅僧の鈴木正三《すずきしょうさん》（一五七九〜一六五五年）が世法（俗世のことがら）と仏法を車の両輪として世法即仏法《せほうそくぶっぽう》を説き、『万民徳用《ばんみんとくよう》』をあらわした。武士・農民・職人・商人の四民それぞれの日用（日常の心得）である。「農人日用」では、「後生一大事《ごしょういちだいじ》（来世の平安を祈って功徳《くどく》をつむことが一生の大事）と思うけれど、そのひまがない」という問いに「農業がすなわち仏道である」として、「極楽にうまれるか地獄におちるかは心による」と答える。「商人日用」では「正直の人は神仏の加護によって災難がのぞかれて自然に福を増し、万事順調である」という。そして鈴木正三は、それぞれの職にいそしむことが仏道だから、なにも出家して修行しなくてもいいとする。職人でも芸人でも、それぞれの道を究めた人を「名人」として尊敬する文化がこのあたりから生まれた。

江戸中期の慈雲飲光《じうんおんこう》（176ページ）は、正法律《しょうぼうりつ》と称する十善戒《じゅぜんかい》を人生訓として解釈して、元来は「仏になる道」であるはずの仏道を「人になる道」として説いた。仏教では「人間」は苦悩の六道のひとつで、煩悩に染まった状態とされていたので大きな転換であるが、これは江戸時代の僧の多くに見られる言説である。

日本では、飛鳥時代の聖徳太子（12ページ）のころから在家主義が指向された。平安時代には最澄（32ページ）の大乗戒壇の創設や空海（34ページ）の即身成仏《そくしんじょうぶつ》の提唱をへて、煩悩即菩提《ぼんのうそくぼだい》（煩悩がさとり）、山川草木《さんせんそうもく》悉皆成仏《しっかいじょうぶつ》（山も川も草木もみな仏）、一切衆生悉有仏性《いっさいしゅじょうしつうぶっしょう》（だれにでも仏性がある）等とさかんに言われるようになった。そうした考え方が江戸時代に熟成され、「どんな人にも仏心《ほとけごころ》がある」「根っからの悪人はいない」「本心は悪くない」といった性善説にもとづくヒューマニズム（人間中心主義）が育まれた。今も「人間らしい」「人間らしく生きる」といった言葉に「人間」であることを良しとするヒューマニズムが生きている。

心を学ぶ

沢庵が「心だにまことの道に入《いる》ならば」と詠んでいるように、日本の仏教では「心」が非常に重視され「是《ぜ》心《しん》是《ぜ》仏《ぶつ》（心が仏）」ともいう。修身斉家《しゅうしんせいか》（身を修《おさ》め家を斉《ととの》えること）が重んじられた江戸時代には、「心」を説く仏教と忠孝を説く儒教が混淆《こんこう》して庶民道徳の心学《しんがく》が生まれた。京都の商人だった石田梅岩《いしだばいがん》（一六八五〜一七四四年）の石門心学《せきもんしんがく》をはじめ、それは世間を生きる心のもちかたを学ぶものだった。梅岩の弟子の手島堵《てじまと》庵《あん》が子ども向きに書いた『児女ねむりさまし』より「いろはうた」の最初の三首をあげる。

「いぢがわるふは生《うま》れはつかぬ直《すぐ》が元来《もとより》うまれつき（意地悪は生まれつきではない。元来、素直が生まれつき）」

「ろくなこゝろを思案《しあん》でまげる　まげねば《ニャ》まがらぬわがこゝろ（まっすぐな心を思案で曲げる。曲げなければ曲がらない自分の心なのに）」

「はぢをしれかしはぢをばしらにや恥のかきあきするものじや（恥を知れ。恥を知らねば恥をかきすぎる）」

このように道を説く教訓和歌を「道歌」という。江戸時代には昔の名僧や文人の作だという道歌集がよく出版された。たとえば江戸後期の『道歌百人一首麓枝折《ふもとのしおり》』は、聖徳太子の「櫓《ろ》も櫂《かい》も我れとは取らで法《のり》の道　ただ船主《ふなぬし》に任せてぞ行く」を第一首として、伝教大師の「末の世は祈り求むるそのことの　験《しるし》なきこそ験なりけり」（第七首）、弘法大師の「悪《あ》しとも善《よ》しともいかに言い果てん　折々かわる人の心を」（第八首）、親鸞聖人の「人間に住みし程《ほど》こそ浄土なれ　悟りてみれば方角もなし」（第三十九首）、千利休《せんのりきゅう》の「寒熱《かんねつ》の地獄に通う茶柄杓《ちゃびしゃく》も　心なければ苦しみもなし」（第七十四首）などが、その「百人一首」に選ばれている。実作ではなく、その人に仮託して伝えられた歌である。

江戸時代にとりわけ人気を得たのが一休（146ページ）である。『一休咄《ばなし》』『一休諸国物語』『一休骸骨《がいこつ》』など、いろいろな逸話集が編まれて道話《どうわ》（教訓話）として好まれた。そこに道歌も多く記されている。『一休咄』巻一から例をあげれば、仏法の心得を問われて、一休は「仏法はなべ（鍋）のさかやき（月代）石のひげ　絵にかく竹のともずれのこえ（すれあう音）」と答えた。ありもしないものを、いたずらに求めてはならないということである。また、「世法とは」と問われて「世の中は食うてはこして（便器に大便をして）ねて起きて　さてその後は死ぬるばかりよ」と答えた。ことさらに「世法とは何か」などとこだわることがいけない。

道歌や心学道話は明治以降も好まれた。二宮尊徳《にのみやそんとく》（186ページ）の道歌や訓話がさかんに出版されたのも明治以降である。良寛（180ページ）も、新潟県糸魚川出身の詩人・評論家の相馬御風《そうまぎょふう》が大正七年（一九一八）に「私一個の修養」として評伝『大愚良寛』を出し、昭和五年（一九三〇）に子ども向きの逸話集『良寛さま』を出してから天真爛漫な僧として広く知られ、底抜けに人間らしい生き方として好まれるようになった。何かとストレスが問題になる近年は良寛に「心のゆとり」を学ぼうとする本が多い。

道歌・道話は、明治から昭和の前半まで、親孝行や親切、努力、愛国などを説いて、国民の道徳といえるものを育んだ。その柱だった忠君愛国が戦後は忌避されたので道歌・道話も衰えたかのようにみえるが、戦後の仏教はもっぱら人生論を説くようになり、道話のような説法や人生論的な仏教書の刊行がさかんである。

宮沢賢治（238ページ）の「雨ニモマケズ」も、相田みつをの「つまづいたって　いいじゃないか　にんげんだもの」といった言葉も、一種の道歌として親しまれているといえよう。

【第五部】近現代

荒れはてゝ千代《ちよ》になるまで鐘の音《ね》の
聞《きこ》ゆるかたや奈良の大寺《おおてら》

福田行誡《ふくだぎょうかい》

（歌集『於知葉集』）

福田行誡は現在の東京都台東区に生まれた。士族の次男だという。六歳のときに浄土宗の小石川伝《こいしかわでん》通院《づういん》で出家得度。明治維新を迎えたのは満六十八歳、両国回向院《りょうごくえこういん》（東京都墨田区）の住職をしていたときだった。維新政府は慶応三年（一八六七）十二月に「諸事神武《じんむ》創業《そうぎょう》ノ始《はじめ》ニ原《もとづ》キ」という「王政復古の大号令」を発し、翌年、明治と改元。明治二年には太政官の下に民部省・大蔵省などの六省をおき、それとは別に太政官と並ぶ最高官庁として神祇官《じんぎかん》をおいた。古代の律令制に戻ったかのようだが、その意図はイギリスやプロイセン（ドイツ帝国）にならって天皇を戴く国民国家を建設することにあった。だが、神祇官は仏教や儒教を排斥して本来の「やまと」を回復しようとする国学の影響をうけ、慶応四年三月をはじめ数次にわたって神仏分離令を発した。しかしそれは政府主流の考えではなかった。その後、神祇官はめまぐるしく改変されたが、小倉慈司・山口輝臣著『天皇と宗教』（講談社、二〇一一）には「神祇官に結集した国学者らによる施策、すなわち祭政一致の高唱、神仏分離、神社の優遇、キリスト教の敵視などを、誤っているとか、やり過ぎであると考えた政治家が、方向転換を図ったのである。藩閥政治家の主流派、木戸孝允《きどたかよし》・大久保利通《おおくぼとしみち》・大隈重信《おおくましげのぶ》・伊藤博文《いとうひろぶみ》らはほとんどそう考えるようになる。（中略）かれらにしてみれば、神祇官を再興したこと自体が誤りだった」という。

このため、神道による国民教化をやわらげ、明治五年には「敬神愛国」「天理人道」「皇上奉戴」を広める社会教育機関として、中央に大教院、地方に中教院をおき、各地の寺社に小教院をおいた。その教導職には神官、僧侶などが任じられ、人や家族のありかた、民の権利と義務などについて講義した。大教院は東京の増上寺におかれ、そのなかの浄土宗大教院の学頭には福田行誡がなった。

しかし、神仏分離と廃仏毀釈《はいぶつきしゃく》による破壊はすさまじいものだった。掲題の歌にいう「奈良の大寺」は興福寺のことで、とりわけ激しい破壊がおこなわれ、多くの仏像が壊された。

掲題の歌は自選の歌集『於知葉集《おちばしゅう》』に「奈良にやどりたる夜望《もち》の夜なりければ　これより下は酉年《とり》（明治十八年か）紀行のうちなり」と詞書《ことばがき》のある連作。その第一首は「さるさはの池の玉藻《たまも》と見ゆるまで影すみわたる望の夜の月」という静かな歌。第二首は「元興寺《がんごうじ》の大塔やけたり瓦《かわら》拾ひてかへる」の詞書で「いにしへのあとは煙のたちかへて瓦うもるゝ庭の草むら」。第三首が掲題の歌で「興福寺にて」の題がある。荒れ果てても千代に鐘の音は聞こえる。仏法の永続を思うのだろう。

なお、江戸幕府による寺請制度がなくなっても、諸宗の寺は家々の先祖供養を担って存続した。

【福田行誡】一八〇九～一八八八／増上寺七十世、知恩院七十六世をつとめ、東西が統合した初代浄土宗管長になる。神仏分離にさいし明治元年に結成された諸宗同徳会盟の中心人物の一人。歌人としても知られる。

わが庵《いお》は膝《ひざ》を入《い》るるにあまりあり
いざ宿かさむ峰のしら雲　釈宗演《しゃくそうえん》（『楞伽窟歌集』）

禅僧を雲水《うんすい》という。行雲流水《こううんりゅうすい》の略で、諸国を行脚《あんぎゃ》して修行することが、行く雲、流れる水にたとえられるからだ。右の短歌も行雲流水の心をふまえたものであろう。初句に「庵」というのは小さく質素な住房をさし、それでも「膝を入るる」がちょっとわかりにくい。釈宗演の『楞伽窟歌集《りょうがくつ》』には、この歌の前に「世をすてし身にも旅路はおもしろし舟も車も吾が庵にして」があるので、膝を屈してすわる車の座席のようなところを意味するのかもしれないし、寺の小さな庵でも膝を折って坐禅するには余りある広さだというのかもしれない。いずれにせよ、どこにいても我が庵は広大である。峰をゆく白雲にも宿を貸してやろうと泰然とした境地が詠まれている。

釈宗演は明治の国際派の禅僧で、アメリカに初めて「ZEN」を伝えた僧である。農家の二男に生まれ、満十歳の明治三年（一八七〇）に京都の妙心寺で出家。十八歳で鎌倉円覚寺にうつり、二十五歳で慶應義塾に入学。明治二十年（一八八七）、二十七歳で英領セイロン（現在のスリランカ）に渡り、三年間、僧院で暮らしながらパーリ仏典を学んだ。「楞伽窟《りょうがくつ》」は宗演の号で、「楞伽」はスリランカのことであり、悪魔ランカーの要請をうけて釈迦が説いたという楞伽経（禅宗で重視された経典）のことでもある。

明治二十六年（一八九三）、宗演はシカゴ万国博覧会の一環で開かれた万国宗教会議に出席し、ブッダの因果の法について演説。アメリカの仏教哲学者の依頼をうけて在家の弟子の鈴木大拙《すずきだいせつ》（一八七〇～一九六六年）を渡米させた。明治三十八年にふたたび渡米してサンフランシスコで約九か月滞在し、禅を指導した。このとき鈴木大拙が通訳にあたり、ともにZENをひろめたのだった。

『楞伽窟歌集』は佐佐木信綱《ささきのぶつな》（208ページ）の編で釈宗演の短歌百五十首を集め、没後の大正十年（一九二一）に鎌倉の東慶寺《とうけいじ》から発行された。国立国会図書館にも収蔵されていないので目にふれにくいが、禅文化研究所発行の雑誌『禅文化』第二五〇号（二〇一八年）の「釈宗演老師壱百年遠諱」特集に十六首が抜粋・解説されている。この項もそれによった。あと二首をあげる。

「鶯もいまだねぶ《ぶ》りてあしびきの山しづかなる春のあけぼの」。まだ鳥も目覚めぬ早朝、独り坐す僧の姿がしのばれる。「病みてあれば日の暮おそき山寺に碧巌《へきがん》をよむ雨いまだやまず」。「碧巌」は中国の公案集『碧巌録』のこと。釈宗演は四十六歳の明治三十九年（一九〇六）から十年間、徳富蘇峰《とくとみそほう》ら近代の知識人が結成した碧巌会で毎月、『碧巌録』を講じた。その時期か、もっと晩年の作だろう。

【釈宗演】一八六〇～一九一九年／臨済宗円覚寺派・建長寺派管長、臨済宗大学（花園大学）第二代学長などをつとめる。鈴木大拙・夏目漱石らが参禅するなど、近代の知識人に大きな影響を与えた。『西遊日記』（二〇〇一年に大法輪閣より再刊）には当時のスリランカの僧院のようすのほか、植民地の悲惨なことなどが書かれている。

盧舎那仏《るしゃなぶつ》仰ぎて見ればあまたたび
継がれし首の安げなるかな

森鷗外《もりおうがい》

（「奈良五十首」）

鷗外は陸軍軍医としてドイツに留学し、軍の糧食の改善に取り組むなど、近代日本の軍政に衛生面から功績があり、明治四十年（一九〇七）には陸軍軍医総監・陸軍省医務局長になった。また、作家として古典や歴史に造詣が深く、大正五年（一九一六）の退官の翌年には帝室博物館（現在の東京国立博物館）総長に就任。正倉院宝庫の管理のために奈良に一時滞在したほか、大正十一年七月に享年六十一歳で病没する年まで数度にわたって奈良に旅行した。「奈良五十首」は大正十一年一月発行の文芸雑誌『明星』に掲載された連作短歌で、鷗外のまとまった作品としては、これが最後になる。

右の句の「盧舎那仏」は東大寺の大仏のこと。東大寺は大きな騒乱があいついだ奈良時代に聖武天皇が鎮護国家の祈念をこめて建立した（七五二年開眼）。その後、東大寺は源平合戦時の治承四年（一一八〇）と戦国末期の永禄十年（一五六七）に戦火によって炎上し、大仏の銅が溶けて頭部が落ちたが、そのたびに広く民衆にも寄進を募って再建された。鷗外の歌に「あまたたび」というのは、そのほかにも数々の苦難を越えて千二百年、今は安らげであるというのだろう。

この歌は「奈良五十首」のうち「東大寺」と題する三首の第二首である。第一首は「別荘の南大門の東西《とうざい》に立つを憎むは狭しわが胸」。東大寺界隈に今は富豪の邸宅がならぶ。それを憎々しく思うのは自分の心が狭いからだと自戒する。第三首は「大鐘《おおがね》をヤンキイ衝《つ》けりその音は　をかしかれども大きなる音」。ヤンキイはアメリカ人に限らず、欧米の白人をいうのだろう。鐘の音の風情に変わりはないけれど、大柄な白人がつく音は大きい。そのように古都も変化しているが、「奈良五十首」には「とこしへに奈良は汚さんものぞ無き　雨さへ沙《すな》に沁《し》みて消ゆれば」と古都の汚れないことを詠み、「夢の国燃ゆべきものの燃えぬ国　木の校倉《あぜくら》のとはに立つ国」と、木造の正倉院が燃えずに残ったことを奇跡と見て、大和の国の夢の都が永遠《とわ》にあることのしるしと詠んでいる。

　しかし、新薬師寺のそばには陸軍歩兵連隊の駐屯地がつくられ、そのラッパの音が朝夕の鐘の代わりとなって、「殊勝なり喇叭《ラッパ》の音に寝起《ねおき》する新薬師寺の古き仏等《ほとけら》」となった。大正十年（一九二一）に首相の原敬《はらたかし》が暴漢に刺殺された事件を奈良で知った鷗外は「旅にして聞けばいたまし大臣《おとど》原　獣《けもの》にあらぬ人に衝《つ》かると」と詠み、世間の騒がしさは多くの天皇が眠る奈良の土さえ響《どよ》もすと「貪慾《どんよく》のさけびはここに帝王の　あまた眠れる土をとよもす」と詠んでいる。

【森鷗外】一八六二～一九二二年／本名は森林太郎。長州津和野藩の典医の長男として生まれ、東京帝国大学医学部を出て軍医になる。明治十七年（一八八四）ドイツに留学。陸軍軍医総監、帝室博物館総長等に就任。観潮楼と名づけた自邸で毎月、歌会を催し、斎藤茂吉、与謝野鉄幹・晶子、高村光太郎、北原白秋、石川啄木ら近代の各派の歌人が参加して交流した。小説には『舞姫』『高瀬舟』などがある。

おりたちて今朝《けさ》の寒さを驚きぬ
露しとく〳〵と柿の落ち葉深く

伊藤左千夫《いとうさちお》（『ほろびの光』）

左千夫は現在の千葉県山武市《さんむし》の農家に生まれたが、小学校卒業後、漢学の私塾に学び、十七歳の明治十四年（一八八一）に政治家を志望して明治法律学校（今の明治大学）に入学。しかし、眼病を患ったために中退して帰郷。明治十八年に実業家をめざして再度上京。神田にあった乳牛牧舎をはじめ、いくつかの牧舎に勤めたのち、二十五歳の明治二十二年に本所区茅場町《ほんじょくかやばちょう》（現在の墨田区江東橋付近）に牛舎を買って「乳牛改良社」を開業。搾乳・牛乳販売業を営むとともに、正岡子規の『歌よみに与ふる書』に感銘をうけ、三十六歳の明治三十三年に子規庵《しきあん》（台東区根岸）を訪ね、月一回の子規庵歌会にほぼ毎回出席するようになった。三歳下の子規を師と仰ぎ、子規没後の明治三十六年には根岸短歌会の機関誌『馬酔木《あしび》』を創刊して中心メンバーになった。同誌は明治四十一年に『アララギ』に発展し、斎藤《さいとう》茂吉《もきち》らも加わってアララギ派を形成する。

左千夫は「牛飼《うしかい》が歌詠む時に世の中の新しき歌大いに起る」と意気込みをうたう。その新しき世の明治国家において「国津祖《くにつおや》まつる足日《たるひ》を山津美《やまつみ》もいはひまつると花かざるらし」（明治三十四年「神武天皇祭の日桜花を詠める」）と万葉調を好むとともに、子規の写実主義をひきついで「搾《しぼ》りたる乳《ちち》飲ましむと吾《われ》来れば慕《した》ひあがくもあはれ牛の児《こ》」（明治三十八年「牛飼」）、「闇ながら夜はふけつゝ水の上にたすけ呼ぶこゑ牛叫ぶこゑ」（明治四十三年「水害の疲れ」）と生活を詠み、また、「人の住む国辺《くにべ》を出《い》てゝ白波が大地両分けしはてに来にけり」（明治四十二年「九十九里浜に遊びて」）と豪快に自然をうたう。

掲題の短歌は『アララギ』大正元年（一九一二）十一月号に掲載された。「ほろびの光」と題する五首の第一首である。「ほろびの光」の第三首は「秋草のしどろが端にものものしく生きを栄ゆるつはぶきの花」と詠み、衰え乱れた秋草の脇には初冬の花の石蕗《つわぶき》の花が勢いよく咲いて命の再生をものものしく告げる。第四首「鶏頭《けいとう》の紅古《ふ》りて来し秋の末や我れ四十九の年行かんとす」は、当時は初老と考えられた四十代も終わり、いよいよ老いがせまってくること。そして、第五首「今朝《けさ》のあさの露ひやびやと秋草や総《す》べて幽《かそ》けき寂滅《ほろび》の光」で連作「ほろびの光」の意味が明かされている。

左千夫は渡辺海旭《わたなべかいきょく》、加藤玄智《かとうげんち》らが創立した新仏教同志会に加わり、明治三十三年創刊の機関誌『新仏教』にも投稿した。「寂滅《ほろび》の光」は、雪山童子《せっせんどうじ》の偈《げ》の「寂滅為楽《じゃくめついらく》」の寂滅《じゃくめつ》、すなわち煩悩《ぼんのう》を滅した涅槃《ねはん》の光であり、寂光《じゃっこう》とよばれる静かな安らぎの光である。「露しと〳〵と柿の落ち葉深く」という露にぬれた落ち葉に寂光の静けさがやどっている。

【伊藤左千夫】一八六四～一九一三年／本名は幸次郎。千葉県の農家に生まれ、東京で乳牛牧舎を経営しながら正岡子規の門下になる。小説『野菊の墓』は明治三十九年、子規門下の句誌『ホトトギス』に発表された。

柿くへば鐘が鳴るなり法隆寺

正岡子規《まさおかしき》（『子規句集』）

知らぬ人がないほど有名な俳句だが、子規の作だとは知らなかったという人もある。作者が誰であれ人それぞれに懐かしく、のどかな古里の秋を思い浮かべることができるからだろう。日本のふるさとの原風景が、いにしえの斑鳩《いかるが》の里に聖徳太子が建立した古寺の名によって象徴されている。里の景色が大きく変わった現在、都会育ちが多くなった今でも日本の国民的な俳句だといえよう。もはや作者を離れているところに価値がある句なのだが、あらためてこの句が詠まれたときの状況をみてみよう。

子規が二十八歳の明治二十八年（一八九五）四月、日清戦争の終結が近いときに子規は日本新聞社の従軍記者として遼東《リャオトン》半島におもむいた。翌月、帰国の船中で喀血《かっけつ》し、神戸港に着くやただちに入院。日に何度も多量の血を吐く重篤の結核だった。

その後、八月二十五日に故郷の松山に戻り、おりから松山の中学校で教師をしていた夏目漱石の借家で同居する。二階に漱石が暮らし、一階で子規が療養しながら連日のように愚陀仏庵松風会《ぐだぶつあんしょうふうかい》と称する句会を開く。二か月たった十月二十六日、子規は結核性の脊椎カリエスによる腰痛をおして東京に戻ることにし、途次、奈良に行って三日過ごした。「柿くへば」の句は、そのときの作だ。随筆「くだもの」に「此《この》時は柿が盛《さかん》になつてをる時で、奈良にも奈良近辺の村にも柿の林が見えて何ともいへない趣《おもむき》であつた。柿などといふものは従来詩人にも歌よみにも見離されてをるもので、殊《こと》に奈良に柿を配合するといふ様な事は思いもよらなかつた事である。余は此《この》新らしい配合を見つけ出して非常に嬉しかつた」と記している。子規は情緒と形式に流れがちな和歌や俳句に対して「写実」を重視して革新をめざした。日常的な柿と古都を取り合わせた句は、当時は斬新な試みだったのである。

随筆「くだもの」には、さらに「或夜《あるよ》夕飯も過ぎて後、宿屋の下女にまだ御所柿《ごしょがき》は食へまいかといふと、もうありますという。（中略）柿も旨《うま》い、場所もいい。余はうつとりとしているとボーンといふ釣鐘の音が一つ聞こえた。彼女は、オヤ初夜が鳴るといふて猶《なお》柿をむきつゞけている。（中略）あれはどこの鐘かと聞くと、東大寺の大釣鐘が初夜を打つのであるといふ」とある。初夜は一日六時のうち、日が暮れて暗くなった宵《よい》の時刻だ。子規は東大寺に近い宿で好物の柿を食べながら宵の鐘を聞いた。

翌日、斑鳩に行く。「柿くへば」の句には「法隆寺の茶店に憩《いこ》ひて」の題が付されているが、「鐘が鳴るなり」は実際には東大寺の鐘だった。また、好天の秋の日ではなく、雨が降っていたという。そのうえ、腰がひどく痛む。この句はそんな現実を突き抜けたところにある。

【正岡子規】一八六七〜一九〇二年／本名は常規《つねのり》。松山の藩士の家に生まれる。日本新聞社で文芸を担当し、写実主義による俳句と和歌の革新運動をおこす。右の奈良紀行からもどってから子規庵《しきあん》と称する借家（台東区根岸）に病臥しながら新聞『日本』の俳句欄の選者として仕事をつづけた。病状は年を追うにつれて悪化。ついには坐ることもできず、激しい痛みに耐える惨状は日々の随筆『病牀六尺』などに赤裸々につづられている。

何事ぞ手向《たむ》けし花に狂ふ蝶

夏目漱石《なつめそうせき》

（正岡子規あて書簡）

満二十四歳の明治二十四年（一八九一）、東京帝国大学文科二年のときの句である。その七月二十八日、兄嫁の登世《とせ》が重い悪疽《おそ》（つわり）で死亡した。兄嫁とはいえ漱石と同い年だ。その若い死を漱石は友人の正岡子規《まさおかしき》あての手紙（八月三日付）で「浮世《うきよ》の夢廿《二十》五年を見残して冥土へまかり越し申候《もうしそうろう》　天寿は天命　死生《ししょう》は定業《じょうごう》とは申しながら洵《まこと》に〱に口惜しき事致候《ことにいたりそうろう》」と書いている。

その手紙に漱石は、登世は「人間としてまことに敬服すべき婦人」だったが、「平生仏《ほと》けを念じ不申候《もうさずそうら》へば極楽にまかり越す事も叶《かな》ふ間《ま》じく耶蘇《やそ》の子弟（クリスチャン）にも無之候《これなくそうら》へば天堂（天国）に再生せん事も覚束《おぼつか》なく（中略）夢中に幻影を描きここかしこかと浮世の羈絆《きはん》（結びつけるもの）につながるゝ死霊を憐みうたゝ不便《ふびん》（不憫）の涙にむせび候」と述べて十三首の喪情の句を連ねている。右はその第九首で、葬儀の手向けの花に蝶が飛んできて狂ったように舞っているという。

これは、いったい何事なのか。葬儀の花に蝶が飛んでくるようなことが実際にあるのだろうか。子を身ごもりながら死んだ女性の思いが「浮世の羈絆につながるゝ死霊」になり、供物の花のまわりを蝶になって舞うのだろうか。あるいは、その女性への思いがなお狂おしく幻視の蝶になって舞うだろうか。この句に兄嫁への禁断の恋をみる解釈もある。

その十三首の最初は「朝貌《あさがお》や咲た許《ばか》りの命哉《かな》」。朝に咲いて昼前にはしぼんでしまうアサガオのように登世は逝った。そして「君逝きて浮世に花はなかりけり」（第四首）と喪失感をうたい、「骸骨や是も美人のなれの果て」（第八首）と思いを断ち切るように詠んだあと、掲題の第九首となる。そして最後は「今日よりは誰に見立ん秋の月」という句である。

手紙を送った子規は大学の同学年で、漱石は子規との交友をとおして俳句を多くつくった。

「此《こ》の下に稲妻《いなづま》起る宵《よい》あらん」。これは飼い猫の墓標に記した句だ。死んだ猫が遠雷のようにごろごろと鳴く。冥土の闇路を照らす稲妻もあろうということだろうか。この猫が小説『吾輩《わがはい》は猫である』のモデルになった。小説の結末は、猫が水甕《みずがめ》に落ち、「太平は死ななければ得られぬ。南無阿弥陀仏《なむあみだぶつ》南無阿弥陀仏。ありがたいありがたい」といって終わる。

「秋風の聞《きこ》えぬ土に埋めてやりぬ」。これは死んだ飼い犬のために詠んだ句。漱石はヘクトーという名の犬を飼い、名前をつけずに「ねこ」で終わった猫よりかわいがっていた。

【夏目漱石】一八六七～一九一六年／本名は夏目金之助。俳号は愚陀仏。現在の東京都新宿区に生まれる。帝大英文科卒。松山の愛媛県尋常中学校、熊本の第五高等学校の教師を勤めたのち、イギリス留学。東京帝国大学講師などを経て朝日新聞社に入社。『吾輩は猫である』『坊っちゃん』『こころ』などの小説で知られる。

わが心深き底あり喜《よろこび》も
憂《うれい》の波もとゞかじと思ふ

西田幾多郎《にしだきたろう》

（『西田幾多郎歌集』）

西田は四十歳の明治四十三年（一九一〇）に京都帝国大学文学科助教授になり、翌年、『善の研究』を上梓。「今もし真の実在を理解し、天地人生の真面目を知ろうと思うたならば、疑いうるだけ疑って、すべての人工的仮定を去り、疑うにももはや疑いようのない、直接の知識を本《もと》として出立せねばならぬ」（第二編「実在」／講談社学術文庫）と述べ、倫理や宗教について考究する。さらに昭和十四年（一九三九）に岩波書店の雑誌『思想』に「絶対矛盾的自己同一」を発表。「物が何処《どこ》までも全体的一の部分として考えられるということは（中略）現実の世界は何処までも多の一でなければならない」と語る。

西田は西洋哲学に多くを学びながら、その根底には華厳経《けごんきょう》の一即多《いちそくた》・多即一《たそくいち》という考え方や般若経典の空《くう》の理がある。また、故郷の北陸地方は濃密な真宗・浄土真宗地帯であるうえ、少年のころからおりおり参禅した。そして西田の思索は難解な思弁の道をたどるのだが、同時に現実の生活と思いがあり、それが歌に詠まれている。『西田幾多郎歌集』は孫の上田薫《うえだかおる》が西田の歌を年代順に整理して平成二十一年（二〇〇九）に岩波文庫で刊行した。掲題の歌は五十三歳の大正十二年（一九二三）、「二月病児病院より帰る」と題する四首の連作の第二首である。その第一首は「子は右に母は左に床をなべ春は来れども起つ様もなし」。病院から戻っても起き上がる気配はない。掲題の第二首は退院を喜びながらも病状に憂える思いが波となって心にしみとおっていくのだが、心の奥は深く、底は知れない。

西田は子だくさんだったが、夭折《ようせつ》した子もあるほか、大正九年（一九二〇）六月には長男謙が享年二十三歳で死んだ。「担架《たんか》にて此道《このみち》行きしその日より帰らぬものとなりにし我子《わがこ》」「垢《あか》つきて仮名附多き教科書も貴きものと篋《はこ》にをさめぬ」。大正十年一月、「死にし子と夢に語れり冬の朝さめての後の物のさびしさ」。大正十一年、「妻も病み子等亦《また》病みて我宿は夏草のみぞ生ひ繁りぬる」。妻の寿美は大正八年に脳溢血で倒れ、以後寝たきりになっていた（大正十四年に享年四十九歳で死去）。

大正十三年、「相共に語り歩みし此土《このつち》の下に冷たく君眠れるか」。「此土」は彼岸に対する苦悩の現世のことでもある。同年、「み仏のほこら作りて今よりは亡《う》せにし人の霊祭《たままつ》りせむ」。

たびたび肉親の病気や死にであう暮らしのなかで、西田は「詩や歌や哲理の玩具くさ〴〵とわれとわが身をなだめても見る」（大正十二年）と詠み、哲学の探究も慰めの遊びにすぎないという。その重い現実が思索をいっそう深めることになった。そして、短歌でも「鏡なす大海原に夕日入りこぎ行く舟は見るにさやけし」（昭和四年・鎌倉）と静謐《せいひつ》な自然詠をなすに至る。

【西田幾多郎】一八七〇～一九四五年／現在の石川県かほく市に生まれ、金沢第四高等学校教授などに就いたのち京都帝国大学教授（倫理学）。『善の研究』のほか多数の著作があり、「京都学派」を形成した。

波風《なみかぜ》のありとあらずも何《なに》かせむ一葉《ひとは》の舟の憂《う》き世《よ》なりけり

樋口一葉《ひぐちいちよう》

（伊藤夏子あて書簡）

一葉の小説『たけくらべ』は「廻《めぐ》れば大門《おおもん》の見返り柳《やなぎ》いと長けれど、お歯ぐろ溝《どぶ》に燈火《ともしび》うつる三階の騒ぎも手に取る如く、（中略）大音寺前《だいおんじまえ》と名は仏くさけれど、さりとは陽気の町と住みたる人の申《もうし》き」と始まる。「お歯ぐろ溝」は吉原遊廓《よしはらゆうかく》を取り囲んでいた堀。その水面に妓楼《ぎろう》の燈火が映って賑々《にぎにぎ》しい。『たけくらべ』は、吉原の遊女の娘の美登利《みどり》と寺の子の信如《しんにょ》の淡い恋の物語である。文に七五調のやわらかさがあるのは創作の原点が短歌だったからだろう。また、大衆文学の戯作《げさく》ふうでもあるのは、原稿を売って生活費を稼がなければならなかったからだ。

一葉は東京府の下級役人の娘である。明治十九年（一八八六）、十四歳で中島歌子《なかじまうたこ》の私塾「萩の舎《はぎのや》」に入門。そこで和歌と古典を学んだが、父が家屋敷を売ってまで投資した事業に失敗したうえ、一葉が十七歳のときに病没。一葉は戸主として母と二つ下の妹を養うことになった。今の東京都文京区・台東区の下町あたりを転々と移り住み、駄菓子屋を開いたり、針仕事をしたりしながら、二十歳のころから小説を書きはじめた。『闇桜』『うもれ木』『たけくらべ』『にごりえ』ほかを次々に雑誌などに発表したが、貧しさは変わらぬまま、明治二十九年、わずか二十四歳で肺結核のために没した。

一葉は歌人としての雅号である。その名のごとく、自分を水に漂う木の葉舟になぞらえた歌がある。掲題の歌のほか、「行《ゆ》く水の浮《う》き世は何か木《こ》の葉舟《はぶね》　流るるままに任《まか》せてを見む」などだ。昔からうたわれた無常の歌のような印象ではあるが、荒れてしまった敷島の道（歌道）を鋤き返して再生させる者は自分しかいないと「鋤《す》き返《かえ》す人こそなけれ敷島《しきしま》の歌の荒《あら》す田荒《だあ》れに荒《あ》れしを」と詠んだ一葉である。ただ無常感に身をゆだねるはずはない。

じつは「芦葉達磨《ろようだるま》」の話が一葉の名の由来である。六世紀ごろにインドから中国に禅宗を伝えた達磨大師は揚子江《ようすこう》（長江《ちょうこう》）を一本の芦に乗って渡ったという。達磨は弱々しい芦の葉の上に立って大河の波を悠然と越えていく。雪舟《せっしゅう》、宮本武蔵《みやもとむさし》、白隠《はくいん》などが画題に好んだ逸話である。一葉は「波風のありとあらずも」「木の葉舟流るるままに任せてを見む」と、決意をもって流れにまかせた。そして、日本最初の女性の職業作家になったのだが、金銭には不自由した。お足《あし》（お金）がなくて付き合いもできかねることを「我《われ》こそは達磨大師《だるまだいし》になりにけれ訪《とぶら》はむにも足無《あしな》しにして」と詠んでいる。

なお、一葉には心に残る寺の風景があった。少女のころの数年間、樋口家は東大の赤門近くに住んでいた。法真寺《ほうしんじ》という浄土宗の寺の隣に家があり、二階の窓から境内の桜がよく見えた。一葉はその家を「桜木の宿」とよび、短篇『ゆく雲』に描いている。

【樋口一葉】一八七二〜一八九六年／本名は奈津《なつ》。短歌と小説のほか、おりおりの心境や暮らし向きを書き込んだ日記を残した。『一葉日記』と総称される。

ゆく秋の大和の国の薬師寺の
塔の上なる一《ひと》ひらの雲

佐佐木信綱《ささきのぶつな》　（歌集『新月』）

奈良の薬師寺の塔の上に一片の雲が白くたなびく。高く大きな晩秋の空である。

この歌は明治四十五年（一九一二）の作。孫の佐佐木幸綱《ゆきつな》は著書『佐佐木信綱』（桜楓社一九七九）で「信綱が筆者に語ったところでは、この作は、全く苦労することなく、口をついて出るようにして出来た（中略）。推敲《すいこう》することもなかったという。生れのよさというのもおかしいが、この、のびやかで大柄な歌の姿は、一首をいじくりまわして出来るそれではない」と評している。

信綱は明治五年、現在の三重県鈴鹿市で国学者の佐々木弘綱《ひろつな》の長子として生まれ、四歳で『万葉集』と西行《さいぎょう》の『山家集《さんかしゅう》』の暗誦を教えられた。六歳で小学校に入学した年に父が三重県松阪に転居して主宰した鈴屋歌会《すずのやかかい》に出る。「鈴屋」は江戸時代の国学者の本居宣長《もとおりのりなが》（一七三〇〜一八〇一年）が『古事記』や『源氏物語』を講じた私塾である。孫の幸綱が「生れのよさ」という所以《ゆえん》だ。

信綱は東京大学古典科に学び、二十歳すぎには新鋭の歌人・国文研究者として活動し、二十五歳の明治三十年（一八九七）には東京で短歌結社の竹柏会《ちくはくかい》を結成して翌年から短歌誌『心の花』の刊行を開始した。明治には与謝野鉄幹《よさのてっかん》、正岡子規《まさおかしき》、石川啄木《いしかわたくぼく》らが新風の短歌を競ったが、信綱の歌風は伝統的・古典的である。そこから掲題の一首が口をついて出たのだった。

国学は江戸時代中期に興った学問である。仏教や儒教の伝来以前の日本の心を『古事記』や『万葉集』に求めて幕末の尊王攘夷運動の精神にもなり、国学者は明治新政府に入って神仏分離を進めた。信綱も国学の系譜に属するが、寺は好んだ。掲題の短歌のほか、「大門《だいもん》のいしずゑ苔にうづもれて七堂伽藍《しちどうがらん》ただ秋の風」（歌集『思草』「毛越寺懐古」明治三十二年）、中宮寺《ちゅうぐうじ》の弥勒菩薩半跏思惟像《みろくぼさつはんかしいぞう》を拝して「おん頬《ほほ》にかそかに匂《にほ》ふほほゑみの畏《かしこ》かれどもしたしき御仏《みほとけ》」（歌集『豊旗雲』昭和二年）などの作品がある。

信綱は文部省唱歌「夏は来ぬ」（明治二十九年発表）の作詞者である。そのほか、「勇敢なる水兵」「水師営の会見」など戦意高揚をはかる軍歌の詞もつくった。ところが、昭和二十年（一九四五）八月に敗戦。信綱は「なげきあまり熱にたふれし耳の辺《へ》に人間ならぬ嗚咽《おえつ》の声す」と悲嘆の歌をつくった。当時の歌人・作家の多くも戦前・戦中には同様の立場だったので、それぞれに挫折は深かった。さらに昭和三十二年、谷中《やなか》霊園（東京都台東区）に設けた父の墓の近くに建つ五重塔が放火によって焼失。信綱は「七宝厳飾《しっぽうごんじき》の塔は焼きつる、現《うつ》し此《こ》の世の心から人の心から」「物のいのち限《かぎり》あることは嘆かざらむ嘆くかも世は人の心を」と詠み、人の心が変わってしまったことを嘆いている。


【佐佐木信綱】一八七二～一九六三年／近代日本の代表的な歌人・国文学者の一人。短歌結社の竹柏会を創始し、木下利玄《きのしたりげん》、九条武子《くじょうたけこ》、相馬御風《そうまぎょふう》など多くの歌人を育てた　同会の短歌誌『心の花』は現在も刊行されている。

明易《あけやす》や花鳥風詠《かちょうふうえい》南無阿弥陀《なむあみだ》

高浜虚子《たかはまきょし》

（句集『七百五十句』）

虚子は正岡子規《まさおかしき》と同郷で、明治七年、愛媛県松山市に生まれた。子規より七歳下で、俳誌『ホトトギス』をひきついだ。近代に俳句は季語や五七五の定型を脱する試みが活発になされたが、虚子は伝統を尊重して「客観写生」と「花鳥諷詠」を旨とした。俳誌『玉藻《たまも》』昭和二十七年（一九五二）十二月号に「私は俳句は季題諷詠、即ち花鳥諷詠の詩であるということを当然過ぎるほど当然な言葉であるとして些《いささ》かも疑う所がない」（岩波文庫『俳句への道』一九九七年所収）と述べている。

虚子は「俳句は極楽の文学だ」という。『玉藻』昭和二十八年一月号に「極楽の文学」の題で、「如《い》何《か》に窮乏の生活に居ても、如何に病苦に悩んでいても、一《ひと》たび心を花鳥風月に寄する事によってその生活苦を忘れ病苦を忘れ、たとい一瞬時といえども極楽の境に心を置く事が出来る。俳句は極楽の文芸であるという所以《ゆえん》である」（同）と書いている。いっぽう、俳句は地獄の文学である。「考え様《よう》に依《よ》れば人生は陰鬱《いんうつ》なもの悲惨なものとも見る事が出来る。その事を描いたものは地獄の文学と言ってよかろう。（中略）地獄の文学もとより結構、しかしまた一方に極楽の文学が存在する事は、人生にとって必要な事である」（同）。虚子は苦しい人生があるから極楽があるので、地獄と極楽は表裏一体とする。

掲題の句は八十一歳のとき、千葉県の鹿野山神野寺《かのうざんじんやじ》での句会での作。「明易」は夏の夜が短く明けやすいことをいう季語だ。その季語を強調した「や」のほかはすべて漢字で、経文を見るかのようである。虚子は『玉藻』誌上の座談会で「我々は無際限《むさいげん》の時間の間に生存してゐるものとして、短い明易い人間である。たゞ信仰に生きてゐるだけである」と語ったが、とくに何かの信仰をすることはなかった。「仏を信仰しなくっても、仏像にゆき会っただけでも、仏の名前をきいただけでもその人は仏に縁故が出来たのである、すでにゆき逢《あ》っただけでも名前をきいただけでも無縁の衆生《しゅじょう》ということは出来ない」（『玉藻』昭和二十八年四月「俳諧九品仏」）といっている。

「去年今年《こぞことし》貫く棒の如きもの」（句集『六百五十句』）。七十六歳の昭和二十五年十二月、ラジオの新年句会の録音での作だ。数え年が日常に生きていたころは正月にひとつ年をとり、何もかも新しくなった。しかし、「去年今年貫く棒の如きもの」がある。それは除夜の鐘でも初日の出でも祓《はら》いきれない。棒のように重い質量をもちながら何か得体の知れない自我《エゴ》のようなものだろう。

「傷一つ翳《かげ》一つなき初御空《はつみそら》」（句集『七百五十句』）。これも新年を迎える句で、昭和三十三年十二月の作。元日の空は、極楽浄土の空のように一点の曇りもない。俳句に極楽を求めた虚子の心の風景である。そうして迎えた新年の四月、虚子は八十五歳で逝った。

【高浜虚子】一八七四〜一九五九年／本名は高浜清《きよし》。正岡子規に師事して俳句誌「ホトトギス」を継承。『虚子句集』『五百句』『七百五十句』などの句集のほか、『俳諧師』などの小説も書いた。

勿体《もったい》なや祖師は紙衣《かみこ》の九十年　大谷句仏《おおたにくぶつ》（『句仏句集』）

京都の東本願寺は真宗大谷派《しんしゅうおおたには》（全国約八千五百か寺）、西本願寺は浄土真宗本願寺派《じょうどしんしゅうほんがんじは》（約一万か寺）の本山で、それぞれ宗祖親鸞の御影《ごえい》（肖像）を奉じている。右の句の「祖師」は、その親鸞のことである。親鸞は二十九歳で法然の専修念仏《せんじゅねんぶつ》の門に入り、三十五歳で越後に流罪となった。その後、関東に下って今の茨城県一帯で布教。六十歳過ぎまで関東で過ごしたのちに京都に戻り、九十歳で没する。その苦難の九十年が紙でつくった質素な衣の「紙衣」にあらわされている。

本願寺は親鸞を第一世宗主とし、その子孫に受け継がれた。句仏は東本願寺の法主（大谷派管長大谷光演《こうえん》の俳号である。親鸞から数えて第二十三世だ。「勿体なや」には開祖の九十年の辛苦をしのんで畏《おそ》れ多く、蓮如の御文《おふみ》（御文章《ごぶんしょう》）の一通一通をむすぶ「かしこみ」の気持ちがこもる。貴族化した本願寺への慚愧《ざんき》の思いもあるのだろう。蕪村の「柿崎の小寺尊し」（174ページ）の句も脳裏にあったかもしれない。山折哲雄著『勿体《もったい》なや祖師は紙衣の九十年　大谷句仏』（中央公論社二〇一七）には「本願寺の宝物のなかには、屏風や扇や短冊などに書かれたものを含めて、和歌の数々が山と積まれている。俳人・句仏はもともとそのような貴族的な伝統には、あまり心を惹《ひ》きつけられなかったようだ。（中略）いつのまにか異端の道、俳諧の世界に引き寄せられるようになっていった」という。

俳句はそもそも諧謔《かいぎゃく》の文芸である。たとえば句仏は、大谷派の僧で近代仏教の改革者だった清沢満之《きよざわまんし》の「肖像に題す」として「南瓜《かぼちゃ》にも仏性《ぶっしょう》あらばこの通り」と詠んでいる。

掲題の「勿体なや」の句は明治四十一年（一九〇八）、その前年に父が隠退して三十三歳で大谷派の管長職を継いだばかりの作で、並列された四句の第一句である。この句はきっぱりとして諧謔の余地はないが、あとの三句は異なる。そのひとつは「寒月《かんげつ》に鉦《かね》たゝけとは云はぬなり」。上五の「寒月に」には「何もこんな冷たい月の夜に」という自虐が入る。

当時、東本願寺は巨額の負債をかかえて財政危機にあった。明治政府への献金、堂塔伽藍の修築、明治四十四年の親鸞聖人六百五十回遠忌《おんき》などに巨費を投じるなかで当時の宗務総長の放漫な財政運営や句仏自身の投資の失敗が重なる。安穏としているわけにはいかない。

そして「紙衣」には、もうひとつの意味がある。江戸時代の『道歌百人一首麓枝折《ふもとのしおり》』（189ページ）にある熊谷直実《くまがいなおざね》（96ページ）の歌「いにしえの鎧《よろい》にまさる紙衣《かみころも》　風のいる矢も通らざりけり」の「紙衣」だ。紙衣は昔の武者《むしゃ》の鎧よりも寒風の矢を通さない。この熊谷直実の歌は鈴木大拙《すずきだいせつ》が『日本的霊性』（一九四四年）にも引用している。掲題の句には開祖の紙衣にすがる思いもあるのだろう。

【大谷句仏】一八七五～一九四三年／実名は大谷光演。法名は彰如《しょうにょ》。東本願寺第二十三世法主。俳誌『懸葵《かけあおい》』を主宰し、句集に『夢の跡』『我は我』などがある。没後の昭和三十四年（一九五九）に『句仏句集』が刊行された。

恐ろしき邪淫《じゃいん》の僧は業曝《ごうさら》し
業曝しつゝまだ死なであり

暁烏敏《あけがらすはや》

（『更正の前後』）

暁烏敏は明治十年（一八七七）、石川県出城村《でじろむら》（白山市北安田）の真宗大谷派明達寺《みょうたつじ》に生まれた。真宗大学（のち大谷大学）卒業後、清沢満之《きよざわまんし》（一八六三～一九〇三年）に学んだ青年僧らが東京の寮に住み込んで始めた浩々洞《こうこうどう》に参加した。清沢は西洋哲学に学んで「ミニマム・ポッシブル」と称する清貧生活を実践し、独自の精神主義を主張した真宗の改革者である。禁書あつかいだった親鸞の言行録『歎異《たんに》抄《しょう》』が世に知られるようになったのも清沢が再発見して紹介してからだ。暁烏敏は浩々洞の月刊誌『精神界』に「歎異抄を読む」を明治三十六年から五十五回にわたって連載する。

『更正の前後』は大正九年（一九二〇）に刊行した思索の書である。掲題の短歌は第一巻第十九節にある三十首のうちの一首で、三十六歳の「大正三・一二」の日付がある。前年二月に妻の房子（浩々洞の同志、佐々木月樵《ささきげっしょう》の妹）が他界してから一年余である。この短歌群には「妾《わたし》死なばお淋《さみ》しかろと一言を遺言にして妻は死にけり」という亡き妻への思いとともに、「なき妻を思うては泣く後の刹那《せつな》新しき恋の甘きをあさる」という歌もあり、掲題の歌には自己を「恐ろしき邪淫の僧」という。

暁烏敏は熾盛《しじょう》の性欲をもつ人だった。というより、それを隠さず告白したのである。『更正の前後』

の緒言「清沢先生へ」に妻の死のころを次のように記している。

「妻の病気が長引いてくるので、どうでもなおさにゃおかぬという心持ちで看護をしました。（中略）看護婦を雇うたらどうかとの友人の勧めをも（中略）すなおに受け取ることのできぬほど、私の性欲が中に燃えていました。（中略）ああ恐ろしい予感。妻が死ぬる一週間ほど前に知人から一人の若い女を看護によこされた。天使であったか、悪魔であったか（中略）妻の死後まもなく、私は若い女の抱擁によりて（中略）すべてが破壊せられて、醜い野獣の姿を見せつけられました」。

そして、『更正の前後』「序」には「情欲の猛火、着けたる衣服も肉もすべて――宗教・道徳・地位・人格・覚悟・名誉など――を焼き尽され、地獄の真闇の藪の中に捨てられた灰から、新しい生命の芽がふいて、新しい美しい世界が顕現して来ました」という。この書は二巻よりなる。第一巻「蘇生のなやみ」はすべてが崩壊した凋落の記、第二巻「誕生の喜び」は凋落からの再生を語る。

暁烏は明達寺の住職をつとめながら全国を講演に歩いた。「何よりも女が好きなわしぢゃ故袈裟《けさ》をまとうてしらぬかほ」（『更正の前後』）というように飾らぬ話は人をひきつけ、各地に暁烏会が生まれた。

【暁烏敏】一八七七～一九五四年／近代仏教の改革者で、清沢満之の弟子。「悲無《ひむ》」の俳号で俳句も多くつくった。多くの著述があるが、『歎異抄』については『精神界』の連載をまとめた『歎異抄講話』（講談社学術文庫で再刊）と各地の暁烏会での講話をまとめた『新講歎異鈔』（『わが歎異鈔』と改題して潮文社から再刊）がある。

鎌倉や御仏《みほとけ》なれど釈迦牟尼《しやかむに》は
美男におわす夏木立《なつこだち》かな

与謝野晶子《よさのあきこ》

（詩歌集『恋衣』）

日露戦争が勃発した明治三十七年（一九〇四）、二十六歳の昌子は「旅順口包囲軍《りよじゆんこう》の中に在る弟を歎きて」と題した詩「君死にたまふこと勿《なか》れ」を文芸誌『明星』に発表し、その反戦的な内容が物議をかもした。翌年一月に刊行した『恋衣』（山川登美子・増田雅子との合同詩歌集）も戦時下に「恋」をうたうとは不謹慎だと問題視される。右の歌はその『恋衣』にある。詠まれているのは鎌倉大仏だ。低い山並みを背に坐す露座の大仏なので「夏木立」がよく似合う。それを「美男におわす」というところが大胆だ。前掲の伊藤左千夫（188ページ）は「大仏を見て親しみの感を起したは悪くない。只《ただ》美男と見て親しまんとするは余りに下等である」（「与謝野晶子の歌を評す」）といっている。

鎌倉大仏は如来坐像だが、両手の人差し指を立てて親指に接している。これは阿弥陀定印《じょういん》という手の形なので、実際には釈迦如来像ではなく阿弥陀如来像だ。しかし、「釈迦牟尼は」と詠まれてしまうと、これを「阿弥陀仏は」と変えるわけにはいかない。歌が崩れてしまう。

鎌倉大仏は像高約十一メートルの巨大な仏像で、寄進の銅銭を鋳つぶしてつくられた（当初は木像）。その建立について鎌倉時代の紀行文『東関紀行《とうかんきこう》』（筆者不明）に、「浄光上人《じょうこう》という者が延応《えんおう》（一二三九

～四〇年）のころから関東で貴賤をとわず勧進して仏像をつくり堂舎《どうしゃ》をたてた」と記されている。鎌倉幕府の史書『吾妻鏡《あづまかがみ》』にも浄光が建立したとあるが、この浄光という僧が何者なのか、名のほかには何もわかっていない。おそらく民衆に造像の功徳《くどく》を説いて寄進をつのった勧進聖《かんじんひじり》だったのだろう。民衆の力で大仏が建立されたことを、『東関紀行』は「権現力《ごんげんりき》（仏が日本に化現《けげん》した力）が加えられたのであろうと有難く思われた」と記している。

建立当初は堂舎（大仏殿）も建てられたが、明応七年（一四九八）の大地震による津波で流された。以来五百年、白雲の立つ青空の下に坐す大仏である。

鎌倉大仏　現在は浄土宗高徳院の本尊である。国宝の仏像では唯一、露座で空の下に坐す。建物で囲ってしまっては誰もが親しく拝むことができないからだという。

【与謝野晶子】一八七八～一九四二年／晶子は筆名で本名は志《し》よう。現在の大阪府堺市の商家に生まれる。二十二歳のときに与謝野鉄幹が主宰する文芸誌『明星』を発行する新詩社に入社。明治三十四年（一九〇一）に鉄幹と結婚。女性の官能的な恋愛感情をうたう歌集『みだれ髪』などのほか、『源氏物語』の現代語訳もある。近代ロマン主義を代表する歌人である。

人の世に嘘《うそ》をつきけるもろもろの亡者《もうじゃ》の舌を抜き居《い》るところ

斎藤茂吉《さいとうもきち》（歌集『赤光』）

茂吉の故郷、山形県上山《かみのやま》は蔵王《ざおう》の麓の盆地である。明治十五年（一八八二）、そこの金瓶《かなかめ》という集落に生まれた。最上川《もがみがわ》の支流の須川《すかわ》のほとりで、秀麗な蔵王の姿が見える。

茂吉は金瓶の木村家の三男である。満十四歳で上京し、同郷出身の親戚、斎藤紀一《さいとうきいち》宅に寄寓して第一高等学校、東京帝大医科大学へと進んだ。その間に、紀一の次女輝子《てるこ》の婿になり、斎藤姓になる。その後、茂吉は義父の跡を継いで青山悩病院院長になる。東京の青山にあった精神科の大病院である。

短歌の面では二十代で正岡子規《まさおかしき》門下の雑誌『アララギ』の短歌集団に加わった。処女歌集『赤光《しゃっこう》』は大正二年（一九一三）十月、三十一歳の年に刊行された。右は『赤光』の十一首の連作「地獄極楽図」の一首である。「嘘をついたら閻魔さんに舌を抜かれるよ」とよく言われたことを歌にしている。

この連作の最初の歌は「浄玻璃《じょうはり》にあらはれにけり脇差《わきざし》を差して女をいぢめるところ」。浄玻璃は生前の行いを映す鏡で閻魔大王の裁きの場にある。この女は脇差で何事かしたらしい。それを指差して責《せ》められている。この連作の結句はすべて「ところ」で、生家の隣の宝泉寺《ほうせんじ》で地獄極楽の絵解きをする掛け軸の十一の場面を詠んだものである。『赤光』という書名も阿弥陀経に極楽の宝池では赤い色の蓮華は赤い光、白い色の蓮華は白い光を放っていると説かれている部分の経文「赤色赤光白色白光《しゃくしきしゃっこうびゃくしきびゃっこう》」等によると初版跋《ばつ》に記す。子どものころ、遊び仲間の鄙法師《ひなほうし》（隣の寺の子）が経文を暗誦《あんじゅ》し、梅の実を拾うときも水浴びするときも「しやくしき、しやくくわう、びやくしき、びやくくわう」と誦していたという。故郷は「しやくしき、しやくくわう」の声や地獄極楽図の場面とともに茂吉の心に残った。

この処女歌集『赤光』で印象的なのは、なんといっても母の歌である。茂吉の実母いくは大正二年五月（『赤光』刊行の五か月前）に享年五十九歳で他界した。危篤の知らせをうけて帰郷した茂吉は五十九首の連作「死にたまふ母」を詠み、『赤光』に収めた。この連作には「死に近き母に添寝《そいね》のしんしんと遠田《とおだ》のかはづ天に聞こゆる」「のど赤き玄鳥《つばくらめ》ふたつ屋梁《はり》にゐて足乳根《たらちね》の母は死にたまひけり」などがあり、母を看取って荼毘《だび》に付して終わる。当地の風習では野辺《のべ》で夜通し遺体を焼いて、翌朝、遺骨を拾った。「どくだみも薊《あざみ》の花も焼けゐたり人葬所《ひとほふりど》の天明《あめあ》けぬれば」が五十九首の最後である。

実父の伝衛門《でんえもん》も、当時は誰もがそうだったように信心深い人だった。茂吉は随筆『念珠集《ねんじゅしゅう》』に父と詣でた出羽三山の湯殿山《ゆどのさん》のことなどを記し、昭和三年（一九二八）には「わが父も母もなかりし頃よりぞ湯殿のやまに湯はわきたまふ」（歌集『ともしび』）と詠んでいる。

【斎藤茂吉】一八八二～一九五三年／現在の山形県上山市の木村家に生まれる。十四歳で上京し、二十三歳で斎藤家の女婿となり、のちに青山脳病院院長になる。アララギ派の歌人として活躍した。

鉄鉢《てっぱつ》の中へも霰《あられ》

種田山頭火《たねださんとうか》

（句集『鉢の子』）

山頭火は現在の山口県防府市の大地主だった種田家に生まれたが、十二歳の年に母フサが庭の井戸に身を投げて自殺。山頭火は早稲田大学文学部に入学したものの神経症を病んで中退し、生家に戻った。その後、酒蔵を買い取って父と酒造業をいとなみ、二十八歳で結婚して子も生まれた。しかし、そのころ家業が傾いていたうえ、父の竹治郎は享楽的な人物で、いろいろな事業に手を出しては失敗し、大正五年（一九一六）に倒産して出奔してしまった。

山頭火は妻子を連れて熊本に移り、古書店や画材店を営んだりしたが、仕事は長続きしない。酒におぼれて騒ぎをおこし、四十四歳のときに熊本の曹洞宗報恩寺で出家。妻子と別れ、味取《みとり》観音堂（瑞《ずい》泉寺《せんじ》）の堂守《どうもり》になった。「松はみな枝垂れて南無観世音」と詠み、寺の石段の上に垂れる松の枝のように頭を下げて新しい生活を始めようとするが、その性分から一か所に長く暮らすことはできず、翌年、行乞行脚《ぎょうこつあんぎゃ》の旅に出た。以後、「一握の米をいただいてまいにちの旅」（昭和十四年十一月七日）というような旅を続けた。その旅でも酒をもらえば飲む。昭和五年九月二十四日の『行乞記』には「藷焼酎《いもじょうちゅう》のたゝりで出かけたくないのを無理に草履《ぞうり》を穿《は》く、何といふウソの生活だ」と慚愧《ざんき》の思いをつづり、句集『鉢の子』には「自虐」と題して「うしろすがたのしぐれていくか」という句を載せている。掲題の句は、この「自虐」の句の次に置かれている。昭和七年正月八日の作である。

『三八九雑記』第五集の「鉄鉢の句について」によれば、前日まで山頭火は隣船寺《りんせんじ》（福岡県宗像市）の宗俊《そうしゅん》和尚と歩いていた。「数日来、俊和尚に連れられて、そのお相伴で、方々で御馳走になった。私はあまり安易であった。上調子《うわちょうし》になりすぎていた。その事が寒い一人になった私を責めた。（中略）財布の底には二十銭あまりしかなかった。私は嫌とも《ママ》行乞しなければならなかった」と書いている。

鉄鉢を持つ手が凍える冷たい冬である。路傍の軒から軒へ立ち、托鉢《たくはつ》の偈《げ》（「財法二施功徳無量《ざいほうにせくどくむりょう》……」）を唱えたとき、突然、霰が降ってきた。「笠が音を立てた。法衣も音を立てた。鉄鉢は、むろん、金属性の音を立てた。／けふは霰にたたかれて／鉄鉢の中へも霰／鉄鉢は動かない。最初から最後まで鉄鉢である。そして私はその霰をありがたい笞としてかぶったのである」という。

山頭火は鉄鉢を打つ霰の音によって、寒い一人の旅の気鬱を振り払うことができた。そして、時には「山へ空へ摩訶般若波羅蜜多心経《まかはんにゃはらみったしんぎょう》」と叫んで色即是空《しきそくぜくう》・空即是色《くうそくぜしき》の境地をめざそうとするが、なかなかそうもいかず、旅はいつまでも続くのだった。

【種田山頭火】一八八二〜一九四〇年／本名は種田正一。行乞行脚の漂泊の旅を日誌につづり、魂魄《こんぱく》しぼりだすかのように俳句をつくった。荻原井泉水《おぎわらせいせんすい》が主宰する自由律俳句の句誌『層雲《そううん》』の主要な俳人の一人である。他界の年に生涯の句集をまとめた『草木塔』が刊行された。句集『鉢の子』はその冒頭におかれている。

垂乳根《たらちね》と詣《もう》でに来れば麻布《あざぶ》やま
子供あそべり御仏《みほとけ》の前

北原白秋《きたはらはくしゅう》（歌集『雀の卵』）

東京都港区に麻布山善福寺《あざぶさんぜんぷくじ》という古刹がある。白秋は二十八歳の大正二年（一九一三）からの一時期、その寺の近くに妻と父母・弟と一緒に住んでいた。今は高級住宅街として知られる麻布だが、白秋が住んだ麻布十番は谷地の庶民的な街で、そこに白秋は家族と暮らした。右の短歌は母と善福寺に行ったおり、子どもらが本堂の前の庭のあたりで遊んでいる情景である。昔はお寺の庭がよく子どもの遊び場になった。その子らを見ていると、自分も子どものころに帰ったような気持ちになる。

この短歌は歌集『雀の卵』「雉子《きぎし》の尾」の章の「麻布山」と題する次の長歌の反歌である。

「麻布山浅く霞みて、春はまだ寂《さみ》し御寺《みてら》に母と我が詣でに来れば、日あたりに子供つどひて、凧《たこ》をあげ独楽《こま》を廻《まわ》せり。立ちとまり眺めて思ほゆる我がかぶろ髪。ほほゑみて母を仰げば母もまたほほと笑《え》ませり。（中略）かかる日のかかる春べにうつつなく遊ぶ子供を見てあれば涙しながる」。

「かぶろ髪」は童子の髪型である。寺の庭で楽しげに遊ぶ子どもらを見ていると、自分も「かぶろ髪」だったころ、ほほえんでいた母が思い出されて涙が流れる。

白秋は現在の福岡県柳川市で生まれた（次男だが長男は夭折）。生家は海産物問屋の豪商で、白秋の少年時代には大きな酒蔵を営んでいた。ところが、十六歳の明治三十四年（一九〇一）、生家付近の大火で酒蔵も全焼。傾いた家運の建て直しを父は白秋に期待したが、白秋は文学を志し、十九歳で上京して早稲田大学英文科予科に入学。級友に若山牧水らがおり、いよいよ詩と短歌に熱中する。明治四十二年には天草の旅をつづる処女詩集『邪宗門』を刊行し、南蛮趣味の新風を詩壇に吹き込んだ。

しかし、生活は困窮した。生家はますます傾き、明治四十五年に母と弟の鉄雄が上京して同居。人妻の松下俊子の夫から姦通罪《かんつうざい》で告発されて拘置される事件もあった（慰謝料三百円で免訴）。

年号が大正と改まったその年（一九一二）の冬、父も家をたたんで上京。白秋は大正二年四月には離婚された俊子と結婚。一家は三浦半島の三崎に転居し、父と弟は魚の仲買商を始めるが、これも失敗。再度上京して住んだのが麻布十番である。暮らしは窮し、あんなに恋した妻とも諍《いさか》いがふえて翌年には離婚。その逼迫した暮らしのなかで、今やすっかり遠くなった故郷をしのんだのが掲題の歌である。

ゆとりができたのは大正七年（一九一八）に鈴木三重吉《すずきみえきち》が創刊した雑誌『赤い鳥』の新しい童話・童謡運動に参加して「赤い鳥小鳥」「揺籃《ゆりかご》のうた」などの歌詞をつくるようになってからだが、それ以前の短歌にも「かうかうと金柑《きんかん》の木の照るところ巡礼の子はひとりなりけり」（歌集『雲母集《きらら》』「法悦三品《ほうえつさんぼん》」）など、子どもの情景を詠んだ歌が多く見られる。また、仏教語を用いた短歌も多い。

【北原白秋】一八八五〜一九四二年／本名は隆吉《りゅうきち》。歌集に『桐の花』『雲母集』『輪廻三鈔』『雀の卵』などがある。

あすは元日《がんじつ》が来る仏とわたくし　尾崎放哉《おざきほうさい》（句集『大空』）

放哉は山頭火《さんとうか》とならんで高く評価されている自由律俳句の俳人である。どちらも漂白の生涯をおくった人として知られている。

放哉は鳥取の士族の家に生まれた。父信三《しんぞう》は鳥取地方裁判所の書記だった。明治三十五年（一九〇二）満十七歳で上京して一高に入学。同校の俳句会の一学年上に荻原井泉水《おぎわらせいせんすい》がいた。井泉水はのちに自由律の句誌『層雲《そううん》』を主宰した人で、放哉の生涯の友になる。

明治四十二年、東京帝国大学法学部を卒業した放哉は日本通信社に入社したが、一か月ほどで退社。明治四十四年、東洋生命（現・朝日生命）に入社。この年、結婚。二十九歳の大正三年（一九一四）、大阪支店に赴任し次長になるが、会社の仕事や人間関係になじめず、酒におぼれた。翌年、東京本社に呼び戻され契約課長になる。三十七歳の大正十一年、東洋生命を退社し、故郷に戻る。一高時代からの友人のはからいで禁酒を条件として朝鮮火災海上保険の創立時の支配人として朝鮮に赴任。精勤して保険の契約数を伸ばしたが、禁酒を守れず、退社を余儀なくされた。翌年、満州で起業しようとしたが肋膜炎を患って帰国。離婚して無一物の独身になり、京都の一燈園《いっとうえん》（西田天香《にしだてんこう》が創立した共同生活・奉仕団体）に入った。翌年、三十九歳の放哉は知恩院塔頭《ちおんいんたっちゅう》の常称院《じょうしょういん》の寺男になったが、ここでも酒におぼれることがあって寺を追い出され、真言宗須磨寺《すまでら》（神戸市須磨区）の大師堂の堂守《どうもり》になる。放哉は「独居無言」の生活に憧れ、そのため寺に入ったのだが、現実の寺はそういう場所ではない。須磨寺では内紛があり、次に移った福井県小浜の臨済宗常高寺は破産。京都の竜岸寺や井泉水宅に身を寄せたりして四十歳の大正十四年八月、香川県小豆島の西光寺《さいこうじ》奥の院南郷庵《みなんごうあん》に入った。

西光寺は小豆島八十八所の第五十八番札所だが、南郷庵は番外で、そのあたりは南郷《みなんごう》とよばれる墓地だった。訪れる人は少なくて収入は乏しく、水を飲みながら炒《い》り米、炒り豆を食べて暮らす。また、結核が深く身体をむしばんでいた。

しかし、庵あたりから見る海の眺めに放哉は心をいやし、ようやく「独居無言」の生活に入ることができた。有名な句「咳《せき》をしても一人」は深く孤独であるが、そこには「こんなよい月を一人で見て寝る」という安息があった。

放哉は観音経と般若心経を日々に唱えて仏と二人、「あすは元日が来る仏とわたくし」と詠んで正月を迎えた大正十五年の四月、四十一歳で没した。井泉水らによって遺骸は墓守をした南郷の墓所に葬られる。同年六月、井泉水が編集して『大空《たいくう》　放哉俳句集』が刊行された。

【尾崎放哉】一八八五～一九二六年／本名は尾崎秀雄。東京帝大法学部を卒業して生命保険会社に勤めるが、実業になじめず退職。寺男や墓守をしながら自由律の俳句をつくった。小豆島の南郷庵を終の棲家として見いだした。

比叡《ひえ》山《やま》の古《ふ》りぬる寺の木《こ》がくれの
庭の筧《かけひ》を聞きつつ眠る

若山牧水《わかやまぼくすい》

（比叡山歌碑）

明治四十一年（一九〇八）、満二十三歳の牧水は最初の歌集『海の声』を刊行した。若き牧水はひとり、孤児《みなしご》のように渚に立ち、「海を見て世にみなし児《ご》のわが性《さが》は涙わりなしほほゑみて泣く」「白鳥《しらとり》はかなしからずや空の青　海のあをにも染まずただよふ」と孤独な悲しみを歌いながら、「夜半《よわ》の海汝《な》はよく知るや魂《たま》一つここに生きゐて汝《な》が声を聴く」と、我は天地に独り、の気概を示している。房総半島の千葉県白浜町の夜の浜でのことである。このころから牧水は文学者として生きる道を選び、近代の代表的な歌人の一人になった。

牧水は旅行が好きで、よく旅をして歌を詠んだ。その初期の短歌に「けふもまたこころの鉦《かね》をうち鳴《なら》し　うち鳴しつつあくがれて行く」がある。明治四十年六月、大学の夏休みの帰省の途上、岡山県・広島県などの中国地方を徒歩で旅したときの歌で、今朝もまた鉦を打ち鳴らすのは巡礼者である。チンチンと鉦を打って門付けして歩くのだろう。牧水はそのような旅にあこがれた。

掲題の短歌は大正七年（一九一八）五月、比叡山の山中で一人の老人が堂守をする本覚院《ほんがくいん》という僧坊（現在の叡山学寮）に五日ほど泊まったときの作。同じときに「板の間のひろき真なかに据《す》ゑられしひとつの膳に行きて坐るかも」（歌集『くろ土』）と詠んだように宿泊者は一人だった。その坊で筧（沢から水を引いてくる樋《とい》）の水音を聞きながら心静かに眠ったようだが、酒の酔いにたゆとう眠りでもあった。

牧水は「人の世にたのしみ多し然《しか》れども　酒なしにしてなにのたのしみ」（同）というほど酒を好み、一日に一升以上は飲むまいと決めても守れないほどの酒豪だった。

堂守の老人も酒好きだ。「その寺男、われにまされる酒ずきにて家をも妻をも酒のために失ひしとぞ」ということで牧水は「酒買ひに爺《じい》をやりおき裏山に山椒《さんしょ》つみをれば独活《うど》を見つけたり」（同）と酒を買いにやったのである。

牧水の紀行文「山寺」によれば、この老人は伊藤孝太郎といった。比叡山の麓の坂本に生まれ、西陣織の職工をしていたが、酒で失敗しつづけ、それを気に病んだ妻が死に、やがて一人娘も後を追ってから、完全な飲んだくれになった。あちこち放浪した末、比叡山の寺男になったということである。

老人は「私も既《も》う長い事は無いし、いつか一度思ふ存分飲んで見《み》度《た》いと思つてゐたが、矢《や》つ張《ぱ》り阿弥陀様のお陰《かげ》かして今日旦那《だんな》に逢つて斯《こ》んな難有《ありがた》いことは無い」と喜んだという。

【若山牧水】一八八五〜一九二八年／本名は若山繁《しげる》。現在の宮崎県日向市の医師の家に生まれる。早稲田大学英文科予科に入学し北原白秋と出会う。早稲田大学を卒業した年に第一歌集『海の声』刊。以後、計十五冊の歌集のほか、紀行文『比叡と熊野』『みなかみ紀行』などを著す。

東海《とうかい》の小島《こじま》の磯《いそ》の白砂《しらすな》に
われ泣《な》きぬれて
蟹《かに》とたはむる

石川啄木《いしかわたくぼく》

（歌集『一握の砂』）

歌集『一握《いちあく》の砂』の冒頭に置かれた有名な短歌である。ところが、「東海の小島の磯」がどこなのかが定かではない。啄木の個人史にてらせば家族と一時期を暮らした函館の大森浜《おおもりはま》とされるが、個人の状況を詠んだとすると、大のおとなが泣き濡れて蟹とたわむれるとは、あまりに情けないので、この歌は嫌いだという人もある。しかし、そのオーバーアクションなところが外国人にもわかりやすいのか、啄木の歌は多くの国で翻訳され、国際啄木学会という団体もある。その国際啄木学会編『石川啄木事典』（おうふう二〇〇一）では「東海」は日本のこととし、土井晩翠《どいばんすい》の「嗚呼《ああ》東海の君子国」（詩「富嶽之歌」）を引いて近代の愛国主義と関連するものとしている。しかし、近代ナショナリズムの高揚した気分の「東海」が、この歌の「東海」につながるだろうか。

『一握の砂』は明治四十三年（一九一〇）十二月刊で、緒言に「明治四十一年夏以後の作一千余中より五百五十一首を抜きてこの集に収む」とある。啄木はそれ以前の明治四十年に故郷の岩手県渋谷村《しぶたにむら》での小学校代用教員の職を辞して函館に移ったが、まもなく函館に母と妻と、まだ幼児の娘を残したまま、札幌、小樽、釧路を転々とし、明治四十一年四月に上京。小説で身を立てようとしたが、うまくいかず、生活は貧窮した。そんな時期の同年六月に、啄木は多数の短歌を『暇ナ時』と表紙に書いたノートに書きつけている。そこに掲題の「東海の小島」の歌もある。

その歌稿群には異様な情景を詠んだ歌がある。そこから四首をあげる。

人みなが怖れて覗《のぞ》く鉄門に我《われ》平然と馬駆《か》りて入る
牛頭馬頭《ごずめず》のつどひて覗く大香炉《おおごうろ》中より一縷《る》白き煙す
大海に浮かべる白き水鳥の一羽は死なず幾千年も
西方の山のかなたに億兆の入日《いりひ》埋めし墓あるを思ふ

「平然と馬駆りて入る」という鉄門は、思想犯を収監した監獄の門とする解釈がある。『一握の砂』が刊行される明治四十三年六月には、社会主義者の幸徳秋水《こうとくしゅうすい》らが天皇暗殺を企てたとして大逆罪で逮捕され、翌年一月に十二名が処刑される大逆事件があった。啄木の歌人仲間に幸徳秋水らの弁護人だった平出修《ひらいでしゅう》がいる。秋水らの処刑後、平出宅で裁判の記録を見た啄木は「頭の中を底から掻き乱されたやうな気持で帰つた」と『日記』（明治四十四年一月二十六日）に書いている。義憤にかられて「我平然と馬駆りて入る」という心境になったかもしれない。

しかし、歌稿ノート『暇ナ時』の短歌群は大逆事件以前の作である。「牛頭馬頭《ごずめず》のつどひて覗く大香炉」の牛頭馬頭は地獄の鬼だから、「人みなが怖れて覗く鉄門」も地獄の城門を意味する。地蔵十王経に冥土の閻魔王宮は高い鉄の城壁に囲まれていると説かれており、民間にもそのように伝承されてきた。死者は鉄門の中で閻魔大王に裁かれて責め苦をうけることになるのだが、人は誰しも罪なくして生きられない。啄木は逃げることなく「我平然と馬駆りて入る」。しかし、その地獄の大香炉にも「一縷《る》白き煙」が立っているところに救いがあり、「大海に浮かべる白き水鳥」につながる。

変転かぎりない波濤の大海にも幾千年も死なない白い水鳥が浮かんでいる。そして、「西方の山のかなたに億兆の入日《いりひ》埋めし墓あるを思ふ」は西方十万億土の極楽浄土と、過去に死んでいった無数の人々を思う歌だろう。啄木は寺に生まれたので身近に墓地があり、地獄や極楽浄土のことは幼いときから聞いて育ったはずだ。「東海の小島の磯」も、そこに通じる景色なのだろう。

日本はインド・中国からみると東海の辺境である。平安時代末期に末法《まっぽう》意識が深まると、貞慶《じょうけい》の項（106ページ）で述べたように日本は辺土《へんど》の粟散国《ぞくさんこく》（粟粒を散らしたような小さな島国）だといわれた。『平家物語』「六道之沙汰」にも「この国は粟散辺土と申して心憂《う》き境にて候う」という。日本列島は実際には大きな島々であるにもかかわらず、このあたりから東海の小島だという国土感が広まった。

この末法辺土の人は果てしない苦海《くがい》にただよっているとも思われた。そして磯とは、波濤が打ち寄せる荒々しい岩場である。清らかな白砂がたまる場所はあっても「いたく錆《さ》びしピストル出《い》でぬ／砂山《すなやま》の／砂《すな》を指《ゆび》もて掘《ほ》りてありしに」（『一握の砂』）という恐ろしいものも埋められてあり、「ひと夜《よ》さに嵐来《あらしきた》りて築《きづ》きたる／砂山《すなやま》は／何《なに》の墓《はか》ぞも」（同）という生死《しょうじ》の渚《なぎさ》である。

歌集『一握の砂』を編むにあたって啄木は歌稿ノートにあった「怖れて覗く鉄門」「牛頭馬頭《ごずめず》のつどひて」の歌は採らず〈あの世〉のイメージを薄めている。死生観から死が抜け落ち、もっぱら人生がテーマになった近代文学の評論でも、「東海の小島」の歌に啄木の人生をたどって恋と女性遍歴を読みとる解釈がある。恋は万葉の昔から和歌の主題なので恋にからめて歌をつくり、解釈も恋に寄せる傾向は強い。しかし、元の歌稿群のなかでみれば、「東海の小島の磯」は辺土の苦海の渚である。その磯で人は泣き濡れ、無常のひとときを蟹とたわむれている。そのように読める。

『一握の砂』の刊行は長男の真一が生後二十三日で死んだ年だった。この歌集は「かなしくも／夜明《よあ》くるまで残《のこ》りゐぬ／息《いき》きれし児《こ》の肌《はだ》のぬくもり」という歌で終わる。その後、啄木自身も結核にたおれ、二十六歳で逝った。

【石川啄木】一八八六〜一九一二年／本名は石川一《はじめ》。曹洞宗僧侶の石川一禎の長男。岩手県渋谷村の曹洞宗宝徳寺で育つ。職業も住居も転々とするなかでひどく貧窮。明治四十二年に東京朝日新聞社の校正係の職を得て函館から家族を呼び寄せるが、それまでに積もった借金の返済と自己破壊的な放蕩が重なって生活苦はつづいた。明治四十五年四月十三日に病没。同年六月に第二歌集『悲しき玩具』が刊行された。

おほいなるものゝちからにひかれゆく
わが足あとのおぼつかなしや

九条武子《くじょうたけこ》

（佐佐木信綱あて書簡）

武子は浄土真宗の西本願寺法主大谷光尊《おおたにこうそん》の次女である。二十二歳の明治四十一年（一九〇八）に男《だん》爵《しゃく》九条良致《よしむね》と結婚。翌年、正金《しょうきん》銀行に勤める夫とロンドンに渡るが、その翌年に単身で帰国。浄土真宗の仏教婦人会本部長として現在の京都女子大学の設立等にあたる。大正九年（一九二〇）、夫の良致が帰国し、夫妻は現在の東京都新宿区に居を構えた。同十二年九月一日正午ごろ、関東大震災発災。西本願寺別院の築地本願寺一帯も火炎につつまれ、夜になっても燃えつづけた。

「大地さけ火炎うずまき湧きのぼる　初秋九月の朔日《ついたち》の夜」（歌文集『無憂華』）
「人もわれも阿鼻叫喚《あびきょうかん》の地獄界ただに譬喩《たとえ》と思ひてありき」（同）

譬《たと》え話としか思っていなかった阿鼻叫喚の地獄が眼前にある。浄土真宗では築地本願寺に救災事務所を置き、日比谷公園と上野に救護所を設けて医師・看護師の派遣、震災孤児を収容する施設（六華園）の開設などをおこなった。その先頭に立ったのが東京にいた武子である。その救護所が現在の社会福祉法人あそか会のあそか病院や特別養護老人ホーム（東京都江東区）になる。

「あそか」は『無憂華』の読みで、釈迦が誕生したときにルンビニー園に咲いていたというアショーカの花のこと。憂いをなくす花だという。武子は『無憂華』の冒頭に「おん母摩耶《まや》」の文を置き、「おん母マーヤ夫人《ぶにん》は、好んでルンビニー園に遊んだ。園には、無憂樹《アソカ》の花が一面に咲き満ちてゐた」と書き、「よき花よ、うるはしわが友／ほゝゑみて憂《う》きことをしらず（以下略）」という詩を添えている。

歌文集『無憂華』は昭和二年（一九二七）七月の発行である。その上梓《じょうし》にあたって武子は歌の師である佐佐木信綱《ささきのぶつな》への手紙（同年五月三十一日付）に短歌三首を書いて送り、『無憂華』の巻頭に載せる一首を選んでもらった。それが掲題の歌である。「おほいなるものゝちから」は如来の力、すなわち他力のことで、それが人に働くことを廻向《えこう》という。『無憂華』に「他力廻向」という次のような文がある。

「みづからの内面が、つねに悪の衝動になやまされてゐながらも、なほ、光のなかに住む歓びと安らかさを味はふ。――そこに他力廻向の体験がある。／流転《るてん》のさだめを刻みつけられた地上にあつては（中略）仏よりわれらへの恵みを、そのまゝ、われらの営みの上に、受け入れるのは信仰である」。

『無憂華』はよく売れた。武子は印税のすべてを救護所の費用に充て、昭和五年に「あそか病院」が開設される。しかし武子は、その前の昭和三年に、敗血症のために満四十一歳で没した。

なお、震災で築地本願寺の本堂が焼失したが、昭和九年に古代インドの寺院を再現する洋風建築で再建された。その境内に掲題の歌の歌碑が立つ。

【九条武子】一八八七～一九二八年／近代の代表的な女流歌人の一人。歌集に『金鈴』『薫染』『白孔雀』がある。

人も　馬も　道ゆきつかれ死に〻けり。
旅寝かさなるほどのかそけき　釈迢空《しゃくちょうくう》（歌集『海やまのあひだ』）

「釈迢空」は折口信夫《おりぐちしのぶ》の筆名である。著名な国文学者であるとともに民俗学の祖である柳田国男《やなぎだくにお》（一八七五〜一九六二年）に師事し、山間の村々を旅して歩いた。あたりは柳田が『先祖の話』などで死者の霊がもどるところだと言った山々である。当時は都市部とは隔絶した世界だった。

右の短歌は第一歌集『海やまのあひだ』の「大正十二年」の項にある。「供養塔」と題する五首の第一首である。詞書《ことばがき》に「数多い馬塚の中に、ま新しい馬頭観音《ばとうかんのう》の石塔婆《いしとうば》の立ってゐるのは、あはれである。又殆《ほとん》ど、峠毎《とうげごと》に、旅死にの墓《ジ》がある。中には、業病《ごうびょう》の姿を家から隠して、死ぬまでの旅に出た人などもある」という。

古い道の路傍に数多く馬塚がある。道に疲れて死んだ馬が埋められたのだ。なかには真新しい馬塚もあり、供養のために立てられた馬頭観音の石塔が悲しい。また、ほとんど峠ごとに行き倒れた人の墓がある。なかには、近隣で差別された病気のために家を追われ、わずかな施しに頼って道を行きながら死んだ人もあった。旅寝を重ねて死んだであろう人も馬も、今は「かそけき（仄《ほの》かである）」。

第二首は「道に死ぬる馬は、仏となりにけり。行くとどまらむ旅ならなくに」。そして第五首が、「ゆ

きつきて　道にたふるゝ生き物のかそけき墓は、草つゝみたり」。人も馬も、その生き物の墓はかそけく、草につつまれている。

折口は『零時日記Ⅱ』（『國學院雜誌』大正九年十二月・同十年一月）に「沢山の遍路巡礼の大方は、遺言も出来ぬ旅で死んだ。枯れ野の夢を見るだけのゆとりもない心が、生きた時の儘《まま》で、野山に迷うて居る。（中略）山又山の奥在所《おくざいしょ》（山奥の村）に踏み入つて見るがよい。到る所の崖や原に、柴を投げる場所があつて、そこに果ての歩みにいきついた行者・巡礼・高野聖《こうやひじり》などの、名も知られずに消えて行つた、行路死者の記憶を留めて居る。（中略）さふいふ道の隅々に彳《たたず》んで、白い着物の男女の後ろ姿を目にした杖の尖《さき》や、鈴の音の耳に響くを感じた」と記している。

「まれ〳〵に／我をおひこす巡礼の／跫音《アノト》にあらし。／遠くなりつゝ」（歌集『春のことぶれ』）

この歌は昭和二年（一九二七）、四国遍路の室戸岬での作という。「まれ〳〵に（たまたま）」自分を追い越していった巡礼の「跫音《アノト》にあらし（足音らしい）」というのだから、巡礼の姿はない。足音だけを耳に残して遠くへ通り過ぎていった巡礼は、はたして、この世の人であろうか。

【釈迢空】一八八七～一九五三年／本名は折口信夫。國學院大學教授をつとめた国文学者・民俗学者・歌人。小説に『死者の書』がある。生家は浄土真宗願泉寺《がんせんじ》（大阪市浪速区）の門徒。浄土真宗では生前に帰敬式《ききょうしき》をうけて「釈○○」という法名を授かるが、折口は自分で「釈迢空」と名乗ったようだ。そのことについて折口自身はほとんど何も語っていないが、「迢空沙弥《しゃみ》」という署名もあることから在家仏教者としての名であると考えられる。

わが性《さが》のよきもあしきもみ仏に
さゝげまつりて空《むな》しくしある

岡本かの子《おかもとかのこ》

（『わが最終歌集』）

この歌には「天地即物」の題がある。この歌の前に「いづこにもわれは行かましみほとけのいましたまはぬ処《ところ》なければ」「あまつ陽を空に仰ぎて乞ひ禱《いの》るひたごころ（直心）のみわれに残れり」の二首があるので、「物」は天地とともにある自己の肉体と精神であり、それを仏に捧げれば自分の性《さが》の善いところも悪いところも「空しくしある（消している）」という進行形である。

かの子は明治二十二年（一八八九）、神奈川県高津村《たかつむら》（川崎市高津区）の大地主、大貫《おおぬき》家の東京青山の別邸で生まれた。本名はカノ。跡見女学校卒業後の二十一歳の八月に、東京美術学校を出たばかりの岡本一平《おかもといっぺい》と恋愛結婚したが、それは尋常ならざる結婚生活の始まりだった。

明治四十四年二月、のちに画家になる長男、太郎が誕生。かの子は「それがそもまことにわれの生める子か泣きわめく子をつくづくと見る」「それがそもまことにわれの生める子かあまり可愛《かあ》ゆしつくづくと見る」（歌集『浴身』「親子因縁」）と戸惑いとともに母になった喜びをうたう。

しかし同年、実家の大貫家が破産。大正元年（一九一二）に一平が朝日新聞に入社して収入の目途がついたとたんに一平の放蕩が始まり家計は困窮。かの子は早稲田大学の学生だった堀切茂雄と恋愛関係になる。一平はそれを許し、堀切茂雄は岡本家に同居する。大正二年に長女豊子、同四年に次男健二郎が誕生するが、二人とも里子に出され、夭折する。二人は茂雄の子だともいわれるが、かの子は茂雄が妹のキンの下宿にいるところを目撃して嫌悪。茂雄は岡本家を出て故郷の福島に戻り、肺結核で死亡。大正六年、かの子は一平と夫婦関係を絶ち、家庭内別居となる。そのうち一平は時事漫画家として知られるようになり、昭和四年（一九二九）に配本開始の『一平全集』（全十五巻）が大ヒットし、多額の印税を得て、夫妻は同年十二月から同七年三月まで三年間もの欧州旅行に出た。この旅には十八歳の太郎も伴い、絵画を勉強させるためにパリに残す。かの子は夫が漫画家として成功しても画家ではないことに不満だったらしい。

かの子が仏に惹かれるようになるのは、一時は入院するほど精神を病んだ時期だった。大正九年にキリスト教会を訪ねて聖書を学ぶが、やがて親鸞の言行録『歎異抄《たんにしょう》』に出会う。そして浄土真宗にかぎらず、法華経（なかでも観音経）や般若心経などに幅広く通じて、その評論を書くようになった。『わが最終歌集』は昭和四年刊の第四歌集である。「最終」としたのは小説の創作に転じたためで、短歌はその後もつくった。「見廻せばわが身のあたり草莽《そうもう》の冥《くら》きがなかにもの書き沈む」（昭和十三年）というように、かの子は物書きに没頭。昭和十四年、大量の未発表原稿を残して四十歳で没した。

【岡本かの子】一八八九〜一九三九年／歌人・小説家。仏教関係の著述には『散華抄』『仏教読本』などがある。

塵点《じんてん》の劫《こう》をし過ぎていましこの
妙《たえ》のみ法《のり》にあひまつりしを

宮沢賢治《みやざわけんじ》

（『雨ニモマケズ手帳』）

宮沢賢治は明治二十九年（一八九六）に岩手県花巻の商家の長男として生まれた。父は銀行や鉄道会社に出資するなど、近代資本家の才覚をもつ人だったが、宮沢家は真宗の門徒で父も信仰に篤く、花巻仏教会を主宰して暁烏敏《あけがらすはや》（214ページ）、釈宗演《しゃくそうえん》（194ページ）など宗派を問わず著名な講師を招いて講習会を開いた。ただ、賢治は生家が質商を営んでいることをひどく気に病んでいた。貧しい農民などから質草をとって利子つきのお金を貸す行為が許せなかったようだ。暮らしに困っている人がいるなら、お金でも何でもやってしまいたい。そんなことを考える性分《しょうぶん》なのだ。

賢治は十八歳のころから法華経を信仰するようになった。そして詩や童話の文の底に秘かに沈めおくように、その信仰を織りこんでいる。自身の童話について賢治は、「ありがたい仏さんの教えを、一生懸命に書いたものだんすじゃ。だから、いつかはきっと、みんな、よろこんで読むようになるんすじゃ」と母に話したことがあったという（『〈新校本〉宮澤賢治全集』「年譜」昭和八年九月二十日）。

賢治は生前にはほぼ無名の作家だったが、今ではたしかに「みんな、よろこんで読む」ようになった。有名な「雨ニモマケズ」も、生前には誰にも知られていなかったのである。

賢治は昭和八年(一九三三)九月に病没した。三十七歳だ。その後、賢治の旅行かばんの中から見つかった手帳に書きつけられていたのが「雨ニモマケズ」である。「雨ニモマケズ　風ニモマケズ（中略）ミンナニデクノボートヨバレ　ホメラレモセズ　クニモサレズ　サウイフモノニ　ワタシハナリタイ」。

そのかばんには父母と弟妹あての手紙もあった。日付は死の二年前の昭和六年九月二十一日、重い病からいくぶん回復して北上山地の石灰石製品の販路を広げるために上京し、高熱を発して倒れこんだ旅館で書いたものだ。その手紙は「今生《こんじょう》で万分の一もついにお返しできませんでしたご恩はきっと次の生《しょう》又その次の生でご報じいたしたいとそれのみを念願いたします」（父母あて）等と書かれた遺書だった。その時期の手帳に記された「雨ニモマケズ」も、もしも来世があるなら「サウイフモノニ　ワタシハナリタイ」という願いをあらわし、末尾に「南無妙法蓮華経」の題目と釈迦・多宝如来、諸菩薩等の名に「南無」を冠して日蓮の曼荼羅《まんだら》本尊のように書かれている。一般には省かれることの多い部分だが、賢治は「南無妙法蓮華経」の題目をもって「雨ニモマケズ」の結びとしたのだった。

この手帳の鉛筆差しに押し込まれた紙片に書いてあったのが掲題の「塵点の劫をし過ぎて」の短歌である。下の句の「妙のみ法にあひまつりしを」は、この世で法華経に出会ったことをいう。

法華経に「三千塵点劫《じんてんごう》」また「五百塵点劫」という言葉がある。劫はインドの時間の単位で、一劫でも永遠に近い長い時をいう。「塵点劫」は、世界全体をすりつぶした塵でつくった墨汁で一千または五百の仏の国土を過ぎるたびに一点を書くとして、墨汁がなくなってしまうほどの長い時である。

過去の永遠の時をへて現在があり、さらに未来にのびていく永劫の時がある。人の一生も、過去・現在・未来の三世《さんぜ》のひとときである。この感覚は今では理解しにくいことなのだが、高浜虚子（210ページ）が「我々は無際限の時間の間に生存してゐる」と述べているように、賢治の時代にはまだ通念として強く生きていたし、今でも、その感覚が失われたわけではない。ふと「次に生まれるときは」と言ったりする。だから、童話「銀河鉄道の夜」の列車は、死んだ者たちを乗せて、それぞれの次の世界にとどけるために星空を走っていく。行きだけで戻りはない列車である。

昭和六年の秋、前述したように遺書をしたためるほど病状が悪化したときに、賢治は「塵点劫」の歌を小さな紙片に書いて手帳に差し込んでおいた。今生《こんじょう》は満足なこともできず、もはやこれまでだとしても、「すべてさびしさと悲傷とを焚《た》いて　ひとは透明な軌道をすすむ」（詩「小岩井農場」）のだし、「いずれはもろともに、善逝《スガタ》（如来）の示された光の道を進み、かの無上菩提《むじょうぼだい》に至る」（童話「雁の童子」）のであるなら、「塵点の劫」のかなたに「みんなのほんとうのさいわいをさがしに行く」（「銀河鉄道の夜」）ことだってできるはずである。

【宮沢賢治】一八九六～一九三三年／現在の岩手県花巻市の商家に生まれる。盛岡高等農林（現・岩手大学農学部）で学び、稗貫《ひえぬき》農学校（花巻農学校）の教師をしたのち、生家の別宅に羅須地人《らすちじん》協会をつくって自身も農業をしながら農民芸術の創造を試みたが、病気のために断念。農学校教師時代に童話集『注文の多い料理店』と詩集『春と修羅』を刊行。他の作品の多くは没後に公表された。

［おわりに］百人一首を編む

単に「百人一首」といえば藤原定家が編んだ『小倉百人一首』をさすが、ほかにさまざまな「百人一首」がある。試みに国立国会図書館の蔵書を「百人一首」で検索すると、約二千二百の図書があがる。そのなかに『皇國百人一首』（一九四二年）、『現代学生百人一首』（一九八九年）、『近江百人一首』（一九九三年）、『辞世百人一首』（二〇〇〇年）など、時代や地域、テーマごとに種々の「百人一首」があり、今も編まれつづけていることがわかる。しかし、「仏教百人一首」は見当たらない。仏教の視点から和歌を論じた論考も、他のテーマに比べて少ない。仏教は日本文化に大きな影響を与え、和歌にも寺や仏のことがよく詠まれているのに、私には意外な欠落だと思われる。

そこで「仏教百人一首」を編むことにしたのだが、直接のきっかけは、参加している宮沢賢治研究会（http://www.kenji-society.com）で歌人の今野寿美さんをお招きしたとき、演題について相談したところ、「宮沢賢治の短歌を残す」という題で話したいと言われたことだった。賢治の短歌は全集に一千余首が収められているのだが、「それでは残したことにならない。『小倉百人一首』みたいに誰かが代表作をセレクトしなければ記憶に残らない」ということだった。

もうひとつ、読んでも「何のことかわからない」「おもしろくもない」という問題がある。和歌や俳句は、せめて詞書《ことばがき》でもなければ、取りつく島もないことがある。

そもそも和歌や俳句は仲間が集まって歌会・句会を開き、場を共有して評釈しあうところに成立した文芸である。刊行された歌集には、そうした会合での情報が欠けているので、読んでもよくわからないことになる。しかし、古典の和歌・俳句については、多くの研究者によって言葉の意味や作者のことが追究され、古典文学全集などで解説されているので、それを手がかりに読むことができる。

賢治の短歌については、さいわい、宮沢賢治研究会で二〇〇九年から十年以上も隔月で読書会をつづけている。自分では意味のわからない短歌が、みんなで読んで意見を聞くと、「なるほど」と思ったりし、いろいろな気づきがある。

だから、和歌や俳句は誰かがセレクトして新たな情報や解釈を提供することが必要だ。そのセレクトや解釈に同意できてもできなくても、そこに興味・関心が生まれる。本書は、あまりなされていない仏教史の視点からの試みである。きっかけを与えてくださった今野寿美さん、法藏館統括・編集長の戸城三千代さん、学生時代の同人誌『山猫』の諸君ほか、示唆と励ましをいただいた多くの方々に改めて感謝する。

二〇二一年　春　　　　大角　修

【引用・参考文献】＊本文中に記載した文献は除く。

［**勅撰和歌集**］
『古今和歌集』中島輝賢編・角川ソフィア文庫２００７
『後撰和歌集』片桐洋一校注（『新日本古典文学大系』６）岩波書店１９９０
『拾遺和歌集』小町谷照彦校注（『新日本古典文学大系』７）岩波書店１９９０
『後拾遺和歌集』久保田淳ほか校注・岩波文庫２０１９
『金葉和歌集』川村晃生ほか校注（『新日本古典文学大系』９）岩波書店１９８９
『千載和歌集』片野達郎ほか校注（『新日本古典文学大系』10）岩波書店１９９３
『新古今和歌集』峯村文人校注・訳（『新編日本古典文学全集』43）小学館１９９５
『新勅撰和歌集』久曾神昇ほか校訂・岩波文庫１９６１
『続後撰和歌集』佐藤恒雄著（『和歌文学大系』37）明治書院２０１７
『続古今和歌集』藤川功和ほか著（『和歌文学大系』38）明治書院２０１９
『玉葉和歌集』中川博夫著（『和歌文学大系』39・40）明治書院２０１６・２０２０
『続千載和歌集』国民図書株式会社編（『校註国歌大系』第６巻・複刻版所収）講談社１９７６
『続後拾遺和歌集』深津睦夫著（和歌文学大系９）明治書院１９９７
『風雅和歌集』井上宗雄校注・訳（『中世和歌集』『新編日本古典文学全集』49所収）小学館２０００
『新後拾遺和歌集』松原一義著（『和歌文学大系』11）明治書院２０１７
『新続古今和歌集』久保田淳監修（『和歌文学大系』12）明治書院２００１
『新葉和歌集』深津睦夫ほか著（『和歌文学大系』44）明治書院２０１４

［**歌集・句集**］
『萬葉集』小島憲之ほか校注・訳（『新編日本古典文学全集』６〜９）小学館１９９４〜１９９６
『平安私家集』犬養廉ほか校注（『新日本古典文学大系』28）岩波書店１９９４
『紫式部集』南波浩校注・岩波文庫１９７３
『和泉式部集・和泉式部続集』清水文雄校注・岩波文庫１９８３
西行『山家集』後藤重郎校注（『新編古典集成〈新装版〉』）小学館２０１５

『百人一首』島津忠夫訳注・角川ソフィア文庫１９６９
『梁塵秘抄』佐佐木信綱校訂・岩波文庫１９７９
『中世和歌集（御裳濯河歌合　宮河歌合　金槐和歌集ほか）』井上宗雄校注・訳（「新編日本古典文学全集」49）小学館２０００
『中世和歌集　鎌倉篇（遠島御百首　明恵上人集ほか）』樋口芳麻呂校注（「新日本古典文学大系」46）岩波書店１９９１
『中世和歌集　室町篇』伊藤敬ほか校注（「新日本古典文学大系」47）岩波書店１９９０
『後鳥羽院御集』寺島恒世著（「和歌文学大系」24）明治書院１９９７
『鴨長明と寂蓮』小林一彦著（「コレクション日本歌人選」49）笠間書院２０１２
『戦国時代和歌集』川田順著・甲鳥書林１９４３
『戦国武将の歌』綿抜豊昭著（「コレクション日本歌人選」14）笠間書院２０１１
『細川幽斎』加藤弓枝著（「コレクション日本歌人選」33）笠間書院２０１２
『基礎史料　円空の和歌』岐阜県教育文化財団歴史資料館編・岐阜県２００６
『おくのほそ道』久野哲雄訳注・講談社学術文庫１９８０
『蕪村句集』玉城司訳注・角川ソフィア文庫２０１１
『黄表紙　川柳　狂歌』棚橋正博ほか校注（「新編日本古典文学全集」79）小学館１９９９
『定本良寛全集』（全三巻）谷川敏朗ほか編・中央公論社２００６
『一茶　父の終焉日記　おらが春』矢羽幸校注・岩波文庫１９９２
『近世歌文集』（「新日本古典文学大系」47・48）松野陽一ほか校注・岩波書店１９９６・１９９７
『道歌百人一首麓枝折』国立国会図書館デジタルコレンション
『於知葉集』福田行誡著（国民図書株式会社編「校註国歌大系」第20巻・複刻版所収）講談社１９７６
『鷗外選集　第10巻』岩波書店１９７９
『左千夫全集』（第一巻）岩波書店１９７７
『子規句集』高浜虚子選・岩波文庫１９９７
『漱石全集』（第22巻）岩波書店１９６６
『虚子百句』稲畑汀子著・富士見書房２００６
『与謝野晶子歌集』岩波文庫１９９７
『斎藤茂吉歌集』岩波文庫１９９７
『山頭火俳句集』夏石番矢編・岩波文庫２０１８

『北原白秋歌集』(「日本歌人選3」) 小沢書店1997
『尾崎放哉句集』岩波文庫2007
『若山牧水歌集』岩波文庫1997
『一握の砂・悲しき玩具　石川啄木歌集』新潮文庫2012
『暇ナ時』(石川啄木歌稿ノート) 国立国会図書館デジタルコレンション
『釈迢空歌集』岩波文庫2010
『無憂華』(九条武子歌集) 実業之日本社1946
『岡本かの子全集』第9巻(歌集) ちくま文庫1994

[**その他**]

最澄「六所造宝塔願文」(比叡山専修院附属叡山学院編『伝教大師全集　第五』) 比叡山図書刊行所1927
弘法大師空海全集編輯委員会編『遍照発揮性霊集』(『弘法大師空海全集』第九巻) 筑摩書房1984
清少納言『枕草子』松尾聰ほか校注・訳(『新編日本古典文学全集』18) 小学館1997
源信「六時和讃」(比叡山専修院叡山学院著『恵心僧都全集』第一巻) 思文閣出版1927
『和泉式部日記　紫式部日記　更級日記　讃岐典侍日記』藤岡忠美ほか校注・訳(『新編日本古典文学全集』26) 1994
『往生伝　法華験記』井上光貞ほか校注(『日本思想大系』7) 岩波書店1974
『興教大師全集』加持世界支社編・加持世界支社1909
『今昔物語集』馬淵和夫ほか校注・訳(『新編日本古典文学全集』35〜38) 1999〜2002
『栄西　興禅護国論　喫茶養生記』吉田紹欽著(『禅入門』1) 講談社1994
『宝物集　閑居友　比良山古人霊神託』小泉弘ほか校注(『新日本古典文学大系』40) 岩波書店1993
『愚迷発心集』高瀬承厳校注・岩波文庫1934
『方丈記』安良岡康作校注・講談社学術文庫1980
親鸞「和讃」・蓮如「御文章(御文)」『浄土真宗聖典』浄土真宗教学伝道研究センター編・本願寺出版1988
『道元　上』寺田透ほか校注(『日本思想大系』12) 岩波書店1970
『道元の漢詩　永平公録私抄』菊地良一著・足利工業大学2000
『道元禅師語録』大久保道舟訳註・岩波文庫1940
『昭和定本日蓮聖人遺文』(全四巻) 立正大学日蓮教学研究所編・総本山身延久遠寺1982

『平成新修日蓮聖人遺文』米田淳雄編・地人館１９９５
『一遍上人語録』大橋俊雄校注・岩波文庫１９８５
『夢窓　語録・偈頌ほか』柳田聖山著（「禅入門」５）講談社１９９４
『徒然草』改訂・今泉忠義訳注・角川ソフィア文庫１９５７
『平家物語』市古貞次校注・訳（「新編日本古典文学全集」46）１９９４
『完訳　源平盛衰記』（第七巻）西津弘美訳・勉誠出版２００５
『義経記』島津久基校訂・岩波文庫１９３９
『太平記』長谷川端校注・訳（「新編日本古典文学全集」54～57）１９９４～１９９８
『世阿弥　禅竹』表章校注（「日本思想大系」24）岩波書店１９７４
『一休ばなし集成』三瓶達司ほか編・禅文化研究所１９９３
『沢庵和尚書簡集』辻善之助編註・岩波文庫１９４２
『白隠』鎌田茂雄著（「禅入門」11）講談社１９９４
『曾根崎心中』山根為雄校注・訳（「新編日本古典文学全集」75所収）小学館１９９８
『慈雲尊者全集』（第十三巻「人となる道」ほか）長谷寶秀編・思文閣１９７４
『二宮尊徳　大原幽学』奈良本辰也ほか校注（「日本思想大系」52）岩波書店１９７３
正岡子規「くだもの」（「現代日本文学大系」10）筑摩書房１９７９
『善の研究』（『西田幾多郎全集　第９巻』所収）岩波書店１９７９
『樋口一葉全集』（全四巻）筑摩書房１９７４～１９９４
『俳句への道』高浜虚子著・岩波文庫１９９７
『佐佐木信綱』佐佐木幸綱著（「短歌シリーズ　人と作品」２）楓風社１９８２
『更正の前後』暁烏敏著・潮文社１９７８
『牧水紀行文集』高田宏編・弥生書房１９９６
『九条武子その生涯』籠谷眞智子著・淡交社２００２
『折口信夫全集』（第28巻「評論篇」）中央公論社１９８３
『〈新校本〉宮澤賢治全集』（第十三巻「覚書・手帳」）筑摩書房１９９７

大角　修（おおかど　おさむ）
1949年、兵庫県姫路市生まれ。東北大学文学部宗教学科卒。宗教評論家。著書は『日本仏教の基本経典』（角川選書）『法華経の事典』『浄土三部経と地獄・極楽の事典』（春秋社）『全品現代語訳 法華経』『全文現代語訳 浄土三部経』『全品現代語訳　大日経・金剛頂経』（角川ソフィア文庫）『天皇家のお葬式』（講談社現代新書）『平城京全史解読』（学研新書）『新・日本の歴史』全5冊（小峰書店）など多数。

仏教《ぶっきょう》百人一首《ひゃくにんいっしゅ》
万葉《まんよう》の歌人《かじん》から宮沢賢治《みやざわけんじ》まで

二〇二一年二月一五日　初版第一刷発行

著　者　大角《おおかど》　修《おさむ》
発行者　西村明高
発行所　株式会社　法藏館
京都市下京区正面通烏丸東入
郵便番号　六〇〇-八一五三
電話　〇七五-三四三-〇〇三〇（編集）
〇七五-三四三-五六五六（営業）

装幀者　熊谷博人
印刷・製本　中村印刷株式会社

ISBN978-4-8318-5717-0 C0092

法蔵館文庫

さ-1-1	増補 いざなぎ流 祭文と儀礼	斎藤英喜著	一、五〇〇円
キ-1-1	老年の豊かさについて	キケロ著 八木誠一 八木綾子 訳	八〇〇円
た-1-1	仏性とは何か	高崎直道著	一、二〇〇円
さ-2-1	アマテラスの変貌 中世神仏交渉史の視座	佐藤弘夫著	一、二〇〇円
て-1-1	正法眼蔵を読む	寺田 透著	一、八〇〇円
い-1-1	地獄	石田瑞麿著	一、二〇〇円
く-1-1	王法と仏法 中世史の構図	黒田俊雄著	一、二〇〇円
な-1-1	折口信夫の戦後天皇論	中村生雄著	一、三〇〇円
あ-1-1	禅仏教とは何か	秋月龍珉著	一、一〇〇円
ほ-1-1	増補 宗教者ウィトゲンシュタイン	星川啓慈著	一、〇〇〇円
ア-1-1・2	評伝J・G・フレイザー その生涯と業績 上・下（全二冊）	R・アッカーマン著 小松和彦監修 玉井 暲監訳	各一、七〇〇円
い-2-1	アニミズム時代	岩田慶治著	一、二〇〇円
か-1-1	信長が見た戦国京都	河内将芳著	九〇〇円
か-2-1	インド人の論理学 問答法から帰納法へ	桂 紹隆著	一、三〇〇円
た-2-1	悟りと解脱 宗教と科学の真理について	玉城康四郎著	一、〇〇〇円

（価格税別）